블러드 스톰

*Blood Storm*

# 블러드 스톰 5

김종휘 판타지 장편 소설

초판 1쇄 찍은 날 § 2003년 3월 27일
초판 1쇄 펴낸 날 § 2003년 4월 7일

지은이 § 김종휘
펴낸이 § 서경석

편집장 § 문혜영
편집 책임 § 이종민
편집 § 장상수 · 권민정 · 유경화
마케팅 § 정필 · 강양원 · 이선구 · 김규진 · 홍현경

펴낸곳 § 도서출판 청어람
등록번호 § 제1081-1-89호
등록일자 § 1999. 5. 31
어람번호 § 제1-0370호

주소 § 경기도 부천시 원미구 심곡1동 350-1 남성B/D 3F (우) 420-011
전화 § 032-656-4452  팩스 § 032-656-4453
http://www.chungeoram.com
E-mail § eoram99@chollian.net

ⓒ 김종휘, 2003

값 7,500원

ISBN 89-5505-577-3 (SET)
ISBN 89-5505-650-8 04810

김종휘 판타지 장편 소설

# 블러드 스톰

## Blood Storm

다크 솔루션 **5**

도서출판
청어람

목
차

제23장 **밝혀지는 진실**

대륙의 중심부라고 할 수 있는 로아냐드 제국, 사람들은 세상의 중심을 로아냐드 제국의 황도라 말한다.

그것은 이곳이 단순히 제국의 신성 황제가 자리하고 있어서가 아닌 오성신 최대의 성전인 비브스팰리스가 존재하고 있기 때문이다.

오성신의 교리를 관장하는 다섯 명의 교황이 모이는 유일한 성전인 비브스팰리스는 고대 마도왕국 이전부터 존재해 온 유일한 건물이었다.

대륙의 중심에 해당하는 성전의 글로리 챔버라 불리는 회의실에선 다섯 명의 현 교황이 자리한 회의가 열리고 있었다.

세상의 빛을 관장하는 이들이라고 불리는 자들답게 황금 실로 수놓아진 화려한 옷을 입고 있는 그들의 얼굴에는 알 수 없는 경멸의 표정만이 가득했기에 무엇인가 심상치 않은 일이 벌어졌다는 것을 알게 해주었다.

"역겨운 일이지요, 이 신성한 땅에 더러운 마족들이 어슬렁거리고 있다는 것은 말입니다."

"그렇습니다, 그리포트 교황."

그리포트, 현 태양신 아리시아 성교의 교황이자 신성제국에서 무소불위의 권한을 가진 인물의 말에 계절의 신 프라이도스 성교의 교황인 미테란은 고개를 끄덕이며 수긍하는 모습을 취했다.

"들리는 소문에 의하면 제국의 귀족 몇 사람이 마족의 일에 관련되었다지요?"

"예. 물론 확실하게 알려진 것은 없지만, 제국 내부의 사정을 보면 어느 정도 짐작해 볼 수 있겠지요."

두 교황이 흥분하며 이야기를 나누고 있음에도 의외로 다른 세 교황은 조용히 그들의 이야기를 경청하고 있었다.

물론 이들 세 교황이 모두 여인이라는 이유도 있었지만, 가장 호전적이라고 알려져 있는 전쟁의 여신 히루안 성교의 교황 미데리아 2세까지 침묵을 하고 있다는 것은 조금 이상한 일이었다.

이야기를 나누고 있던 두 교황도 세 교황이 듣고만 있자 이유를 묻지 않을 수 없었다.

"미데리아 교황께선 무슨 생각이 있으신지요?"

그리포트 교황의 물음에 그녀는 천천히 다른 교황들을 둘러보고는 입을 열었다.

"카오틱 팔라딘스를 움직일까 합니다."

"카오틱 팔라딘스!"

그 말에 두 교황은 크게 놀라며 자리에서 일어났다. 카오틱 팔라딘스는 실제로 성교회의 입장을 반대하는 교회의 전투 집단이었기에 근 5대에 걸쳐 이들에게 성전을 지시한 것은 단 한 번도 없었다.

"그것은 너무 위험합니다! 그들이 하는 일은 성교의 율법에 반하는 일, 자칫 성교회를 믿는 신도들에게 큰 혼란을 주어 성교회의 이름에 먹칠을 할 수도 있는 일입니다!"

하지만 그의 말에도 아무런 표정 변화를 일으키지 않은 그녀는 자신의 옆에 있는 두 명의 교황들을 가리키며 말했다.

"이미 아이네스 성교의 리비아 교황과 안트라네 성교의 멜라딘 교황께서도 찬성하신 일입니다."

"헉!"

그제야 두 사람은 왜 세 교황이 자신들의 말에 의견을 내지 않았는지 알 수 있었다.

이미 회의가 시작되기 전 세 교황은 카오틱 팔라딘스를 일으키기로 결정을 했던 것이다.

두 교황이 궁금한 점은 어떻게 미데리아 2세가 리비아 교황과 멜라딘 교황의 마음을 움직였느냐 하는 것이다.

아이네스 성교회의 리비아 교황이야 불 같은 성격이라는 것을 알고 있었지만, 멜라딘 교황의 경우에는 현재 육십사 세의 노인으로 인자한 어머니와 같다는 말을 듣는 사람이다. 그런 여인이 율법에 반하는 일을 허락했다는 것이 믿어지지가 않았다.

'도대체 두 사람에게 무슨 일이 있었단 말인가?'

하지만 일단 세 교황이 카오틱 팔라딘스가 움직이는 것을 찬성했기에 회의는 끝이 날 수밖에 없었다.

오성신의 성교회에서 유일하게 율법을 무시하고 오로지 교황의 명령만을 받는 집단인 카오틱 팔라딘스의 성전(聖戰), 이것이 어떤 결과를 일으킬 것인지는 알 수 없는 일이었다.

　　　　　　*　　　　　　*　　　　　　*

　필로센의 영이 서려 있는 구슬을 통해 고대 마도왕국의 비공선인 비아르타스를 얻게 된 우린 목적한 곳으로 빠르게 갈 수 있는 교통 수단을 얻었다고 할 수 있다.

　하지만 두 개의 집단을 만들어낸 필로센조차도 현재의 집단을 이끌고 있는 자들의 이름은 알지 못했다.

　철저히 비밀리에 움직이고 있는 집단이기에 그들의 중심을 이루고 있는 수뇌부조차도 자신들 동료의 진실한 정체를 모르고 있었기 때문이다.

　하지만 어느 정도의 자료는 얻을 수 있었기에 필로센이 말한 최초로 다크 솔루션을 만들었다고 하는 고위 귀족의 정체를 알 수 있었다.

　그리고 현재 우린 큰 부상을 당한 헤레나를 안전한 곳으로 보낸 후 비공선을 타고 그의 영지를 향해 움직이고 있었다.

　대륙의 어둠을 움직이려고 했던 인물, 나 역시 현재 그 가문의 가주에 대해선 어느 정도 면식이 있는 상태였기에 크게 놀라지 않을 수 없었다.

　최초의 다크 솔루션 창시자의 이름은 멜리안 폰 드비스 아이란, 현재 지방시를 중심으로 하여 프로이브란 백작과 싸우고 있는 어린 귀족인 베스트란 폰 드비스 아이란 백작의 조상이었던 것이다.

　“설마… 우리가 있었던 곳이 다크 솔루션의 중심부였다니… 참나.”

　이스트는 그 사실을 듣고는 크게 황당해하는 표정을 지으며 말했고, 나 역시 그 사실을 알았을 때 크게 놀라지 않을 수 없었다.

　처음 아이란 백작을 봤을 때의 느낌은 유약한 귀족 소년의 모습이었기 때문이다. 그런 이유로 단 한 번도 그런 아이란 백작을 의심해 본 적이 없었다.

오히려 그를 뒤에서 조종하고 있는 뇌검 유라이를 의심하는 것이 더 가능성이 있는 일 같았다.

"뇌검 유라이가 다크 솔루션과 관련이 있을까?"

이스트의 말에 페드로는 한참을 생각해 보다가 말했다.

"그런 것은 아니라고 생각해. 뇌검 유라이가 하프 엘프로 보통 인간보다 오랜 삶을 살기는 하지만 실제로 아이란 백작가를 장악한 것은 지방시 내전이 있은 지 오 년 후였다고. 그전에 그가 있었던 곳은 동부 중소 국가의 하나인 델리스 왕국이라 알고 있어."

"그렇군. 그럼 아이란 백작이 조직을 위해 뇌검 유라이를 끌어들였다는 건가?"

"전대 아이란 백작이라면 가능했겠지. 아! 전대에 이어 현 아이란 백작이 이어받았어야 할 다크 솔루션의 권력을 유라이가 잡았을 확률도 있겠군."

"그럼 유라이를 의심해 볼 필요는 있는 거군."

두 사람의 말을 들으며 나 역시 고개를 끄덕였다.

만약 전대 다크 솔루션의 권리를 유라이가 빼앗았다면 그가 가진 야심으론 충분히 한 나라 왕의 직위까지 차지할 수 있을 것이란 생각이 들었기 때문이다.

하지만 과연 귀족이 만든 집단이 유라이와 같은 용병에 의해 움직일 것인가 하는 것은 의문이었다.

자존심이 강한 귀족들이 유라이의 말을 쉽게 들을 리는 없었기에 무언가 다른 인물이 있지 않을까란 생각은 지울 수 없었다.

"젠장, 아무튼 지방시에 도착한다면 알 수 있겠지."

이스트의 말대로 현재 우리가 할 수 있는 것은 단순한 추리에 불과했다.

그 추리를 완성시키기 위해선 지방시, 다크 솔루션을 시작한 그 귀족의 영지에서 정확한 증거를 찾아야 할 것이다.

하늘을 날고 있는 비공선은 상당히 빠르게 움직였기에 우린 두 시간도 되지 않아 지방시에 도착할 수 있었다.

마도왕국의 유물인 비아르타스를 소유하고 있다는 것을 오성신의 성교회가 알게 된다면 분명 성기사단으로 비아르타스를 파괴하려 할 것이 뻔하다는 것을 알고 있는 우린 중간에 내려 도보로 지방시로 향했다.

처음 레아의 일로 이곳을 떠났을 때와 달리 지방시는 상당히 번화한 모습이었다. 다행히도 그동안 프로이브란 백작 측과의 휴전이 계속 이어지고 있는 상태였기 때문이다.

이스트는 지방시의 용병 길드로 정보를 수집하기 위해 움직였고 우린 아이란 백작의 성으로 향했다.

성에 들어선 우리는 얼마 지나지 않아 충격적인 얘기를 들을 수 있었는데, 그것은 바로 뇌검 유라이가 아이란 백작에 의해 추방되었다는 것이다.

그 이야기를 해준 사람은 전에 이곳에 있을 때 이스트와 친분이 있었던 자로 현재는 지방시의 경비병으로 있는 사람이었다.

"뇌검 유라이가?"

"예, 한 4개월 정도 전이었을 겁니다. 성에서 큰 소란이 이는가 싶더니 생전 처음 보는 기사 수백 명이 성안으로 밀려들어 와 싸움을 했습니다. 그 싸움에서 패배한 뇌검 유라이는 사로잡혀 화형이 선고되었습니다만 그동안 지방시를 지켜낸 공적을 사서 아이란 백작님이 추방으로 끝내셨지요."

"음……."

놀라운 일이었다.

특급용병의 일인으로 지방시 용병의 모든 것을 장악하고 있는 그가 어린 아이란 백작에게 쫓겨났다는 것은 예상하지도 못한 일이었기 때문이다.

"성으로 들어선 기사단은 어느 기사단이었는가?"

"제가 그 싸움을 보지는 않았지만, 살아남은 사람의 말에 의하면 루렌드 기사단이라 했습니다."

"루렌드 기사단!"

루렌드 기사단은 리후드 백작이 가지고 있는 기사단이었다.

제국 내에서 크게 명성을 떨치고 있는 사설 기사단의 하나인 루렌드 기사단이라면 용병을 제압하는 것이 충분히 가능했을 것이다.

그리고 가장 문제인 뇌검 유라이는 리후드 백작 본인이 나섰다면 충분히 처리할 수 있었을 것이기에 어느 정도 수긍할 수 있었다.

하지만 의문인 점은 왜 유라이를 살려주었느냐 하는 것이었다.

루렌드 기사단이 지방시에 계속 머물 수 없는 기사단이라고 가정한다면, 용병계에서 큰 명성을 가지고 있는 유라이가 건재하는 이상 다시 지방시가 그의 손에 들어가는 것은 시간문제였기 때문이다.

그렇게 생각한다면 리후드 백작은 분명 루렌드 기사단이 아닌 다른 기사단이나 유라이와는 달리 믿을 수 있는 용병대장으로 하여금 이곳을 지키게 했을 것이 뻔한 일이었다.

"이곳의 용병들은 현재 누가 담당하고 있는가?"

"이름은 룬체스트라고 하는데 언제나 눈만 드러나 보이는 투구를 쓰고 있기 때문에 지방시의 어느 한 사람도 그의 얼굴을 본 적이 없다고 합니다."

가까이에서 만난다면 무엇이든 알 수 있지 않을까 하는 생각에 그를 뒤로하고 성안으로 들어섰다.

나를 제외한 다른 사람들은 일단 지방시에 있는 여관으로 가고 아이란 백작에게 가는 사람은 나 혼자뿐이었다.

성내로 들어서자 전에 있었을 때에는 못 보던 기사들의 모습이 눈에 띄었는데, 그들이 입고 있는 갑옷을 보며 루렌드 기사단이라는 것을 알 수 있었다.

검과 함께 약식의 기사 복장을 하고 있기는 했지만 상당한 실력을 가지고 있는 기사들이라는 것을 느끼면서 성내로 들어서자 아이란 백작의 사설 기사단인 라이언 기사단의 기사가 나의 앞을 막으며 말했다.

"여기서부터 용병들은 출입 금지다."

그는 십인장의 표식을 하고 있었다. 나는 품에 있는 특급용병의 용병패를 보여주었지만, 그럼에도 불구하고 그는 물러서려 하지 않고 있었다.

"아마도 전에 특급용병으로 있었던 블러드 스톰이란 생각이 드는데, 애석하지만 어떠한 용병이라도 성내로 들어서는 것은 금지되었네."

나의 눈앞에 있는 십인장이란 사내는 용병으로 치면 간신히 일급용병의 등급에 드는 실력에 불과했다.

방금 전에 스치고 지나간 루렌드 기사단의 정규 기사에 비하면 크게 떨어지는 실력의 그가 내성의 경비를 담당하는 중책을 맡고 있다는 것이 이상하지 않을 수 없었다.

　하지만 강제로 들어갈 수는 없는 일이었기에 백작에게 보내는 하나의 서신을 그에게 건네주고는 물러설 수밖에 없었다.

　여관에 도착하자 용병 길드에서 정보를 수집해 온 이스트가 심각한 얼굴로 다른 사람들과 이야기하고 있었다. 나는 천천히 그들의 곁에 다가가 앉았는데, 그때 이스트가 나를 보며 물어왔다.

　"백작은 만나봤는가?"

　그의 질문에 난 고개를 저으며 말했다.

　"내성 안으로는 용병들을 출입시킬 수 없다고 하더군."

　나의 대답을 어느 정도 예상하고 있었던지 이스트는 고개를 끄덕이며 말했다.

　"성에 가봤다면 유라이가 추방당했다는 것도 알고 있겠지?"

　"물론."

　"이상한 것은 프로이브란 백작이 움직이고 있지 않다는 거야. 가장 문젯거리였던 뇌검 유라이가 추방당했음에도 불구하고 왜 그는 움직이지 않고 있을까?"

　이스트의 말에 도리나가 조심스럽게 사람들을 보며 자신의 생각을 이야기했다.

　"루렌드 기사단 때문이 아닐까요?"

　"물론 그런 이유도 있겠지만, 유라이의 용병과 루렌드 기사단의 충돌로 전력은 블러드 스톰과 내가 떠날 때보다 현저하게 떨어져 있는 상태라는 거지. 이 정도라면 프로이브란은 충분히 지방시를 자신의 손아귀에 넣을 수 있을 텐데도 움직이지 않고 있다는 거야."

　"설마?"

　"내 예상에는 프로이브란 백작과 리후드 백작 사이에 모종의 거래가

있었던 것 같아. 어차피 지방시의 전쟁에서 승리한다고 해도 프로이브
란 백작이 가지려던 것은 분쟁시되었던 황폐화된 영지와 전쟁 배상금
뿐이었으니 거래도 가능하다는 것이지.”

“아!”

이스트의 정보 분석은 용병 길드에게서 꽤 알아주는 실력이었기에
그가 내놓은 결론이라면 진실과 그리 떨어지지 않았을 것이라 생각되
었다.

‘리후드 백작······.’

나와는 전혀 다른 마나의 형질을 가지고 있는 귀족, 순백의 마나를
가진 그가 이런 일을 했다는 것이 조금 믿어지지 않는 나였다.

‘동경하고 있었던 것일까?’

어떠한 귀족도 좋게 보지 않았던 내가 그가 한 일을 부정하려 한다
는 생각이 들자 난 그를 동경하고 있었던 게 아닐까란 생각이 들었다.

다른 사람의 삶을 보고 저렇게 살고 싶다라는 생각을 하며 살아가는
이들은 많이 봐왔다. 나 역시 그러한 생각을 가지고 있는 사람이었을
까?

난 이런 생각을 떨쳐 버리기 위해 고개를 잠시 흔든 후 이스트를 보
며 말했다.

“자세한 것은 아무래도 아이란 백작을 직접 만나봐야 알 것 같군.”

“성안으로 들어갈 생각인가?”

“물론. 이번 일은 나 혼자 할 생각이네.”

이스트는 나의 말에 고개를 끄덕이며 수긍해 주었다.

루렌드 기사단의 기사들이 남아 있는 만큼 이번 일은 나 혼자 나서
는 것이 훨씬 더 안전하다는 것을 알고 있기 때문이었다.

그날 밤 난 조심스럽게 여관을 빠져나와 아이란 백작의 성으로 향했다.

오랜 시간 이곳에 머물러 있었던 만큼 백작의 성에 대한 지리는 훤히 다 알고 있었기에 어느 정도 잠입해 들어가기 위한 루트는 생각해 두고 있었다. 그래서 계획을 짜는 시간은 그리 오래 걸리지 않았다.

내성의 벽을 보며 해자를 조심스럽게 뛰어넘은 난 성벽의 틈새 사이를 잡으며 천천히 성벽을 타고 올라가 성벽 위에서 경비를 서고 있는 병사들의 동태를 살폈다.

경비병들의 움직임은 과거와 별로 다를 바가 없었기에 약간의 시간차를 통해 빠른 속도로 성벽을 빠져나온 난 성내로 들어설 수 있었다.

'루렌드 기사단……'

내성 안의 경비 모습을 보자 난 생각 이상으로 루렌드 기사단이 아이란 백작의 성을 점거했다는 것을 알 수 있었다.

내부에서 경비를 서고 있는 병사들의 대부분은 루렌드 기사단의 문장이 있는 갑옷을 입고 있었기 때문이다.

녀석들의 눈을 피해 조심스럽게 백작의 방을 향해 잠입해 들어갔는데, 역시나 백작의 방 역시 병사들의 경비가 철저했다.

물론 남들이 보기에는 백작을 보호하기 위한 것 같았지만, 방으로 들어서는 곳곳에 서 있는 병사들의 모습을 보면 그를 감시하고 있다는 느낌이 들었다.

복도 쪽으로는 들어갈 수 없다는 것을 파악한 난 방법을 달리했다.

근처에 있는 방으로 들어가 창문을 통해 조심스럽게 성벽을 타고 간신히 백작의 방에 도달할 수 있었다.

창문 사이로 조심스레 안을 들여다보자 그곳에는 백작 외에 다른 사람도 있었다.

화려하게 꾸며진 백작의 방에는 아이란 백작과 함께 한 기사의 모습이 보였는데, 갑옷의 문장으로 봐선 루렌드 기사단 소속의 상급 기사였다.

"절대 허락할 수 없네!"

젊은 아이란 백작은 무슨 일인지 탁자에 놓인 양피지를 기사에게 집어 던지며 소리쳤지만, 그런 그의 모습에 오히려 기사는 미소를 짓고 있었다.

"어차피 선택은 백작님께서 하셔야 하는 것이니까요. 하지만 언젠간 허락하시게 될 것입니다. 하하하."

기사는 큰 소리로 웃음을 터뜨리고는 백작의 방을 빠져나갔고, 그가 사라지자 젊은 아이란 백작은 고개를 숙이며 고뇌하는 표정을 지었다.

난 그의 모습을 보고는 천천히 창문을 통해 안으로 들어와 그의 입을 막으며 조용한 목소리로 말했다.

"아이란 백작님, 블러드 스톰입니다."

갑작스런 침입자의 출현에 크게 놀란 표정을 짓던 백작은 그 침입자가 나라는 것을 알아채고는 기뻐하는 표정으로 바뀌었다.

천천히 손을 떼자 백작은 나의 손을 잡고 눈물을 흘리며 말했다.

"뇌검 유라이님께서 당신이라면 반드시 와주실 것이라 했는데 사실이군요."

"유라이가요?"

"예."

난 그의 말을 듣는 순간 지금까지 유라이와 백작의 관계를 잘못 생각하고 있었던 건 아닐까란 생각이 들었다.

이제는 청년의 모습으로 변화해 가는 아이란 백작, 그의 눈에는 유라이에 대한 믿음이 가득했기 때문이다.

사람이 사람에게 이러한 절대적인 믿음을 주는 것은 그리 쉬운 일이 아니었다.

믿음이라는 것은 그것이 깨지는 시간의 수천 배를 노력해야만 얻어낼 수 있는 계약과도 같은 것이기 때문이다.

"유라이는 어떻게 되었습니까? 들리는 소문에 의하면 추방당했다고 하던데?"

나의 말에 백작은 고개를 저으며 말했다.

"아마 그를 따르는 용병들을 안심시키기 위한 거짓말일 것입니다. 녀석들의 말을 들어보면 프로이브란 백작의 지하 감옥에 감금되어 있다고 하더군요."

"음……."

어느 정도 예상은 하고 있었지만 설마 그가 프로이브란 백작의 성에 감금되어 있으리라고는 생각하지 못했다.

"하지만 다행이군요. 이제는 더 이상 방법이 없다고 생각했는데, 유라이님이 말씀하셨던 대로 당신이 돌아와 주셨으니 말입니다."

"음… 유라이가 저에 대해 무슨 이야기를 했습니까?"

"그러니까 루렌드 기사단에 의해 패배가 거의 확실시되고 있을 때 유라이님께선 반드시 당신이 돌아올 것이라 했습니다. 그리고 당신이 하고 있는 일은 유라이님이 하시려는 일과 같은 것일 거라 말씀하셨죠."

"유라이가 하려고 했던 일?"

"다크 솔루션과 불사의 염원, 바로 이 두 조직의 괴멸이 저희들의 목
표였습니다."

"아!"

백작의 말을 듣는 순간 난 크게 놀라지 않을 수 없었다.

지금까지 자신의 야망을 위해 어린 백작을 조종한다고 생각했던 뇌
검 유라이가 실제로는 내가 하려던 일과 같은 일을 오랜 시간 동안 준
비해 오고 있었기 때문이다.

"전대 아이란 백작이신 저의 부친께서는 뇌검 유라이와 함께 비밀리
에 퍼져 있는 다크 솔루션의 본거지를 찾으려 하셨지만 죽임을 당하셨
습니다. 그 후로 유라이는 겉으론 저를 뒤에서 조종하는 것처럼 보이
게 하면서 저를 보호하고 있었던 것이지요."

"…제가 입수한 정보에 의하면 다크 솔루션을 만든 귀족은 아이란
백작님의 선조라고 하였는데."

"예, 그것은 사실입니다. 하지만 그것은 4대 전까지의 일입니다. 지
금은 다크 솔루션의 귀족연맹에서 쫓겨난 평범한 귀족일 뿐입니다."

아이란 백작에게 들은 다크 솔루션은 생각보다 더 큰 조직이었다.

현재 대륙에서 다크 솔루션의 연맹에 가입한 귀족 가문들의 숫자는
모두 천이백 개로 그들의 직급은 왕에서부터 제일 낮은 자작까지 다양
하게 분포되어 있었다.

하지만 이들 모두가 회를 움직이는 중추가 될 수 있는 것은 아니었
다.

다크 솔루션을 실질적으로 움직이고 있는 것은 여섯 명의 원로들과
한 명의 연맹장으로 구성된 중심부로 과거 아이란 백작가는 이들 일곱
명의 중추 귀족에 속해 있었다고 한다.

"회를 움직이고 있는 가문에 대해선 알고 계십니까?"

"제가 알고 있는 것은 프로이브란 백작이 원로라는 사실입니다. 아마 저희를 공격한 리후드 백작도 연맹에 속해 있다고 생각되는데, 확실한 것은 알 수가 없습니다."

"음… 조직의 본거지에 대해선 알고 계십니까?"

"그들 일곱 명은 연맹에 가입한 귀족들의 집마다 옮겨 다니며 회의를 열기 때문에 정확한 장소는 연맹장 이외에는 아무도 모르고 있다고 할 수 있습니다."

생각보다 상대하기 어려운 집단이었다.

고정된 본거지가 없는 이상 무엇을 할 방법이 없었기 때문이다.

하지만 단 한 사람, 오랜 시간 동안 그들에 대해서 조사하고 있었던 뇌검 유라이라면 무엇인가 알고 있으리란 생각이 들었기 때문에 난 결정을 내렸다.

"아무래도 뇌검 유라이를 구해야겠군요."

"그렇게만 해주신다면 당신의 은혜를 잊지 않겠습니다."

아이란 백작은 그를 구해야겠다는 나의 말을 듣고는 크게 감사하는 표정을 지었다.

"어떻게 하시겠습니까? 이곳을 빠져나가시겠습니까?"

뇌검 유라이를 구하겠다고 약속한 난 아이란 백작에게 이 성을 빠져나갈 것을 권해보았지만 그는 고개를 저으며 말했다.

"이곳에서 감시받고 있는 것이 좋지는 않지만, 만약 제가 나간다면 당신의 존재를 파악할 수도 있습니다."

"음."

"블러드 스톰님께서는 일단 뇌검 유라이님을 구출하시는 데 총력을 다해주십시요."

"알겠습니다."

나이와는 달리 아이란 백작은 자신의 처지와 주위의 상황을 생각하며 정확한 의견을 피력하고 있었다.

좋은 영주가 될 수 있는 자질을 가지고 있지만 현실은 그러하지 못하다는 것이 아쉬울 뿐이었다.

아이란 백작의 성에 남겠다는 말에 고개를 끄덕인 난 창문을 통해 밖으로 빠져나왔고 그대로 여관으로 돌아갔다.

이미 여관에는 일행들이 모두 모여 있었기에 난 그와 했던 이야기를 해주었다.

"아무래도 유라이를 구출해야 모든 것이 잘 풀리겠군요."

"어쨌든 지방시의 용병들에게는 아직 그의 이름이 높을 테니까요."

유라이를 구출한다면 두 특급용병의 존재로 많은 수의 용병들을 끌어들일 수 있는 데다, 다크 솔루션의 실체에 대해서 좀 더 자세히 알 수 있다고 생각했기에 그를 구하기로 결정을 내렸다.

지방시를 나온 우리는 프로이브란 백작의 영지로 향했다.

과거와는 달리 영지의 접경지에 백작의 사병들이 보이지 않았다.

접경지에 병사가 없다는 것은 지방시의 군대에 대해서 완전히 경계가 끝났다는 것을 뜻하고 있었기에 확실히 무엇인가 두 집단 간에 협약이 있다는 것을 뜻했다.

우린 성으로 잠입해 들어가기 전에 영지 내의 상황도 파악할 겸 근처의 마을에 들렀다. 과거라면 용병으로 가득 찼을 여관도 이제는 한산하기 그지없는 모습을 보이고 있었다.

"하나 물어볼 수 있겠는가?"

“예.”

페드로는 점원을 보며 넌지시 물어보았다.

“오랜만에 이곳에 들르게 되었는데, 얼마 전까지만 해도 지방시와 큰 내전이 있었는데?”

“잘은 모르겠는데요, 들리는 소문에 의하면 휴전을 했다고 하던데요.”

“휴전?”

“예. 들리는 소문에는 지방시의 용병대장이 반란을 꾸미다가 추방당하고 아이란 백작님이 저희 영주님께 휴전을 요청했다고 합니다.”

“다른 곳에서 온 기사들을 본 적이 없는가?”

“다른 곳에서 온 기사들이요? 그러고 보니 한 달 전쯤인가 마을에 큰 소란이 있었습니다.”

“큰 소란?”

페드로의 물음에 점원은 고개를 끄덕이며 말했다.

“난데없이 백 명 정도의 기사들이 마을로 찾아들었는데, 그 기사 분들이 지방시의 기사들인 줄 알고 대피하는 소동이 있었지요. 다행히 영주님의 손님이라는 것을 알고 조용해지기는 했지만 말입니다.”

“고맙네.”

점원에게 은화를 하나 던져 준 페드로는 고개를 돌려서는 조용히 말했다.

“역시 유라이는 이곳으로 잡혀 온 것 같습니다. 아마 이곳 마을 사람들이 보았던 기사들은 루렌드 기사단이었겠죠.”

페드로의 말에 모두들 고개를 끄덕이고 있을 때 난 식당의 구석에 있는 사람에게 정신이 쏠려 있었다.

평범한 여행자 복장을 하고 있기는 했지만 그의 몸에선 알 수 없는 기운이 흐르고 있었기 때문이다.

천천히 음식을 들고 있는 그의 모습에선 빈틈을 찾아볼 수가 없었기에 상당한 실력자라는 것을 알 수 있었다.

오랜 시간 용병 생활을 한 사람에게는 지울 수 없는 한 가지 냄새가 흐르는데, 그것은 바로 피 냄새였다.

수많은 전쟁을 통해 온몸에 배인 각인과 같은 피 냄새는 가축을 도살하는 사람과는 전혀 다른 냄새를 풍긴다.

뒤에 있는 자에게도 그러한 피 냄새가 흐르고 있었지만, 그와 함께 또 다른 기운이 하나 더 흐르고 있었다.

그것은 바로 사제들에게서만 느껴지는 신성의 느낌이었다.

피 냄새와 함께 흐르는 신성의 기운 때문에 나로선 그의 정체를 정확히 파악할 수 없었다.


그날 밤 난 방에서 조용히 명상에 잠겨 있었는데, 그때 창 쪽에서 다른 이의 기운이 밀려오는 것을 느낄 수 있었다.

"들어오십시오."

나를 향한 살기 같은 것은 전혀 느껴지지 않았기에 조용히 그를 불렀고, 창문으로 한 사람이 모습을 드러냈다.

아니나 다를까, 그자는 식당의 구석에서 식사하던 여행자였다.

"역시나 특급용병으로 이름을 날리고 있는 블러드 스톰답군."

"피와 신성을 가지고 있는 사람이라… 무슨 일로 저에게 들르셨습니까?"

"호오!"

나의 말에 그는 이채롭다는 표정을 짓고는 천천히 다가와 근처에 있던 의자에 앉고는 말했다.

"드벤이라고 하네. 자네의 몸에 이상하게도 마의 냄새가 흐르고 있기에 그냥 지나칠 수가 없었네."

그 말에 난 그가 성교회에 속한 사람이라는 것을 알 수 있었다. 그렇지 않다면 마의 기운을 느꼈다 하더라도 찾아올 리는 없기 때문이다.

"성교회 사람이시군요. 피의 향기 속에 감추어진 것을 알아채셨으니 말입니다."

"음… 성교회 사람이라고 할 수도 있지. 아무튼 자네의 몸에서 흐르는 마의 냄새에 대해서 설명해 줄 수 있겠는가?"

그의 말에 난 옆에 있는 블러드 소드를 그에게 던져 주며 말했다.

"아마 이 검 때문일 것입니다."

내 말에 그는 천천히 검을 뽑아 들었는데, 그 순간 피의 향기와 함께 어둠의 기운이 방 안에 흐르기 시작했다.

킬리스의 에고가 깨어난 후 검에선 피의 향기와 함께 조금씩 어둠의 힘이 자리 잡기 시작하고 있었다.

고위 마족인 그의 영이 어둠의 힘을 끌어들이고 있었기 때문이다.

"마검이로군."

"예, 블러드 소드라고 합니다."

"과연……."

그는 검에서 기운을 느끼며 블러드 소드란 이름이 상당히 어울린다는 표정을 짓고는 검을 집어넣어 다시 나에게 건네주었다.

"그나저나 이곳엔 무슨 일로 들렀는가?"

"교단의 명령입니까?"

“하하하, 개인적인 물음일세.”

“친구를 구하기 위해 들렀을 뿐입니다.”

“음… 친구라… 무슨 일인지는 모르겠지만 만일 그 일이 프로이브란 백작과 관련이 있다면 나도 참여할 수 있겠는가?”

“이유는 무엇입니까?”

“자네의 일과 나의 일이 조금 연관되어 있는 것 같아서 말일세.”

나로서는 그를 그대로 신용할 수는 없었으나 다크 솔루션의 적일 수도 있는 신성교단과 대립할 필요는 없다고 생각했기에 고개를 끄덕이며 말했다.

“좋습니다. 하지만 저희 일을 방해하지는 말아주셨으면 합니다.”

“물론일세.”

그 말과 함께 그는 천천히 창문을 통해 빠져나갔고, 그가 나간 후에 난 천천히 모으고 있었던 마나를 풀기 시작했다.

물론 그가 나에게 해를 끼칠 것이라 생각하지는 않았지만, 어느 정도 그에게 경계심을 줄 필요가 있다고 생각했기에 계속적으로 나의 몸에 마나를 늘려가며 그를 압박하고 있었다.

약간의 위압감을 주지 않는다면 그가 깊이 관여하여 방해할 수도 있기 때문이었다.


다음날 난 일행들에게 그를 소개시켜 주었다.

물론 신성교단에서 나온 인물이라는 것은 감추었지만, 다른 사람들에게 그에게 주의를 늦추지 말라는 말은 잊지 않았다.

교단의 인물이라고는 하나 어지러운 세상이기에 교단이나 귀족들과 같은 상위 계급의 인물들 중에 타락한 자들이 많았기 때문이다.

싸늘한 가을바람이 부는 어두운 밤, 우린 프로이브란 백작의 성으로 잠입해 들어갔다.

밤바람 때문인지 성벽을 지키는 병사들은 횃불 주위에 모여 있었는데, 전쟁이 끝났다는 생각으로 병사들의 경비가 조금 완화되어 있는 듯했다.

하지만 그것은 외성에 한해서일 뿐 내성의 성벽은 상당수의 인원이 철저한 경비를 서고 있었다.

"루드그레인이 있었으면 좋았겠군."

이스트는 경비가 삼엄한 내성 벽 위를 보며 중얼거렸다.

칠인회의 총회주 루드그레인은 일이 끝난 후 다음을 기대한다는 말과 함께 돌아갔지만 위험한 일이 닥친다면 그가 도와줄 것이라는 것과 이 근처에도 칠인회 소속 마법사의 눈이 있다는 것을 알고 있었다.

아마 루드그레인은 이번에 성교회에서 왔다고 생각되는 드벤을 조사하고 있으리란 생각이 들었다.

"제가 한번 해볼게요."

도리나는 삼엄한 경비 때문에 안으로 들어서지 못하는 것을 보며 말했다.

도리나가 천천히 눈을 감으며 마나를 조종하기 시작하자 우리의 몸이 점점 하늘로 떠오르는 것을 느낄 수 있었다.

공기의 마나를 조종하는 만큼 주위의 기압을 조종하여 하늘을 날 수 있게 만들었던 것이다.

도리나의 도움으로 쉽게 성으로 잠입할 수는 있었지만 경비를 의식한 우리는 성의 꼭대기에서 밑으로 내려가야 했다.

유라이가 잡혀 있다고 예상되는 곳은 성의 지하 감옥이라 생각되었지만 그전에 프로이브란 백작의 방에 들러 다크 솔루션과 관계된 자료를 찾는 것도 나쁘지 않다고 생각했다.

백작의 방은 과거에 들른 적이 있었던지라 쉽게 찾아낼 수 있었고, 루드그레인에게 배운 슬립 마법으로 프로이브란 백작을 잠에 빠지게 한 후 방을 뒤지기 시작했다.

헤레나의 도움으로 편지를 찾은 적이 있었기에 여기저기 놓여져 있는 책을 뒤져 보았는데, 아니나 다를까, 검은색의 밀랍으로 만들어진 소인을 볼 수 있었다.

"이스트."

"알았어."

이스트는 품에서 몇 가지 장비를 꺼내어 들고는 천천히 작업에 들어가기 시작했다.

밀랍으로 찍혀 있는지라 상당히 집중도를 요하는 작업을 해야 되었던지 이마에선 식은땀이 흘러내리고 있었다.

이십 분 정도 후에 간신히 이스트는 밀랍의 인장이 상하지 않게 편지를 꺼낼 수 있었다.

백작의 방에서 발견된 편지에는 역시나 3개 국의 언어로 된 암호문이 적혀 있었고, 이스트는 주머니에서 조합표를 꺼내어 해독에 들어가기 시작했다.

"해독했나?"

"일주일 후에 리후드 백작의 성으로 유라이를 끌고 오라는 편지군."

"리후드 백작이라……."

드벤은 리후드 백작이란 말에 곰곰이 생각하는 표정을 짓고 있었다.

이스트는 조심스럽게 다시 편지를 원래대로 만들어놓았고, 우린 백작의 방에서 나올 수 있었다.

"이제 지하 감옥으로 가볼까."

성내의 곳곳에서 경비를 서고 있는 병사들의 눈을 피하며 지하 감옥으로 향하자 입구에서 프로이브란 백작의 친위 기사단인 다크 스피리츠 기사단의 모습이 보였다.

친위 기사단이 지하 감옥의 경비를 서고 있을 정도면 상당한 인물이 감옥에 갇혀 있다는 것을 뜻하기에 유라이가 지하 감옥에 있다는 것을 확신할 수 있었다.

하지만 지하 감옥으로 가는 길은 외길이기에 기사들을 쓰러뜨리고 들어간다면 분명 다음 교대자에 의해 발각될 위험이 있었다.

과거의 경험대로라면 프로이브란 백작의 성 경비는 상당히 엄중한 편에 속하기에 분명 일을 모두 끝내기 전에 발각될 확률이 높았다.

"일루션 마법 같은 것은 사용할 수 없는 거야?"

이스트의 말에 난 고개를 저었다.

일루션 마법은 상당히 고난이도의 마법에 속하기 때문에 루드그레인에게 지도를 받았다고는 하지만 아직 마법을 익힌 지가 별로 되지 않은 나로서는 불가능한 일이었다.

"어쩔 수 없이 소란을 일으킬 수밖에 없겠군."

드벤은 일행들을 보며 할 수 없다는 얼굴로 말했고, 다른 이들도 그의 의견에 동감을 표시했다.

"하지만 소란을 일으키는 사람은 백작의 병사들로부터 몸을 피할 능력이 있어야 하는데, 누가 나설 거지?"

그 말에 도리나가 앞으로 나오며 말했다.

“공기의 마나로 하늘을 날 수 있는 제가 하는 게 좋을 것 같군요.”

“그렇다면 에드워드와 함께 부탁하네.”

나의 말에 그녀는 고개를 끄덕이고는 에드워드와 함께 사라졌고, 얼마 지나지 않아 소란스러운 소리가 성밖에서 들리기 시작했다.

“침입자다!!”

병사들의 외침을 들은 우리는 두 사람이 일을 시작했다는 것을 깨닫고 지하 감옥으로 들어가는 문을 지키는 기사들을 살펴봤는데, 그들은 성에 침입자가 왔다는 것을 들었음에도 움직이지 않고 있었다.

“철저하게 지하 감옥의 경비만을 지시받았나 보군.”

그 말과 함께 드벤은 앞으로 뛰어가 기사들에게 쇄도해 들어가 단숨에 그들을 쓰러뜨렸다.

“침입자 쪽으로 경비병들이 정신을 팔고 있을 때 빨리 일을 처리하자고.”

외부의 적에 대다수의 경비병들이 몰려 있다면 지하 감옥으로 올 병사들의 숫자는 그리 많지 않을 것이란 생각에 고개를 끄덕이며 우린 지하 감옥으로 뛰어내려 갔다.

계단 아래쪽에서 상당한 기운이 느껴졌다.

난 짙은 어둠의 복도 한편에서 느껴지는 기운으로 고위 마족이 이곳으로 파견되었다는 것을 알 수 있었다.

“역시나 마족이로군.”

드벤은 어느 정도 예상하고 있었는지 품에서 장갑을 꺼내 들었는데, 상당한 신성력이 풍겨져 나오고 있었다.

“내 목적은 바로 저 고위 마족이니 녀석을 처리하는 동안 일을 끝내도록 하게.”

그의 말에 난 고개를 끄덕였다. 우리는 빠른 속도로 계단을 내려갔다.

슈슉!!

바람을 가르는 소리와 함께 어둠 속에서 하나의 검이 이스트의 정수리를 향해 튀어나왔는데, 이미 대기하고 있던 드벤은 장갑을 낀 손으로 녀석의 검을 후려쳤다.

카강!!

그 순간 검은 두 동강이 나며 부러져 나갔고, 드벤은 신성력이 서린 또 다른 일권을 사용하여 그대로 천장을 후려쳤다. 그러자 검은 그림자가 빠져나오더니 그의 뒷편에 모습을 드러냈다.

"그림자의 마족이로군."

"신성교단!"

마족은 드벤의 몸에서 풍겨져 나오는 느낌에 크게 경악하며 소리쳤다.

드벤이 감옥을 지키고 있던 마족을 상대할 동안 우린 감옥 안으로 안전하게 들어갈 수 있었다.

다크 스피리츠 기사단의 기사들이 지키고 있기는 했으나 우린 과거에 비해 크게 실력이 향상되었기에 손쉽게 그들을 쓰러뜨린 후 감옥이 있는 곳으로 들어설 수 있었다.

"이스트! 특별 감옥의 위치는?"

"오른쪽 7호 수감옥(水監獄)!"

마법사나 소드 마스터 급에 이르는 인물을 가두는 것은 보통 감옥으론 불가능한 일이었다. 이런 이유로 귀족들의 성에선 이들을 가두는 감옥이 몇 가지 존재하는데, 마법 봉쇄의 마법 감옥이 이런 것에 속한다.

하지만 가장 많이 존재하고 있는 감옥은 바로 수감옥으로 연금술이 크게 발달한 현재에는 마나를 억제하는 물약을 사용하여 상대를 가두는 감옥이 많이 쓰이고 있었다.

하지만 수감옥의 경우 인간이 들어가기에는 잔인한 감옥이었다.

오랜 시간 수감옥에 갇혀 있게 되면 물속에 잠겨 있는 부분은 썩어 들어가기 때문이다.

이것은 신체 내의 마나 유통이 막혀 버리기 때문에 발생하는 것으로, 물로 인해 불어버리는 신체로 약품이 들어가기 때문에 일어나는 현상이다.

상당한 시간이 흘렀던 만큼 그 안에 갇혀 있는 유라이의 경우에는 신체의 대부분이 망가져 있을 확률이 높았기 때문에 빠른 시간에 그를 구해야 했다.

"여기입니다!!"

페드로의 말에 우린 유라이가 갇혀 있는 감옥을 찾을 수 있었다.

"유라이……."

하지만 난 수감옥에 갇혀 있는 그의 모습을 보며 아무 말도 할 수가 없었다.

허리까지 차 있는 물 위로 두 개의 수갑에 양손이 차여 있는 그의 모습은 과거 야망이 가득한 하프 엘프의 모습이 아니었다.

초췌하게 말라 버린 얼굴, 반 이상 빠져 버린 머리카락과 가슴 위로 기어다니는 구더기의 모습들… 뭐라고 말할 수 없을 정도가 되어버린 유라이였기 때문이다.

"이스트… 수감옥의 물을 빼라."

“알았어.”

이스트는 수감옥의 기관 장치를 통해 감옥 안의 물을 빼기 시작했다.

물이 빠지자 드러난 유라이의 하반신은 처참했다.

이미 물속에 오랜 시간 잠겨 있던 다리는 뼈가 드러날 정도였기에 사제들의 신성 치료를 받는다고 해도 걷는 것은 무리라는 생각이 들었다.

난 감옥 안으로 들어가 검으로 수갑을 자른 후 그를 등에 업었다.

다행히 등 뒤로 느껴지는 그는 숨을 쉬고 있었지만 심장의 박동이 불규칙하게 느껴지고 있었기에 빠른 시간 안에 치료를 받아야만 함을 느꼈다.

유라이를 업고 지하 감옥의 통로로 왔을 때는 드벤이 마족을 처리한 후였다.

“굉장하군, 마족을 쓰러뜨리다니.”

이스트는 드벤이 마족을 쓰러뜨린 것을 보며 그의 실력에 놀라워 하고 있었다. 그가 상대하고 있던 마족은 그림자 마신의 일족에 속하는 고위 마족, 그런 마족을 쓰러뜨렸다는 것은 상당한 실력의 소유자라는 것을 뜻하고 있었다.

내가 보았을 때도 고위 마족의 실력은 지금까지 내가 상대했던 자들과 그리 다르지 않은 실력이라 생각되었는데, 드벤은 아무런 상처도 없이 녀석을 처리한 것이다.

계단의 한구석에 보이는 마족의 시체는 잔인하게 찢어발겨져 있어 계단은 피와 내장으로 뒤범벅되어 있었다.

“자, 일도 끝났으니 이제 돌아가자고.”

우리를 보며 미소를 짓고 있는 드벤, 하지만 난 웃고 있는 그의 미소에서 무엇인가 알 수 없는 불안감이 느껴졌다.

'즐기고 있다.'

그는 마족을 죽이는 상황을 즐기고 있었던 것이 분명했다. 그의 입가에 있는 미소는 무엇인가 크게 만족감을 느꼈을 때의 미소였기 때문이다.

하지만 지금은 유라이를 치료하는 것이 급선무였기에 계단을 뛰어 올라 가기 시작했는데, 그때 드벤이 유라이의 다리를 보고는 말했다.

"이거 심하군. 잠시 내려놓을 수 있겠는가?"

"…치료가 가능하겠습니까?"

"약간은……."

그의 말에 고개를 끄덕인 난 유라이를 내려놓았다. 그는 천천히 썩어 있는 다리로 손을 가져가서는 주문을 외우기 시작했고, 얼마 지나지 않아 다리로 새하얀 신성 기운이 흐르기 시작하더니 썩은 다리에서 새살이 돋아나기 시작했다.

"이 정도까지!"

"와아! 설마 했는데 성기사 출신이었나 보군."

"글쎄."

페드로와 이스트의 감탄 어린 말에 그는 가볍게 미소만 지을 뿐이었다.

방금 보여준 신성 치료는 간단한 것이 아니었다.

썩어가는 다리의 독기를 빼낸 후에 새살이 돋아나게 하는 것은 적어도 고위급의 사제만이 가능한 일이었기 때문이다.

그의 손에서 느껴지는 신성 기운 때문에 온몸에 소름이 돋을 지경이었지만 힘을 내어 유라이를 다시 업고는 계단을 올라갔다.

"침입자다!!"

역시나 쓰러져 있는 기사들을 발견한 프로이브란 백작의 병사들이 지하 감옥의 입구에 몰려 있었다.

"파이어 볼!!"

난 기다리지 않고 계단의 입구를 향해 파이어 볼을 날렸고, 그 순간 엄청난 불꽃의 폭발이 일어나면서 우리를 기다리고 있던 병사들을 쓸어버렸다.

"블러드 스톰님! 마법의 능력을 올리시면 검술이 불가능하지 않습니까!!"

페드로는 내가 마법을 사용하자 크게 놀라서는 소리쳤는데, 원거리에서 적을 공격할 때는 마법이 최선이라고 생각한 난 일단은 드벤을 조금이라도 믿어보겠다는 결심을 했다.

"헉헉……."

혈관을 통해 마나가 유입되기 시작하자 체력이 급격히 떨어지기 시작하고 유라이의 몸이 무거워졌으나 그를 버릴 수는 없는 일이었기에 이를 악물고 뛰었다.

그때 뒤에서 무엇인가 따스한 기운이 느껴지는 것을 알 수 있었다.

"하이 스트랭스!"

"드벤?"

나에게 체력 증강 마법을 걸어준 인물은 드벤이었다.

마법사가 사용할 수 있는 스트랭스와는 달리 사제들이 보조 신성 마법으로 걸어주는 하이 스트랭스는 상당한 효과가 있는지 나의 몸에 전과는 달리 신체의 활기가 증강되고 있었다.

“고맙군.”

“별말을… 하하하.”

알 수 없는 녀석이었다.

하지만 녀석의 도움으로 나의 체력이 크게 향상되었기에 유라이를 업고 가는 것은 문제가 없었다.

“블러드 스톰, 여기예요!”

“도리나!”

다행히 공기의 마나를 사용하여 하늘을 날 수 있는 도리나가 우리를 기다리고 있었기에 안전하게 프로이브란 백작의 성을 빠져나올 수 있었다.

우리는 미리 준비하고 있던 마차를 통해 빠른 속도로 녀석들의 영지에서 빠져나가기 위해 달렸지만, 뒤로 다크 스피리츠 기사단의 기사 이십여 명과 수백 명이 넘는 기마병들이 뒤를 쫓고 있었기에 완전히 탈출했다 할 수는 없었다.

지방시의 영지로 들어선다 해도 녀석들이 뒤를 쫓는 것을 멈춘다고 생각할 수도 없는 노릇이었기에 방향을 바꾸어 다른 영지로 향할 수밖에 없었다.

“페드로, 알미타스 영지로 방향을 바꿔라!”

“예? 하지만 알미타스 영지는 프로이브란 백작과 동맹 중인 귀족의 영지입니다.”

“알고 있다!”

나의 말에 페드로는 알미타스 영지를 향해 급히 마차를 돌렸고, 우린 얼마 지나지 않아 영지에 도착할 수 있었다.

“멈춰라!!”

영지의 경계에 있던 병사들이 우리 앞을 막기 위해 소리치고 있는 것을 보며 난 마차의 지붕 위로 올라가 검에 마나를 집중시켰다.

어느 정도 시간이 지난 후였기에 혈관으로 흐르던 마법사의 마나를 다시 검사의 마나로 돌릴 수 있었기 때문이다.

"블러드 애로우!!"

나의 애검인 블러드 소드에서 검기의 화살이 날아가자 알미타스 영지의 병사들은 놀라며 피하기 시작했고, 우린 영지 안으로 들어갈 수 있었다.

"영지의 서쪽으로 빠져서 다시 프로이브란 백작의 영지로 들어간 후 지방시로 향한다!"

"예."

협력하고 있는 귀족이라고는 하지만 그것은 맨 위의 계급에 있는 두 귀족에 한한 것이다.

알미타스 영지와 프로이브란 영지의 교류는 그리 크지 않다는 것을 알고 있는 나는 알미타스 영지의 병사들이 그들을 막아주리라 생각했고, 나의 짐작은 맞아떨어졌다.

"우린 프로이브란 백작님의 다크 스피리츠 기사단이다! 당장 길을 비켜라!"

"당신들의 출입을 허락할 수 없습니다!"

영지의 경비병들이 추적대의 기사들이 우리를 잡기 위해 들어오는 것을 막으며 소리쳤다. 경비의 책임자인 알미타스의 기사로서는 함부로 다른 영지의 기사들이 영지를 유린할 수 없게 하는 것은 당연한 일이었다.

현재와 같이 어수선한 시국에선 믿었던 자에게 배신을 당하는 것이 부지기수로 일어나고 있는 실정이었기에 가능한 일이었다.

소수의 무리인 우리로선 영지의 홍망에 관계가 없지만, 다수의 프로이브란 백작의 병사들은 충분히 영지를 유린할 수 있는 병력이었기 때문이다.

예상대로 얼마 지나지 않아 추적대의 모습은 완전히 사라졌고, 우린 다시 방향을 돌려 프로이브란 백작의 영지로 잠입한 후 다시 지방시로 들어갈 수 있었다.

"꽤 재밌는 생각이었군, 블러드 스톰."

드벤은 나의 결정에 크게 만족하는 모습을 보이며 갖고 있었던 술을 마시고 있었다.

'이자의 정체가 궁금하군……'

나로서는 고위 마족을 쓰러뜨릴 정도의 실력과 함께 고위 사제에 버금가는 치료술을 가지고 있는 이자의 정체가 궁금하지 않을 수 없었다.

내가 알고 있는 바로는 신성교단에서 전투 능력과 사제의 능력을 겸비할 수 있는 사람은 극히 소수에 지나지 않으며 그들 중에서도 이 정도 능력을 가지고 있는 사람이 있다는 것은 들은 적이 없었다.

'성기사?'

하지만 고개를 저을 수밖에 없었다.

성기사는 교단에서 만든 성기(聖器)만을 사용할 수 있었고, 드벤처럼 주먹을 사용하여 싸우는 인물은 성기사가 될 수 없었다.

지방시에 도착한 우리는 여관에 자리를 잡은 후 유라이의 치료에 들어갔다.

다행히 지방시의 성전에 있는 고위 사제를 데리고 올 수 있었기에 빠른 치료가 가능했지만, 치료를 담당하던 사제는 어느 정도의 상처 치료 후 고개를 저으며 말했다.

"아무래도 주교급 이상의 분이 오시지 않으면 완전한 치유는 불가능할 것 같습니다."

"젠장!"

주교급의 사제를 청해 상처를 치료받을 수 있는 사람은 백작 이상급의 귀족으로 제한이 되어 있었기에 유라이를 치료하는 것은 불가능했다.

상처의 독으로 유라이가 정신을 차리지 못하는 지금 우리로선 그를 구한 것이 헛된 일이 될 수밖에 없었는데, 그때 잠시 무엇인가를 생각하던 드벤이 나를 보며 말했다.

"이자가 많은 것을 알고 있다고 생각하는가?"

"물론입니다. 오랜 시간을 살아온 하프 엘프인데다가 우리보다 훨씬 전부터 그들을 추적하고 있었으니까요."

나의 말에 그는 고개를 끄덕이면서 말했다.

"알겠네. 주교급의 사제님을 청해보도록 하지."

드벤의 말에 우리들은 모두 크게 놀라지 않을 수 없었다.

도대체 이자의 진정한 정체가 무엇이기에 아무것도 아니라는 듯이 주교급의 사제를 불러올 수 있단 말인가?

제국의 아리시아 성교의 성전에서 드벤의 도움으로 유라이는 주교에게 치료를 받을 수 있었다.

다행히 이곳 성전의 주교는 상당한 신성력을 가지고 있는 인물이었기에 불가능할 것만 같았던 유라이의 상처를 완치에 가까울 정도로 치료할 수 있었다.

　삼 일이 지난 후 유라이는 간신히 정신을 차릴 수 있었으나 그동안
에 상당히 고초를 겪었는지 기력을 완전히 되찾지는 못했다.
　성전의 치료실에 누워 있던 유라이는 눈을 뜨자마자 우리들의 모습
을 확인하고는 미소를 지으며 말했다.
　"역시 나의 눈은 틀리지 않았군……."
　"유라이, 정신이 드는가?"
　"다행히……."
　천천히 고개를 돌린 유라이는 도리나의 얼굴을 보고는 말했다.
　"공기의 마나를 사용하던 여인이군."
　"예."
　"첫번째 만남에서는 약간의 오해가 있었던 것 같군."
　"저도 마찬가지랍니다.  전 그때 당신이 다크 솔루션의 일원이라고
생각했으니까요."
　"글쎄, 애석하게도 난 다크 솔루션의 일원이다."
　유라이의 말에 우린 크게 놀라지 않을 수 없었다.
　"물론 당신들과 싸우고 있는 다크 솔루션과는 조금 다르지만 말이
야."
　"조직이 두 개로 나눠진 것이군."
　나의 말에 그는 고개를 끄덕이며 말했다.
　"현재 다크 솔루션은 구파와 신파로 나눠져 있지. 물론 다크 솔루션
의 본단이 무너지면서 신파가 완전히 세력을 장악했지만 말이야……."
　"역시 아이란 백작의 성이 다크 솔루션의 본단이었군."
　"유명무실한 본단일 뿐이지."

"그렇다면 실제의 본단은?"

나의 말에 유라이는 무엇인가를 크게 망설이는 듯한 표정을 짓다가 할 수 없다는 표정을 짓고는 말했다.

"자네들로만은 불가능하지만 일단은 실제의 본단을 말해 주지. 바로 리후드 백작의 영지가 신파의 본단이네."

그의 말에 난 크게 놀라지 않을 수 없었다.

"리후드 백작의 영지가? 그럼 리후드 백작이 현재 다크 솔루션의 장이란 말인가?"

"확실히 대답을 할 수는 없지만, 그가 어떤 이유에서인지 이 일에 관련이 있다는 것은 확실하네. 그런 이유로 필요에 의해 자네를 불렀지만, 의심의 눈은 버릴 수가 없었지."

"도리나와 접촉한 후 강하게 의심의 눈길을 보낸 것은 그 이유이군."

"일단은 그녀 역시 신파의 일원이라고 생각했으니까."

그제야 지금까지 있었던 일이 어느 정도 이해가 갔다.

하지만 나로선 리후드 백작이 그런 사람이라고는 생각할 수가 없었다.

그와 같이 지낸 것은 잠시 동안이었지만, 그동안 느낀 것을 생각하면 결코 어둠 속에서 살 수 있는 사람이 아니라고 생각되었기 때문이다.

"자네가 못 믿는 것은 당연하네. 나 역시 그런 이유로 리후드 영지가 아닌 다른 곳에서 신파의 본단을 찾고 있었으니까."

"음……."

"프로이브란 백작의 영지라고도 생각해 본 적이 있지만, 그의 머리로는 불가능하다는 결론이 나왔지."

유라이는 오랜 시간 이야기를 나누어 기력이 떨어지는 모습을 보이고 있었기에 우린 그를 내버려 두고 밖으로 나와 다시 의논을 할 수밖에 없었다.

"본단을 확인했다면 결전만이 남아 있겠군요."

페드로의 말에 다른 이들도 모두 고개를 끄덕였다.

하지만 지금의 숫자로 리후드 백작의 영지로 들어가는 것은 불가능하다는 걸 모두 알고 있었다.

화령의 기사 리후드가 거느리고 있는 루렌드 기사단은 제국 내에서도 상당한 명성을 가지고 있는 일류의 기사단, 거기다가 고위 마족이라는 상대하기 껄끄러운 자들이 대부분 그곳에 있을 것은 분명한 일이었다. 확실한 힘을 모으지 않는 이상 함부로 리후드 백작의 영지로 가는 것은 계란으로 바위를 치는 것과 같은 행동이었다.

"봐렌에게 연락해서 어느 정도 원조를 받고, 칠인회의 루드그레인에게서 마법사들의 원조를 받는 것이 좋을 듯하군."

다행히 우리들에게 도움을 줄 수 있는 존재가 없는 것은 아니었기에 리후드 백작의 영지를 치는 것이 가능하다고 생각됐는데, 그때 나의 뒤에서 누군가의 인기척이 느껴져 왔다.

"그 싸움에 나도 끼워줄 수 없겠는가?"

"드벤……."

이렇게 가까이 접근해 왔음에도 녀석이 다가오는 것을 눈치 채지 못했다는 것을 깨달은 난 등줄기에 식은땀이 흘러내리고 있었다.

도대체 그의 실력은 어느 정도나 되는 것일까?

"제국의 귀족을 치는 것에 대해 성교회의 허락을 받으려면 상당한 시간이 걸릴 텐데?"

"뭐, 나 혼자라면 별문제가 되는 것은 아니고, 난 리후드 백작을 상대하는 것이 아니라 마족들을 상대하는 것이니 상관없지."

"마족이라……."

그의 말을 들으며 그가 상당히 높은 직위에 있는 자에게 직접 지시를 받는 인물이라는 것을 알 수 있었다.


리후드 백작의 영지에서 있을 싸움 전 가장 먼저 도착한 이들은 바로 칠인회의 마법사들이었다.

이미 우리 주위에 어느 정도 루드그레인의 명령을 받은 마법사들이 있었기에 사람들을 보내는 것 또한 빨리 이루어졌기 때문이다.

칠인회의 마법사들이 온 것을 보며 이스트는 이상하다는 표정을 지으며 말했다.

"그나저나 칠인회의 마법사들은 어디서 우리를 관찰하고 있는 거지? 너조차도 마법사가 지켜보고 있다는 것을 모르고 있었잖아."

그 말에 나 역시 궁금증을 느끼고 있었는데 그때 나의 곁으로 루드그레인이 다가오며 말했다.

"아티팩트의 힘이지요."

"아티팩트?"

이스트의 어리둥절해하는 말에 루드그레인은 페드로의 곁으로 다가가서는 그의 검을 가리키며 말했다.

"애석하게도 당신들의 동행은 재밌는 물건을 많이 가지고 계시더군요. 마법 물품까지 말입니다. 그런 이유로 그것에 약간의 마법을 인첸터했지요."

“아!”

그 말에 페드로는 크게 놀란 표정을 지었다.

“이번 싸움으로 당신들의 싸움도 어느 정도 끝을 맺게 되겠군요.”

“어떤 결과가 나올지는 모든 것이 끝나봐야 알겠지요.”

에드워드의 말에 다른 이들도 고개를 끄덕였다.

오랜 시간 동안 대륙의 어둠을 장악하고 있던 이들이기에 모든 것이
끝나지 않는 이상 그 결과를 알 수 없었기 때문이다.

제24장 **결전**

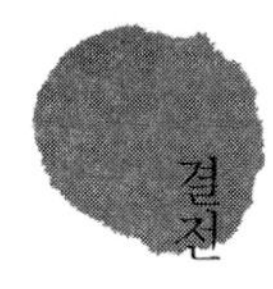


"유라이가 탈출했다고?"

"예."

검은 가면을 쓰고 있는 기사의 말에 차의 향을 음미하고 있던 가면 귀족은 조용히 되묻고는 천천히 찻잔을 내려놓았다.

"블러드 스톰의 움직임은?"

"정보에 따르면 이곳으로 향하고 있다고 합니다."

"…알겠다. 지시가 있기 전에는 함부로 그들을 공격하지 말도록 하라."

"예."

검은 가면의 기사가 물러나자 다시 찻잔을 입에 댄 그는 천천히 입을 열었다.

"성교회 측에서도 눈치 챈 듯한데 당신들은 어떡할 텐가?"

그의 말이 끝나자 어둠 속에서 한 사람의 인영이 드러났는데, 그는 기사들이 입는 풀 플레이트 메일을 입고 있었지만 등 뒤의 날개와 머리에 돋아 있는 뿔로 한눈에 마족이라는 것을 알 수 있었다.

"어차피 마계로 돌아가기는 어려울 것 같군."

"…그렇다면 블러드 스톰과 같이 오고 있는 자를 부탁할 수 있겠군."

"어차피 마주쳐야 할 상대이니까……."

그 말과 함께 그는 다시 어둠 속으로 사라졌다. 가면 귀족의 입에서는 알 수 없는 미소가 흐르고 있었다.

"물러설 곳이 없단 말인가? 크크크, 나 역시 마찬가지라네……."

*     *     *

리후드 백작의 영지로 먼저 향한 사람들은 모두 일곱 명이었다.

나와 이스트, 페드로와 가우레시스 왕국의 도리나와 에드워드, 그리고 성교회에서 온 드벤과 칠인회의 마법사 루드그레인이었다.

루렌드 기사단 외에 다크 솔루션에는 많은 귀족들이 있었기에 함부로 영지에 대군을 진군시킬 수 없는 만큼 확실한 증거를 잡아야 했다.

드벤은 마족과 힘을 합치고 있다는 확실한 증거만 잡을 수 있다면 성교회 측의 병력인 성기사단의 힘을 얻을 수 있다고 했다. 그래서 그 증거를 잡기 위해 나선 것이다.

며칠간의 여행 끝에 우리들은 리후드 영지의 끝자락에 위치한 작은 마을에 도착할 수 있었다.

"이런… 조심하십시오. 심상치 않은 기운이 흐르는군요."

루드그레인은 마을을 보자마자 일행들을 보며 이야기했기에 우리는 주의를 기울이며 마을로 말을 몰아갔다.

아니나 다를까, 마을은 보기에도 흉할 정도였다.

무슨 지진이라도 일어났었는지 대지는 이리저리 갈라져 있는 데다 집들은 불길에 휩싸여 있었다.

그런 대지 위로 찢겨져 있는 사람들의 시신이 널려져 있었고, 멀리 광장에서는 석화 마법이 걸린 석상의 위로 붉은 피가 칠해져 있었다.

"저건?"

"영역 표시입니다. 피 냄새를 맡고 오는 마물들에게 이곳은 자신들의 땅이라는 것을 말하고 있는 것이지요."

"도대체 어떤 녀석이지?"

이스트는 사람들의 시신을 보며 노기가 치솟아오르는 듯 얼굴을 일그러뜨리며 물었다.

"마족이 데리고 온 상급 마물입니다. 아무래도 이곳에서 한판 붙어야 할 것 같군요."

그렇게 말한 루드그레인은 조심스럽게 주문을 외우더니 땅을 향해 마법어를 시전했고, 그 순간 대지가 크게 흔들리며 사방에서 불기둥이 치솟아올라 왔다.

"뭐야, 이건!!"

"마계의 깊은 곳에서 산다고 전해지는 이럽트라는 마물입니다. 주로 용암의 주위에서 사는 녀석인데 보통 일고여덟 마리의 메두사를 끌고 다닙니다."

"메두사!"

메두사는 두 눈을 보게 되면 석화 마법에 걸리는 상급 마물의 일종이기에 상대하기가 껄끄러운 녀석이었다.

"여러분의 눈에 마법을 걸어 메두사의 석화 마법에 걸리지 않게 할 테니 잠시 마나를 갈무리해 주시기 바랍니다."

루드그레인의 말에 우리는 모두 마나를 갈무리했고 천천히 마법의 힘이 우리의 눈으로 스며들어 왔다.

크와아아!!

하늘 높이 치솟아오르는 불길과 함께 거대한 뱀과 같은 것이 그 모습을 드러내었기에 녀석이 루드그레인이 말하던 이럽트라는 마물이라는 것을 알 수 있었다.

대지로 드러낸 부분만 해도 이십 미터는 족히 넘어서는 엄청난 체구의 녀석인지라 드래곤이 그 덩치 그대로 폴리모프한 것은 아닐까 하는 착각에 빠질 정도였다.

"녀석은 레드 드래곤과 같이 불길의 브레스를 뿜어내니 조심하시고 주위에 있는 메두사들은 포이즌 마법을 사용합니다."

루드그레인의 말에 녀석들의 공격 방법을 알 수 있었기에 미지의 마물에게서 어떠한 공격이 나올까 하는 두려움은 사라졌다.

사람들이 이럽트를 상대로 싸우고 있을 때 난 다른 기운에 눈을 돌리고 있었다.

지금까지 몇 번 겪은 적이 있는 기운, 바로 마계의 고위 마족들만이 가질 수 있는 강대한 어둠의 마나 기운이었다.

드벤 역시 그것을 눈치 채고 있었기에 이럽트를 상대함에도 자신의 모든 힘을 드러내지는 않고 있었다.

「아무래도 화염 마신 일족의 고위 마족이 있는 것 같군.」

검의 에고인 킬리스 역시 녀석의 낌새를 알아채고는 말했다. 난 고개를 끄덕인 후 검을 뽑아 들어 녀석이 있다고 생각되는 곳을 향해 걸어갔다.

크아악!!

"찻!!"

마족이 있는 곳이라 생각한 건물의 잔해를 걷어내고 있는데, 잔해 사이로 갑자기 메두사가 나에게로 튀어나왔다.

녀석의 머리에 솟아 있는 수많은 뱀들이 나의 몸을 물기 위해 달려들었지만, 일검에 메두사의 목을 베어버리자 피를 토하며 잠잠해졌다.

메두사의 목을 벤 후 다시 녀석을 찾기 위해 뒤로 돌아 걸어가려 했는데, 그 순간 뜨거운 불길이 얼굴을 향해 밀려들어 왔다.

"으윽!!"

불길은 간신히 피할 수 있었지만 그 틈새를 노리기라도 한 것처럼 빠른 공격이 이어지며 무엇인가가 허벅지를 할퀴고 지나갔기에 그 자리에서 무릎을 꿇을 수밖에 없었다.

"이건……."

녀석의 손톱에 긁힌 상처가 어둠의 불길에 휩싸여 피가 끓어오르는 듯했기에 급히 마나를 주입하여 어둠의 화염을 밀어내 다리가 타 들어가는 것을 막을 수 있었다.

땅으로 몸을 감추며 상대가 나타나기를 기다리다가 화염의 기운이 담겨 있는 손톱으로 공격을 하는 녀석이었다.

이렇게 지하에 숨어서 공격하는 적들은 마법이 아니라면 선공을 가할 수 없었기에 상대하기 어려움을 느꼈다.

「멍청한 녀석, 정신을 집중해라!」

'정신을…….'

킬리스는 내가 녀석에게 당하자 귀찮아하며 입을 열었다.

「이제부터 싸워야 할 상대는 겉으로만 보이는 적들이 아니다. 그 본질을 파악하지 못한다면 네 녀석에겐 죽음밖에 없을 것이다.」

그의 말에 고개를 끄덕인 난 눈을 감고 주변의 움직임을 살피기 시작했다.

멀리서 일행들이 가진 마나의 기운이 느껴졌고, 다른 이들과는 다른 루드그레인의 거대한 마나의 기운이, 그리고 신성의 색깔을 가진 드벤의 기운이 움직이고 있는 것이 느껴졌다.

'이것이 마물의 기운인가…….'

거대한 어둠의 기운과 함께 대여섯 개의 사악한 기운이 움직이고 있었고, 나의 주위에 또 다른 어둠의 불길이 타오르고 있는 것이 느껴졌다.

이상한 것은 커다란 두 개의 기운 사이에 희미하지만 하나의 줄이 이어져 있는 것이 느껴지는 것이다.

'그렇군. 이럽트와 녀석은 서로 연결되어 있는 존재였는가…….'

고위 마족 중에는 단순히 본신의 힘만을 가지고 싸우는 존재만 있는 것이 아니란 게 생각났다.

마계 생물의 한 형태로 그들은 지상의 여러 생물과 같이 공생의 관계를 유지하며 살아가는 녀석들도 있었기 때문이다.

난 일행들을 공격하는 이럽트란 마물과 마족이 연결되어 있는 존재라는 것을 깨달을 수 있었다. 그리고 이 순간 지하에서 움직이고 있는 기운은 천천히 나를 향해 다가오고 있었다.

"합!!"

빠른 속도로 쇄도해 들어간 난 녀석과 이럽트 사이의 연결된 끈을 향해 검을 내려쳤다.

쿠구궁!!

마나가 담긴 블러드 소드로 치자 큰 파괴음과 함께 땅은 크게 패였고, 그 파여진 흔적 사이로 탯줄과 같은 연결 선이 눈에 들어왔다.

"블러드 애로우!!"

연결 선을 발견한 난 검에 마나를 집중해 검기를 날려 탯줄을 끊어 버렸다.

"끄아악!!"

탯줄이 끊어진 순간 시뻘건 피가 분수처럼 터져 나오며 순식간에 구덩이를 메우고는 피의 샘을 만들어 버렸고, 왼쪽에서 하나의 존재가 고통스러운 얼굴을 하며 모습을 드러냈다.

난 녀석이 모습을 드러내자 재빨리 검을 들어서는 상대의 정수리를 꿰뚫어 버렸고, 그 순간 일행들을 공격하던 이럽트도 피를 뿜으며 땅으로 쓰러졌다.

이럽트가 거느리고 있던 메두사들은 녀석이 죽자 비명을 지르며 쓰러져 재가 되어버렸기에 이 모든 존재가 하나의 생명체로서 공존하고 있었음을 알 수 있었다.

"휴……."

이스트는 녀석들이 쓰러지자 길게 숨을 내쉬며 검을 집어넣고는 말했다.

"그나저나 마족 녀석과 이 녀석의 몸이 연결되어 있었다니……."

"이 세계에서도 공생하는 생물들이 있으니까요. 마계는 이곳의 세계에서보다 더 약육강식의 법칙이 강한 곳이니만큼 고위 마족이라도 자신의 힘이 모자라다고 생각하면 보셨던 바와 같이 강한 마물과 공생하는 방법을 취하기도 합니다. 물론 그렇게 되면 힘이 강해지기는 하지만 방금 본 것과 같이 치명적인 약점이 존재하기도 하는 것이죠."

루드그레인은 쓰러진 이럽트에게 다가가서는 녀석의 이빨을 뽑기 시작했다.

드래곤에 비해 지능이 떨어지기는 하지만 브레스까지 뿜는 마물이었기에 이빨과 뼈의 강도는 상당하리란 생각이 들었다.

"참나! 뭐 하는 거야? 지금 그럴 때가 아니라고."

이스트는 말에 오르면서 루드그레인을 보며 다그치듯 말했는데, 그는 고개를 저으며 말했다.

"제가 하는 일은 이 녀석들을 위한 것입니다."

"무슨 소리야?"

"이렇게 하면 인간의 야욕 때문이 아닌 자연계의 법칙에 따라 희생되는 것이니까요. 또 이대로 버려두는 것보다는 쓸모있는 것을 취하는 것이 좋은 일 아니겠습니까?"

녀석의 이빨을 뽑은 루드그레인은 이빨의 한 면에 마법원을 그려 넣은 후 천천히 주문을 외우기 시작했고, 잠시 후 푸른색 마나의 빛이 이빨로 스며들어 가기 시작했다.

이빨에 마법을 불어넣는 것이 끝나자 그는 조심스럽게 그것을 이럽트의 몸 위에 놓고는 주문을 외웠고, 잠시 후 이빨에서 나온 빛이 이럽트의 시체를 감싸더니 서서히 눈앞에서 사라져 가기 시작했다.

작업을 끝내자 루드그레인은 이스트를 보며 미소를 짓고는 말했다.

"세상에서 가장 쓸모없는 것이 인간이란 것을 아십니까?"

"그건 무슨 소리야?"

"가죽은 연약하고, 털도 없는 데다가 이상한 법칙에 얽매여 먹을 수 있는 살과 뼈도 취할 수 없어 의미없이 땅에 묻혀 썩어갈 뿐이니 어디 쓸모가 있습니까?"

"그렇긴 하군."

"유명한 현자의 말 중에 지능이 있는 인간이란 자연계의 먹이 사슬 구조를 이탈하는 반자연계의 존재란 게 있지요."

이스트는 그의 말을 알아듣지 못하겠다는 듯이 어리둥절한 표정을 지었다. 루드그레인은 할 수 없다는 표정으로 손을 내젓고는 말 위에 올라 사람들을 보며 말했다.

"솔직히 전 다크 솔루션이란 녀석들이 하는 일의 마지막 결과를 보고 싶습니다."

마지막 한마디에 일행들의 시선은 모두 루드그레인에게 몰릴 수밖에 없었다.

"상당히 인간에 대해 불신감이 있는 모양이군."

드벤은 루드그레인의 말을 들으며 흥미롭다는 표정을 하고 있었다.

"일단 인간보다는 마족이 더 친근감이 있으니까요."

"후… 성교회에서 나온 사람 앞에서 그런 소리를 하면 잡혀간다네."

"그런 이유로 칠인회에 있지 않겠습니까?"

"하긴 칠인회라면 성교회의 감시 범위에서 벗어난 집단이긴 하지."

두 사람 사이에 알 수 없는 긴장감이 흐르고 있었기에 다른 이들은 아무 말도 할 수가 없었다.

성교회와 마법 길드, 어울리지 않은 곳에 속해 있는 두 사람이니만큼 좋은 분위기를 낼 수 없다는 것은 알고 있었다.

하지만 지금의 난 누구를 선택할 것이냐라는 물음이 있다면 적의 편을 들어주고 있는 루드그레인에게 손을 들어줄 것이다.

　물론 개인적인 친분을 떠나 이 두 사람이 속해 있는 집단을 보아도 마찬가지였다.

　지금의 성교회는 비대해진 권력자들의 조직이기에 썩어 빠진 귀족과 다를 바 없기 때문이다. 말없이 우리에게 도움을 주는 루드그레인의 존재는 집단의 이득을 쫓는 성교회보단 믿음이 갔다.

　처음의 마을을 제외하고는 조용하기 그지없었다.

　과거에 들렀던 때와 마찬가지로 부유한 농가의 모습에다 사람들의 표정이 생기있었기 때문이다.

　"다크 솔루션의 휘하에 있는 영지들은 모두 평화롭군요."

　"그렇군. 우리들은 그 평화를 깨러 온 악당이니 깃발만 흔들면 평범한 영민들과 싸워야 할 거야."

　루드그레인과 드벤의 대화에 이스트는 도저히 가까이 갈 수 없다는 표정을 짓고는 페드로의 곁으로 가서 말했다.

　"아무래도 저 두 사람 때문에 조용한 여행이 되기는 어려울 것 같아."

　"처음부터 조용한 여행이 될 수 없었으니까."

　"너마저……."

　페드로의 말에 이스트는 더 이상 못 참겠다는 표정을 짓고는 내 쪽을 향해 말을 몰아왔다.

　"그나저나 남은 마족의 숫자는 얼마나 될까?"

　"루드그레인이 말한 숫자 정도라면 적어도 지금까지 처리한 녀석들을 빼고도 아직 반 정도는 남아 있겠지."

　"음… 나머지들은 리후드 백작의 성에서 만나려나?"

　"그렇겠지. 처음에 들렀던 마을의 마족은 지금까지의 녀석들 중에서 가장 약한 녀석이었으니 우리들의 실력을 가늠해 보는 정도랄까?"

나의 말에 이스트는 고개를 끄덕이면서 무엇인가를 골똘히 생각하는 표정을 짓고는 말했다.

"만약에 말이야, 네가 유라이에게 가지 않고 이곳에 남아 있었다면 어떻게 됐을까?"

"글쎄……."

이스트의 말에 나 역시 생각에 잠길 수밖에 없었다.

리후드 백작은 유라이에게 가는 나를 잡은 적이 있었다.

그때는 단순히 귀족의 영역을 빼앗으려 하는 용병에게 가는 것을 막는다는 생각이었지만, 다시 생각해 보면 확실히 적이 될 수 있는 사람을 끌어들이려 했다고 생각할 수도 있었다.

적어도 난 귀족의 편에 설 사람은 아니었으니까 말이다.

지금까지 나온 결과를 미루어본다면 리후드 백작은 다크 솔루션의 집단에 속한 사람이 분명했다.

의문은 어느 것 하나 부족할 것 없는 그가 왜 그런 조직에 들어갔을까 하는 것이다.

적어도 내 눈에 보이는 리후드는 어둠에서 움직일 그런 자는 아니기 때문이다.

"루드그레인."

"말씀하시지요."

"나의 눈을 믿는가?"

"약간은 사람을 보는 눈이 있다고 생각합니다만."

"…내가 정의라고 본 사람이 있다면 어떻겠는가?"

나의 말에 루드그레인은 망설일 것도 없다는 얼굴로 말했다.

"정의로운 인물이겠죠."

"하지만 그가 악당이라면?"

그 말에 루드그레인은 미소 짓고는 말했다.

"의미를 달리한다면 수천 명을 죽인 미치광이 살인마에게는 사람을 죽이는 것도 정의가 될 수 있습니다."

"내 눈이 정확하다는 전제인가?"

"눈을 완전히 신용할 수는 없습니다."

"그럼?"

"제가 아는 당신은 적어도 불확실한 이야기는 하지 않습니다. 그렇다면 눈이 아니라 몸으로 느꼈다는 것이니 신용할 수 있지요."

"…고맙군."

"사실을 이야기한 것뿐입니다."

루드그레인과의 대화는 나로 하여금 그에게 믿음을 주기에 충분했다.

결코 자신의 지위를 나타내지 않으며, 차분히 자신의 생각을 전달하는 그의 수법에는 배울 점이 많았고, 그것은 상대에 대한 믿음으로 나타나기 때문이다.

우리들은 드디어 리후드 백작의 영지에 도착할 수 있었다.

눈에 보이는 그의 성은 조용하기 그지없었다.

루렌드 기사단의 모습도 보이지 않을 뿐만 아니라 마치 우리가 오기를 기다리고 있었다는 듯이 성의 도개교가 내려져 있었기 때문이다. .

"자신있다는 건가?"

"글쎄."

이스트는 적인 우리를 쉽게 받아들이는 그들을 보며 헛웃음을 날렸다.

어차피 병사들이 지키고 있다고 하더라도 한 사람, 한 사람 보통 인간이라고 말할 수 없는 이들이 모인 우리들이 성안으로 들어서지 못하리라고는 생각하지 않았던 모양이다.

"여기가 리후드 백작의 성이다. 전에 들렀던 저택은 단순히 그가 머무르고 있는 별장 정도에 지나지 않은 곳이었지."

"음……."

"성내의 기사와 병사들의 숫자는 적어도 이천 명 이상이라고 조사되었는데, 루렌드 기사단이니만큼 실력은 꽤 뛰어나리라 생각된다."

이스트는 전에 조사했던 정보를 우리들에게 이야기해 주었는데, 그의 조사와는 달리 본성 안에는 기사나 병사들이 보이지 않았다.

말에서 내려 본성 안으로 들어서자 한 명의 기사가 기다리고 있는 게 보였다.

"카리오스……."

"기다리고 있었습니다, 블러드 스톰님."

"…역시 리후드 백작은 다크 솔루션의 일원이었던가?"

"글쎄요."

카리오스의 안내를 받고 성안으로 들어선 우리는 본성의 삼층 정도에서 지금까지 겪어왔던 어떠한 기운보다 강렬한 기운이 느껴지는 것을 알 수 있었다.

"여기로군, 녀석들이 있는 곳이."

드벤은 그 기운이 마족의 기운이라는 것을 알고는 신성력이 깃들어 있는 장갑을 끼고 나를 보며 말했다.

"여기에서 헤어져야겠군."

“알겠소.”

그의 말에 고개를 끄덕인 우린 카리오스의 뒤를 따라 성의 계단을 올라갔다. 얼마 지나지 않아 큰 방의 모습이 드러났다.

방 안으로 들어가자 귀족 복장을 한 사람이 가면무도회에서나 사용할 듯한 가면을 쓰곤 자리에 앉아 있는 것을 볼 수 있었는데, 첫눈에 그가 리후드 백작이라는 것을 알 수 있었다.

“어서 오게나.”

“리후드 백작.”

백작은 천천히 손에 들려 있던 찻잔을 내려놓고는 미소를 지으며 말했다.

“아쉽군. 처음 만났을 때 나의 말을 들었다면 지금의 우린 동료로 지낼 수 있었을 텐데 말이야.”

“그랬을 테지요.”

나의 대답에 천천히 자리에서 일어난 그는 창문 쪽으로 걸음을 옮기며 조용히 물었다.

“다크 솔루션의 최종 목적이 무엇인지 아는가?”

“글쎄.”

“오성신 체제의 신성제국의 멸망, 그것이 바로 최종 목적이었지.”

그렇게 말한 그는 천천히 고개를 돌리며 다시 말을 이었다.

“다시 한 번 부탁하지. 나의 친구가 될 수 없겠는가?”

“…거절하겠습니다.”

“후후후… 역시 생각했던 대로군. 하긴 그동안 자네에게 몹쓸 짓도 꽤 했으니 미움받을 만하지…….”

그의 말을 들으며 난 우연히 페드로의 얼굴을 볼 수 있었다.

평상시에 표정을 드러내지 않던 그가 분노로 가득한 표정을 짓고 있었다.

레이드를 죽인 자가 저자라는 것을 알고 있기 때문이다.

조금만 좋은 집안에서 태어났었어도 레이드는 누구에게나 사랑받을 수 있는 아이였고, 아니, 계속 우리들의 곁에 있었다면 후에 뛰어난 마법사도, 유명한 현자도 될 수 있는 그런 아이였다.

유난히 알고 싶어하는 것이 많았던 레이드는 일행 중 가장 많은 지식을 가진 페드로에게 언제나 붙어 있었고, 페드로 역시 그런 아이에게 겉으로는 냉혹하게 대하고 있었지만 마음속에서는 일행 중 어느 누구보다 아이를 아끼고 있었다.

아마 페드로는 레이드를 보면서 어렸을 적 자신을 생각하고 있었을지도 모른다.

그 아이의 순탄치 않은 삶, 잊혀진 여신의 후예라는 점은 어쩌면 아이의 죽음을 예지하는 일일 수도 있었다. 후에 여신의 아이라는 것이 알려진다면 성교회의 손에 화형을 당한다 해도 이상할 것이 없었기 때문이다.

아이의 죽음에 대한 암시는 그 아이의 삶에 나타나 있었던 것이다.

하지만 백 퍼센트 들어맞는 암시를 받았더라도 직접 죽음을 확인하는 것은 몇 배의 충격으로 다가오는 것이다.

이성의 동물인 인간은 자신의 눈에 직접 보이지 않는 불행은 거부하는 심리를 가지고 있기 때문이다.

처음 그의 죽음을 확인했을 때 페드로는 평상시와 다름없는 표정을 짓고 있었지만 그의 주먹은 떨리고 있었다.

다른 이와는 달리 페드로에게는 두 번째로 맞아야 했던 죽음과도 같은 고통이기 때문이다.

그리고 단순히 자신이 죽는 것과는 다른 또 하나의 충격도 그는 맞아야 했을 것이다. 사랑하는 사람의 죽음, 그것은 자신이 죽는 것보다 두려운 일이기 때문이다.

이스트는 그런 페드로에게 다가가서는 어깨를 잡아주었고, 그제야 그의 분노 어린 표정은 조금씩 사그라들기 시작했다.

난 다시 리후드에게 시선을 돌렸다.

과거와는 달리 어둠의 입장에 놓인 그는 가면을 벗지 않고 있었다.

우리가 자신의 정체를 알고 있는 것을 알면서도 자신을 가리는 가면을 벗을 필요 없다고 생각하는 듯했다.

왜일까?

어쩌면 그 역시 자신이 하고 있는 일이 결코 선에 속한 것이 아니라는 것을 알고 있을 것이다. 그가 쓰고 있는 가면이 이면의 추악한 감정을 대변하는 것과도 같기 때문이리라.

"자네와 난 어쩔 수 없이 싸울 수밖에 없는 운명인 듯하군."

그 말과 함께 그의 몸은 푸른 빛과 함께 사라져 버리고 말았다.

"젠장, 텔레포트다! 절대 마법 봉……!!"

루드그레인은 그가 텔레포트를 사용하여 빠져나가려는 것을 눈치채고는 절대 마법 봉쇄를 사용하여 마나의 흐름을 막으려고 했지만, 카리오스가 빠른 속도로 그에게 쇄도해 들어가서는 검을 찔러왔기 때문에 시동어를 완전히 외칠 수가 없었다.

챙!!

페드로가 급히 검을 뽑아 루드그레인을 보호하기는 했지만 카리오스는 루렌드 기사단에서도 최상급에 속하는 인물, 페드로가 막을 수 있는 상대가 아니었다.

"크아압!!"

자신의 앞을 막는 페드로를 보며 카리오스는 큰 기합과 함께 녀석을 검과 함께 날려 버렸고, 페드로는 그의 검파에 튕겨져 벽에 충돌하며 나뒹굴었다.

"페드로!!"

"에어 프레셔!!"

페드로가 큰 충격으로 나가떨어지자 이스트는 그를 향해 뛰어갔고, 도리나는 공기의 마나를 사용해서 재차 카리오스가 공격하는 것을 막았다.

에어 프레셔에 의해 강한 압력이 밀어닥침에도 불구하고 카리오스는 아무렇지도 않게 걸었는데, 자신의 마나를 뿜어내 에어 프레셔의 압력에서 몸을 보호한 것이다.

"실력이 늘었군……."

카리오스가 과거보다 한 단계 위의 실력을 보이고 있었기에 난 검을 뽑아 들고는 녀석을 향해 공격해 들어갔다.

"블러드 애로우!!"

난 녀석을 향해 검기를 날렸고, 검기는 에어 프레셔의 압력으로 더욱 빠른 속도로 녀석을 향해 뻗어 나갔다.

쿠구궁!!

검기가 작렬하는 순간 큰 폭발이 일어났고 일대는 순식간에 아수라장이 되어버렸다.

자욱한 먼지 때문에 아무것도 보이지는 않았지만 카리오스의 기는 전혀 줄어들지 않고 있었기에 나의 공격이 실패했다는 것을 알 수 있었다.

먼지가 사라지고 그의 모습을 보았을 때 왜 에어 프레셔의 위력에 두 배나 강해진 블러드 애로우가 그에게 아무런 상처도 주지 못했는지 알 수 있었다.

자욱한 먼지가 가라앉자 나타난 그는 이미 마물화되어 있었던 것이다.

왼손에는 늘어난 피부가 경화되어 만들어진 방패가 붙어 있었고, 등 뒤에는 여덟 개의 촉수가 달려 있는 모습이었다.

"카리오스……."

그는 자긍심있는 기사였는데, 그런 그가 자신의 몸을 희생하면서 저런 모습이 될 것이라고는 난 상상조차 하지 못했다.

"크크크, 우습지 않은가?"

"……."

난 도저히 그의 말에 대답을 할 수가 없었다. 무엇이 긍지 높은 기사마저 스스로 마물이 되는 것을 선택하게 만든 것일까? 그때 그의 등 뒤에 있는 촉수 두 개가 땅으로 파고들어 간 것을 볼 수 있었다.

"칫!!"

그것을 보며 급히 몸을 뒤로 날렸고, 아니나 다를까, 발밑에서 엄청난 기세로 촉수가 바닥을 뚫고는 튀어 올라왔다.

"죽어라!!"

카리오스는 촉수의 공격이 실패하자 나를 향해 검기를 날렸는데, 그 기세로 미루어보아 소드 오버러 급의 힘을 얻었음을 알 수 있었다.

"실드!!"

루드그레인은 다른 이들에게 카리오스의 검기가 영향을 미칠 것을

생각해서 급히 실드 마법을 사용하여 페드로와 일행들의 주위를 보호
했다.

그의 검기는 방을 부수며 작렬해 왔기에 블러드 소드에 마나를 불어
넣어 녀석의 검기를 자르며 앞으로 몸을 날렸다.

하지만 이미 그런 것까지 예상하고 있었는지 그의 등에 붙어 있는
여덟 개의 촉수가 사방에서 나를 향해 뻗어왔다.

"합!!"

사방에서 밀려온다고는 하지만 약간의 틈이 없는 것은 아니었기에
왼손에 검집을 들어서는 촉수의 옆 부분을 쳐내 진로를 바꾸게 하여
간신히 공격을 피할 수 있었다.

촉수의 공격을 피한 난 소드 브레이커 기술을 사용하여 녀석의 촉수
를 가격했다.

"진동검!!"

하지만 진동검이 녀석의 촉수와 부딪쳤을 때 마치 연체동물의 몸과
같이 녀석의 촉수가 검에 잘리지 않고 그대로 휘어졌다.

"크크크!"

진동검이 전혀 타격을 주지 못함을 알고 급히 몸을 뒤로 빼려고 했
지만 그 순간 녀석의 다른 촉수가 나의 등을 향해 날아왔다.

"차압!!"

챙!!

급히 검을 사용하여 녀석의 촉수를 팅겨냈는데, 그 순간 날카로운
쇠의 충돌음이 들려왔기에 나로선 이상하게 생각할 수밖에 없었다.

강철과 같은 강도와 함께 쉽게 베어낼 수 없을 만큼 유연성을 가지
고 있는 촉수인 것이다.

"벨 수 없다면 뚫어버리겠다!"

난 다시 오른쪽에서 밀려오는 녀석의 촉수를 보며 검을 횡으로 회전시키기 시작했다.

"블러드 드릴!!"

실드 브레이커 기술인 블러드 드릴은 손에 들고 있던 검을 회전시켜 방패를 꿰뚫고 적을 공격하는 기술이었다.

찌르기 외에는 사용할 수 없는 기술이지만 관통력은 내가 가지고 있는 기술 중 최고였다.

블러드 드릴은 나의 얼굴을 향해 날아오는 촉수의 옆 부분을 꿰뚫었고, 그 순간 붉은 피가 사방으로 뿌려지며 끊어진 녀석의 촉수가 바닥으로 떨어져서 꿈틀거리기 시작했다.

"끄아악!!"

촉수가 신체의 일부분이었는지 카리오스는 비명과 함께 괴로워하는 모습을 보였다.

난 그 순간을 놓치지 않고 녀석을 향해 몸을 날려서는 정수리를 향해 검을 휘둘렀다.

"챙!!"

하지만 카리오스는 피부로 만들어진 방패를 들어 나의 공격을 막고는 오른손에 들린 검을 들어 그대로 나의 복부를 찔러왔다.

"진동검!!"

상대의 공격을 피하기 위해서는 단순히 그것을 피하는 방법도 있지만, 상대의 몸에 강한 타격을 주어 균형을 흐트려 검공의 방향을 바꾸는 방법도 있었다.

녀석의 공격을 막기 위해 진동검의 기술을 사용하고 강한 파괴력이 있는 진동검이 그의 방패를 밀어낼 때 그 힘의 반동으로 몸을 돌렸다.

균형이 흐트러져 검공의 방향이 흐트러진 상태였기에 검은 왼쪽 옆구리를 비껴 날아갔다.

방패의 윗부분을 잡고 몸을 버틴 난 오른손의 검을 거꾸로 잡고는 검을 내리찍듯이 그대로 녀석의 방패를 향해 블러드 드릴의 기술을 사용했다.

쿠구궁!!

"끄아악!!"

블러드 드릴에 의해 강한 관통력을 가지게 된 나의 검은 그대로 녀석의 방패를 뚫고 들어갔다.

일검이 성공했다는 것을 안 난 검을 빼서는 뒤로 몸을 날려 녀석을 쳐다보았는데, 그의 몸에서 분수같이 피가 터져 나오고 있었다.

방패를 관통시킨 나의 검이 녀석의 가슴으로 파고들어서는 그대로 심장을 찢어버렸기 때문이다.

자신의 가슴에서 터져 나오는 피의 분수를 못 믿겠다는 얼굴로 바라보던 그는 고개를 들어서 나를 멍하니 바라보다가 무릎이 꺾이며 쓰러지고 말았다.

그리고 그가 쓰러진 순간 알 수 없는 생물의 울음소리와 함께 몸의 이곳저곳에서 무엇인가가 살을 뚫고 튀어나오기 시작했다.

"멀티 홀드!!"

루드그레인은 그 순간 홀드 마법을 카리오스를 향해 날렸고, 녀석의 몸을 빠져나가던 생물들은 홀드 마법에 묶여서는 그 자리에서 쓰러져버리고 말았다.

"루드그레인, 저건?"

"모르겠습니다. 일단 기생수(寄生獸)의 일종이라는 것은 알겠는데 어떠한 자료에서도 본 적이 없는 녀석들이군요."

"저것이… 인간을 마물로 만드는 녀석일 수도 있겠군."

"확실하지는 않지만 저 녀석들이 그의 몸에서 나오자 마물화도 사라졌으니 가능성은 높겠지요."

루드그레인은 몸을 뚫고 나온 생물의 곁으로 다가가서 한 마리를 들었는데, 녀석들의 크기는 어린아이 손바닥만한 크기로 앞발에는 날카로운 손톱이 달렸고, 뒤는 수백 개가 넘은 작은 다리를 가지고 있었다.

"이런 녀석들이 루렌드 기사단에 붙어 있다면 조금 힘들어지겠군요."

그의 말에 우리들은 모두 고개를 끄덕일 수밖에 없었다.

물론 카리오스가 원래부터 실력이 뛰어난 기사라는 것은 알고 있었지만, 그를 단시간 안에 소드 오버러의 수준까지 올렸다는 건 보통의 기사들도 충분히 능력을 크게 향상시킬 수 있다는 것이기 때문이다.

루렌드 기사단은 제국에서도 강한 기사단으로 이름이 나 있는 기사단인데, 이런 기생수의 힘까지 빌렸다면 우리의 뒤를 이어 올 군대들은 맥없이 그들에게 당할 확률이 높다고 할 수밖에 없었다.

"우리가 할 수 있는 방법이라곤 수뇌인 리후드 백작을 쓰러뜨리는 것밖에는 없겠군요."

페드로의 말에 루드그레인은 고개를 끄덕이며 말했다.

"그가 기생수를 조종하는 존재일 수도 있고, 그렇지 않다면 이것을 처리하는 방법이라도 알고 있겠지요."

카리오스의 시체를 뒤로한 우리는 기생수를 처리할 방법을 찾기 위해 리후드 백작의 뒤를 쫓을 수밖에 없었다.

루드그레인은 마나의 느낌으로 그가 멀리 있는 곳으로 향하지는 않았다 말했기에 이 성의 어느 곳에 존재하고 있다 생각했다.

계단을 통해 밑으로 내려간 우린 마족을 처리하기 위해 따로 떨어진 드벤이 있는 곳에 도착할 수 있었는데, 그곳은 붉은 피의 카펫이 깔려져 있는 것처럼 바닥이 피로 물들어져 있었다.

잠시 그 피를 손으로 만져 본 루드그레인은 좋지 않은 것을 알게 됐는지 얼굴을 일그러뜨리며 말했다.

"인간의 피로군요."

그렇다면 드벤의 피일 가능성이 높았기 때문에 우린 그를 찾기 위해 주변을 뒤지기 시작했는데, 멀리서 강한 마나의 기운이 흘러나오고 있는 것을 느낄 수 있었다.

마나의 기운이 흘러온 곳에 도착하자 피의 흔적과 함께 두 명의 마족 시체가 누워 있었는데, 고위 마족의 모습과는 조금 다른 모습이었다.

"이들 역시 기생수에 희생된 사람들 같습니다. 드벤 씨의 신성력에 기생수까지 한꺼번에 죽었기 때문에 모습이 다시 원래대로 돌아가지 않은 것입니다."

"음……."

그때 다시 밑층에서 강한 기운이 흘러왔기에 난 검을 뽑아 들고 뛰어내려 갔는데, 아니나 다를까, 이십여 명의 기생수에 홀린 인간들과 싸우고 있는 드벤의 모습이 보였다.

다행히 어깨에 스친 상처를 제외하면 크게 다친 흔적이 없어 보였기에 그곳의 피가 드벤의 것이 아니라는 것은 알 수 있었지만, 상황이 그렇게 좋지만은 않았다.

"성의 시녀들이로군요."

"그렇소. 잠시 마족 녀석을 놓쳤는데, 그 녀석이 성에 있던 시녀들에게 이상한 것을 주입하니 저렇게 변하더군."

그 말에 난 인간을 변형시키는 기생수를 가지고 있는 자가 마족의 한 사람이라는 것을 알 수 있었다.

"죽일 수밖에 없겠군요."

"그래야겠죠."

시녀들이 아무런 죄가 없다는 것은 알고 있지만 이들을 살린 상태로 잡을 시간적 여유가 없었기에 검에 마나를 주입하고 변형된 인간들을 향해 몸을 날렸다.

"끼야악!!"

"끄억!!"

카리오스와 같은 신체 능력이 뛰어난 사람이 아니었기에 마물이 된 시녀들의 힘은 크게 차이가 나서 그녀들을 처리하는 것은 별로 어려운 일이 아니었다.

십 분 정도의 시간이 흘렀을 때 우리의 주위에는 붉은 피가 강이 되어 흐르고 있었는데, 드벤은 멍한 얼굴로 나를 보며 말했다.

"망설임이 없군."

"…일검에 베어 고통이 사라지게 하는 것이 용병이 보일 수 있는 최대의 관용이니까요."

"용병이라……."

나의 말에 그는 무엇인가를 생각하는 듯했지만 그것은 그리 오래가지 않았다.

드벤이 시녀들을 변형시킨 마족이 지하로 향한 것을 보았기에 우린 성의 지하로 향했다.

성의 지하는 지하 감옥과 함께 고문실과 같은 여러 가지 방이 존재하는 것이 보통이었기에 횃불만이 군데군데 놓여져 있어 음침한 분위기를 만들어내고 있었다.

"잠깐."

루드그레인은 앞으로 가던 우리를 멈추게 하고는 조심스럽게 무슨 냄새를 맡는 듯하다가 말했다.

"썩은 시체의 냄새가 나는군요. 강한 마기와 함께 말입니다. 아무래도 언데드가 있을 것 같습니다."

"언데드……."

아니나 다를까, 그의 말을 듣고 한참을 더 들어가자 우리들 앞에 많은 수의 구울들이 그 모습을 드러내기 시작했다.

"역시나……."

구울의 몸 여기저기에는 구멍이 뚫린 듯한 상처가 보이고 있었기에 기생수의 실험에서 실패한 자들이라는 것을 알 수 있었다.

"드벤 씨, 사람들의 검에 성수를 조금 뿌려주지 않겠습니까?"

루드그레인의 말에 고개를 끄덕인 드벤은 품에서 작은 병을 꺼내어 일행들의 병기에 뿌려주면서 말했다.

"구울에게 물리지 않게 조심하십시오. 그렇게 되면 자신 역시 구울이 될 테니까요."

드벤의 말에 사람들은 모두 고개를 끄덕였고, 나와 드벤을 선두로 해서 녀석들을 향해 공격해 들어갔다.

"블러드 애로우!"

"홀리 피스트!!"

마나가 담긴 검기와 드벤의 신성력에 의한 주먹이 구울들의 몸을 박살 내기 시작했고, 다른 이들은 우리의 공격에 크게 몸이 부서지고도 살아남은 녀석들을 마무리하며 앞으로 나가기 시작했다.

하지만 삼십 분이 넘는 싸움에도 구울들의 숫자는 줄어들 생각을 하지 않고 있었다. 우린 리후드 백작에게 희생된 사람의 수에 황당할 수밖에 없었다.

"젠장! 끝이 없군!"

이스트는 계속 밀려오는 구울들에 지친 표정이 역력했고, 다른 이들 역시 검에 실린 마나가 급격하게 줄어들고 있는 모습을 보이는 것은 마찬가지였다.

"이렇게 싸우다간 끝이 없겠군."

그 말에 난 페드로에게 손을 내밀며 말했다.

"페드로, 검을 주게."

"예."

나의 말에 페드로는 들고 있던 검을 던져 주었고 난 마나를 두 검에 집중시키기 시작했다.

"블러드 크로스!!"

블러드 애로우와 같은 방식으로 검기를 날리는 것이긴 하지만 블러드 크로스는 애로우보다 더 위력이 강한 검기였다.

과거라면 내 몸 안에 있는 마나의 반 이상을 써야만 가능한 기술이었지만, 마나가 크게 늘어난 지금은 십 분의 일 정도의 마나만으로도 사용이 가능했다.

붉은 십자가의 검기는 일직선으로 뚫려진 통로를 따라 구울들의 몸을 자르며 앞으로 뻗어 나가기 시작했고, 나의 뒤를 이어 루드그레인이 앞으로 나와서는 마법의 시동어를 외쳤다.

"인페르노!!"

시동어와 함께 그의 손에선 푸른색의 강렬한 마나가 흘러들어 오기 시작했고, 잠시 후 엄청난 불꽃이 구울들의 시체로 가득한 통로를 따라 밀려가기 시작했다.

"도리나 씨, 이제 공기의 마나를 사용하여 뒤쪽의 공기를 앞으로 밀어주시기 바랍니다."

"예."

루드그레인의 말에 도리나는 마나를 조종하여 뒤쪽의 공기를 인페르노가 지나간 자리로 밀어 넣기 시작했다.

"다 끝났는데 무슨 일이지?"

"일단 화염이 지나간 자리에는 공기가 남아 있지 않기 때문에 그대로 들어갔다간 숨이 막혀 죽을 수도 있으니 공기를 유통시키는 것이지."

"아!"

이스트의 물음에 페드로는 자신이 생각하고 있었던 바를 이야기해 주었다.

"하하하, 사실 구울의 재를 밟기가 싫어서 부탁을 드린 겁니다. 제가 좀 비위가 약하거든요."

"……."

하지만 페드로의 예측과는 달리 루드그레인의 이유는 전혀 예상 밖의 대답이었으니 이스트는 황당한 표정으로 그를 노려보았다.

　긴장된 상황에서 다른 사람들의 긴장을 풀어주기 위한 농담이었을 것이란 생각이 들었기에 다른 이들 역시 침묵을 지키고 있을 뿐이었다.

　우리를 막아서던 구울들은 나와 두 사람의 힘으로 대부분 전멸을 당한 상태였기에 간간이 튀어나오는 녀석들을 처리하며 복도를 따라 깊숙이 들어갔다.

　얼마나 지났을까, 우리의 앞에 거대한 원형의 방과 함께 마법진의 모습이 드러났는데, 페드로는 그 마법진과 비슷한 것을 본 적이 있었던지라 자신도 모르게 말했다.

　"불사의 염원의 마법진?"

　"음……."

　루드그레인은 그 마법진을 보고는 한참을 생각하는 표정을 짓다가 말했다.

　"마나의 흐름을 역으로 만들었군요. 생명의 흐름을 역으로 진행시켜 무엇인가를 꾸미고 있는데, 확실한 것을 알려면 조금 연구를 해봐야 알겠습니다."

　마법진의 해석은 룬 어를 사용하여 어떻게 마나의 진로를 정하고 그것을 변형시키는가에 따라 달라지기 때문에 복잡한 마법진을 제대로 해석하려면 상당한 시일이 요구된다.

　마법에 상당한 지식을 가지고 있는 루드그레인조차 해석을 못하고 있는 것을 본다면 상당히 높은 수준의 마법진이라는 것을 알 수 있었는데, 그때 한 사람의 인영이 마법진의 중앙에서 모습을 드러내었다.

　"마족이로군."

　드벤은 그의 머리에 나 있는 두 개의 뿔을 보고는 그가 고위 마족이라는 것을 알고 천천히 앞으로 향했는데, 마법진을 밟는 순간 그의 신형이 크게 휘청거렸다.

"헉……."

상당히 힘이 드는 표정을 짓고 있는 것을 본 루드그레인은 그제야 마법진의 방식을 해독한 듯 드벤의 뒷덜미를 잡고는 빠른 속도로 그를 끌어당겼다.

"무슨 짓인가!"

"아무래도 마계의 환경을 만드는 마법진 같습니다."

"마계의 환경?"

"예. 지상계에 비해 마족은 마나의 흐름이 다르지요. 드벤 씨, 마법진 안에 들어간 순간 신성력이 크게 감소되는 듯한 느낌을 가지지 않았습니까?"

"조금 힘이 빠진 듯한 느낌이……."

"마계는 어둠의 마나가 지배하는 세계, 빛의 마나를 가진 당신이 들어간다면 그 힘이 어둠의 힘에 대항하고자 본능적으로 빠져나가게 되니 당연히 힘이 약해지는 것입니다."

"아!"

그제야 드벤은 자신의 힘이 빠져나간 이유를 알고는 고개를 끄덕였다.

인공적으로 지상계의 일부를 마계로 만드는 마법진 때문에 진 안으로 들어간 사람은 나와 루드그레인뿐이었다.

일단 고위 마족을 상대로 싸울 수 있는 실력은 드벤을 포함한 우리 세 사람뿐이었는데, 마법진이 만들어놓은 환경 때문에 드벤은 들어올 수 없었기 때문이다.

　마법진의 가운데에서 기다리고 있는 고위 마족은 단정하게 귀족 복장을 하고 있는 녀석이었는데, 우리 두 사람이 안으로 들어서자 미소를 띠며 말했다.

“저의 세계로 오신 것을 환영합니다.”

“흠… 아무래도 혈통이 좋은 고위 마족 분이신 것 같군요.”

루드그레인은 그의 인사를 받고는 투덜거리는 투로 말했다.

인간의 세계에선 영웅의 핏줄이라 해도 그 자손이 뛰어나다는 보장은 없었지만 마족의 경우에는 다르다. 고위 마족의 경우에는 강한 자의 핏줄을 타고난 자는 강한 힘을 가지고 태어나게 되어 있었다.

약육강식이 지배하고 있는 마계에서 약한 핏줄은 자연 도태될 수밖에 없기 때문에 그것은 긴 시간 동안 강한 자에겐 강한 자가 태어날 수 있는 피의 영광을 안겨다 준 것이다.

과거 블러드 소드를 주었던 고위 마족의 경우에는 마족의 혈족 중 중간 정도라고 할 수 있었지만, 그 혈통의 힘만으로도 보통의 인간은 꿈도 못 꿀 힘을 가지고 있었다.

나의 눈앞에 있는 마족이 루드그레인의 말대로 마계에서 말하는 고귀한 혈통이라면 지금까지 상대해 왔던 자들과는 비교도 되지 않을 힘을 가지고 있을 확률이 컸다.

녀석의 손 안에서는 서서히 검은색의 에너지를 가진 구가 만들어지기 시작했는데, 그것을 보던 루드그레인은 한숨을 쉬며 말했다.

“아무래도 마법진을 이용한 왜곡장을 주 무기로 사용하는 것 같군요.”

“마법진을 이용한 왜곡장?”

“예. 저 마법진 자체는 마계의 일부를 옮겨놓은 것과 같은 이치라고 할 수 있는데, 저 두 손만은 바로 지상계의 공간이라는 것이죠. 다른 공간의 영역에 속하기 때문에 저 왜곡장에 닿는다면 입자 구성 자체가 무너지게 됩니다."

"저 왜곡장에 맞는다면?"

"한마디로 모래처럼 신체가 부스러진다는 것이죠."

루드그레인의 말에 이 안의 싸움이 결코 쉽지 않을 것이란 생각이 들었다.

"검을 마주친다면?"

"일단 검기와 같은 강한 기운의 마나라면 왜곡장을 밀어내는 반발 작용이 있기 때문에 문제가 없으리라 생각하지만, 몸에 맞는다면 큰 부상을 입겠지요."

"상관없겠군."

루드그레인의 말에 단순히 두 손이 무기로 변한 것에 지나지 않는다는 생각을 하며 난 검을 뽑아 들고 그의 앞으로 나섰다.

"당신이 바로 블러드 스톰이란 인간이로군요."

마치 검은색의 구슬을 두 손에 들고 있는 것 같은 모습의 그는 정중하게 귀족의 예를 취하며 말했다.

"본인은 비포로스트라고 합니다."

이미 인간의 습성에 젖어버린 듯한 그의 모습에 역겨움을 느낀 난 망설이지 않고 그를 향해 검기를 날렸다.

"블러드 애로우!!"

나의 검에서 빠져나온 십여 개의 검기가 그를 향해 핏빛을 뿜으며 빠른 속도로 날아가자, 그는 블러드 애로우를 피할 생각도 하지 않고 지켜보더니 잠시 후 두 손을 움직여 검기를 왜곡장으로 받아넘기기 시작했다.

녀석의 왜곡장에 부딪친 나의 검기는 마치 모래가 바람에 날리듯이 가루가 되서는 흩어지기 시작했기에 나로선 조금 놀라지 않을 수 없었다.

"하하하!"

"검기가 왜곡장보다 약할 경우에는 분자의 입자가 부서지게 되니 조심하십시오."

"그렇군……."

"자, 이제는 제가 공격해 볼까요?"

루드그레인의 말에 고개를 끄덕이고 있을 때 비포로스트는 앞으로 쇄도해 들어오며 소리쳤다.

과연 마족답게 그의 신체 능력은 인간의 수십 배에 달해 있었기에 순식간에 나의 정면으로 쇄도해 들어와 오른손의 마나장을 그대로 나의 얼굴을 향해 밀어 넣었기에 급히 검을 올려 녀석의 공격을 막았다.

"헉!!"

하지만 급하게 막은 탓에 블러드 소드의 일부가 모래처럼 흩어지기 시작했기에 크게 놀란 난 마나를 검에 불어넣어 간신히 녀석의 왜곡장에 검이 부서지는 것을 막을 수 있었다.

"상대하기 까다롭군."

"파이어 볼!!"

루드그레인은 나를 돕기 위해 그를 향하여 마법을 시전했지만, 마법 역시 손에 들린 마나장에 의해 순식간에 흩어졌다. 그의 두 손에 들고 있는 왜곡장의 구슬은 최고의 방어도, 최고의 공격도 할 수 있는 무기라고 할 수 있었다.

"쳇! 어쩔 수 없군!"

마법 공격이 통하지 않는다는 것을 안 루드그레인은 품에서 무엇인가를 꺼내어 들었는데, 그것은 약 이십 센티미터 정도의 단검 세 자루였다.

세자루의 단검을 오른손 손가락 사이에 낀 루드그레인은 상대를 향해 던질 준비를 하고 있었기에 그가 비검술을 배웠다는 것을 알 수 있었다.

"비검술인가……."

"마법사라고 마법만 쓰고 살 수는 없으니까요."

그렇게 말한 루드그레인의 몸에는 상당한 기운이 뿜어져 나오고 있었기에 그의 경지 역시 상당한 수준에 올랐다는 것을 알 수 있었다.

"차압!!"

하지만 비검 역시 원거리 공격이었기에 녀석의 왜곡장을 피해서 적중시키기는 어렵다는 것을 알고 있던 나는 녀석의 앞으로 달려들어서는 검을 휘두르기 시작했다.

핏빛의 검영이 난무하며 녀석의 주위를 몰아치듯 쳐가고 있었지만, 단 일 검도 녀석의 몸에 적중시킨 것은 없었다.

왜곡장에 밀려 녀석의 몸에 닿기도 전에 검이 밀려 나갔기 때문에 오른쪽의 손목이 조금씩 저려오는 것을 느끼고는 있었지만, 그렇다고 물러설 수는 없었다.

"블러드 드릴!!"

내가 가진 기술 중 가장 관통력이 높은 블러드 드릴을 사용하여 녀석의 왜곡장을 뚫어버리려고 했지만, 녀석은 나의 기술에 대한 연구를 완벽하게 끝내고 있었는지 두 개의 왜곡장을 합쳐서는 그 사이로 검을 막았다.

왜곡장과 왜곡장 사이의 장력으로 인하여 강한 힘이 생기면서 내 검의 검로를 위로 튕겨 버린 것이다.

"차앗!!"

검이 위로 튕겨져 오른 틈을 타 나에게로 파고들어 온 녀석은 가슴을 향해 공격을 해왔고, 난 피할 사이도 없이 녀석의 공격에 적중당할 수밖에 없었다.

"크윽!!"

쿵!!

엄청난 반탄력과 함께 뒤로 튕겨져 버린 난 원형 방의 벽을 부수며 나가떨어졌기에 이스트와 페드로가 놀란 얼굴을 하고 달려왔다.

"블러드!!"

간신히 정신을 차린 후 가슴을 보자 입고 있던 레더 아머의 가슴 부분이 사라져 몸이 드러나 보이고 있었다.

다행히 녀석의 공격에 맞기 전에 온몸의 마나를 가슴으로 돌렸기에 왜곡장의 공격에서 몸을 튕겨낼 수 있었던 것이다.

"운이 좋군."

내가 다시 몸을 일으키자 마족 녀석은 가소롭다는 표정을 지으며 나를 보고 있었기에 그를 향해 쇄도해 들어 검을 찔러갔다.

마나로 몸을 보호하기는 했으나 상당한 충격을 받았는지 답답하기 그지없었지만, 녀석을 처리하지 않으면 리후드의 곁에 갈 수 없다는 생각에 다시 힘을 낼 수밖에 없었다.

"차압!!"

그 순간 루드그레인이 갑자기 녀석의 머리를 향해 들고 있던 단검을 하나 날리자 눈부실 정도의 섬광이 그의 손에서 뻗어 나와 빠른 속도로 녀석의 관자놀이를 향해 날아갔다.

"큭!!"

녀석은 급히 왼손의 왜곡장을 들어 빛을 뿜고 있는 단검을 막아냈는데 그 순간 보고 있던 우리들은 크게 놀라지 않을 수 없었다.

나의 마나가 들린 검으로도 뚫지 못했던 비포로스트의 왜곡장이 루드그레인이 던진 단검에 의해 뚫려 버렸기 때문이다.

"끄윽!!"

왼 손바닥이 뚫리자 순식간에 왜곡장이 사라졌고, 녀석은 고통스러운 표정을 지으며 손을 부여잡았다.

"차앗!!"

하지만 전쟁, 겉멋만 들린 기사들의 대전이 아닌 이상 상대가 부상을 입었다는 것은 우리들로선 호기일 수밖에 없었기에 녀석의 머리를 향해 그대로 검을 내려쳤다.

챙!!

하지만 나의 공격은 갑작스럽게 난입한 흑영에 의해 완전히 무산될 수밖에 없었다.

나의 검을 막은 녀석은 온몸에 흑색 철갑을 두르고 있는 다른 마족이었다.

두 개의 뿔과 함께 몸을 가린 흑색 철갑의 등 부분에는 수백 개의 피어싱이 달려 있는 날개가 드러나 있었는데, 지금까지 마족의 날개가 박쥐와 같이 피부가 변형된 날개였다면 이자의 날개는 새의 날개와 같이 수많은 검은색 깃털로 이루어져 있었다.

"마계의 고위 마족 중 하나인 루인 엔젤이군요."

루인 엔젤은 태고에는 신족의 일원이었으나 타락하여 마계로 떨어진 자들을 말하는 것으로 고위 마족과 비슷한 힘을 가지고 있는 종족이었다.

그가 나타나자 주변으로 온몸에 소름이 끼칠 정도의 사악한 기운이 퍼져 나오고 있었는데, 그가 입고 있는 흑색 갑옷은 몸을 보호하는 것이 아닌 자신의 몸에서 나오는 그 기운을 막고 있는 것처럼 보였다.

"블러드 스톰님은 저 루인 엔젤을 맡아주십시오. 전 비포로스트를 맡도록 하겠습니다."

부상을 당한 비포로스트라면 루드그레인이 충분히 상대할 수 있다는 생각이 들었기 때문에 난 검을 들어 루인 엔젤을 향해 몸을 날렸다.

아직 가슴의 충격이 완전히 사라진 것은 아니지만 어느 정도 마나를 일으키는 데는 별문제가 없었기에 피의 마나를 끌어올려 블러드 에이리어를 만들어갔다.

비포로스트와의 싸움에서도 일으키지 않았던 블러드 에이리어를 나 자신도 왜 만들어가는지 이해할 수 없었지만, 본능적으로 이자의 존재를 몸이 느끼고 나오기만을 기다리고 있었던 것이 아닐까 하는 생각이 들었다.

나의 눈앞에 있는 녀석은 순수한 어둠의 힘을 바탕으로 본능적인 전투를 하는 녀석이라는 느낌이었다.

지금까지 상대했던 자들과는 전혀 다른 느낌이 드는 상대였다.

블러드 에이리어로 들려오는 타인의 감정은 마치 칠흑 같은 어둠 속에 갇혀 있는 듯했기에 불안함은 점점 다가오고 있었다.

감정의 변화가 없는 상대는 그만큼 침착한 공격을 할 수 있기 때문이다.

"하압!"

하지만 이대로 망설일 수는 없는 일이었기에 그를 향해 빠르게 접근해 간 난 마나가 담긴 검을 휘둘러 그의 목을 베어갔다.

챙!

상당한 경도를 가진 갑옷인지 녀석은 건틀렛으로 나의 검을 막은 뒤 그대로 복부를 향해 오른쪽 주먹을 내질렀는데, 그의 주먹에서 검은색의 기운이 송곳처럼 순간적으로 만들어졌다.

"큭!!"

급히 왼손을 사용하여 녀석의 주먹을 가로막았지만, 그 순간 손등이 뚫리면서 피가 터져 나왔다.

녀석은 마나를 경질화시켜 무기로 사용하고 있었던 것이다.

손등을 마나로 꿰뚫자 그것을 그대로 들어 올렸고, 나의 왼손은 그여파로 양쪽으로 갈라져 버렸다.

쉴 새 없이 피가 쏟아져 나오는 왼손을 보며 적의 기술을 알지 못하고 선공한 것을 후회할 수밖에 없었다.

"블러디안 댄스!!"

녀석이 정수리를 향해 주먹을 날렸기에 몸을 눕혀서 뒤로 공격을 흘려버린 후 블러디안 댄스를 사용하여 녀석을 공격했다.

수십 개의 반원형 검기가 자신을 향해 작렬해 오자 그는 공격하던 것을 멈추고는 등 뒤의 두 날개를 앞으로 가져와서는 몸을 방어했다.

나의 검기는 녀석의 날개에 닿자마자 마나의 장벽이라도 있는 듯 사방으로 튕겨져 날아가 원형의 방을 붕괴시켜 갔다.

녀석의 공격은 더욱 거세어졌는데, 천장에서 쏟아져 내려오는 건물의 파편들 사이를 빠른 속도로 헤집고 다니며 경질화된 마나를 사용하여 사방에서 공격해 들어오고 있었기에 왼손을 심하게 다친 나로선 한 손으로 방어하지도 못하고 계속적으로 상처를 입을 수밖에 없었다.

다행히 아직 녀석의 공격을 피하지 못할 정도는 아니었지만 이런 식으로 출혈이 계속된다면 몸이 마비될 시간도 멀지 않은 듯했다.

하지만 녀석을 상대할 방법이 떠오르지 않았기에 공격을 그대로 허용해 갔고, 점점 의식이 멀어져 갔다.

점점 뿌옇게 변하는 모습을 보며 드디어 죽음의 시간이 다가왔음을 느낄 수 있었다.

'레비나, 미안하다……'

혼자 남겨진 레비나를 생각하며 난 눈을 감을 수밖에 없었는데, 그때 환상과 같은 영상이 흘러나오더니 루인 엔젤이 나의 등 쪽으로 와서는 주먹을 찔러오는 것을 볼 수 있었다.

그 순간 나도 모르게 몸이 왼쪽으로 기울어졌는데, 놀랍게도 나의 어깨를 스치며 무엇인가가 스치고 지나갔음을 알 수 있었다.

'루인 엔젤?'

또다시 환상 속의 루인 엔젤이 정면에서 공격해 오고 있었기에 몸을 뒤로 날려 그대로 오른손의 검을 앞으로 찔러 나갔는데, 그 순간 묵직한 느낌과 함께 뜨거운 액체가 나의 얼굴에 뿌려졌다.

천천히 눈을 뜨며 앞을 바라보자 나의 애검 블러드 소드의 끝에 루인 엔젤의 몸이 걸려 있어 놀라지 않을 수 없었다.

「예지의 힘이에요, 아저씨.」

"레이드?!"

나의 머리 속을 울리는 목소리에 나는 크게 놀랐다.

죽었다고 생각한 레이드의 목소리가 들려왔기 때문이다.

루인 엔젤은 복부에 박힌 나의 검을 뽑고는 공중으로 몸을 날려 다시 빠른 속도로 나의 주위를 맴돌았지만 눈을 감으면 보이는 녀석의 모습은 나로 하여금 그가 하려고 하는 일을 모두 알게 해주었기에 쉽게 피할 수 있었다.

'레이드의 예지 능력인가?'

내가 지금 느끼고 있는 힘을 레이드의 예지 능력 중 일부라고 한다면 너무나 정확히 맞아떨어지기에 난 몸을 떨 수밖에 없었다.

레이드의 영혼이 나를 도와주고 있다는 생각이 들자 조금 힘이 나는 것을 느낄 수 있었다.

녀석의 공격은 눈을 감으면 나타나는 예지 능력 때문에 완벽하게 피할 수 있었고, 그와 함께 나의 공격 역시 녀석에게 먹혀들기 시작했다.

완전한 틈을 찾아 공격했기에 전투 본능에 따라 움직이는 그를 공격할 수 있었던 것이다.

"차압!"

십 분 정도 후 난 드디어 루인 엔젤의 심장에 검을 박아 넣을 수 있었고, 녀석은 심장이 파괴되자 땅으로 쓰러지더니 갑옷과 함께 모래로 변하고 말았다.

"휴~"

간신히 숨을 돌리게 된 난 비포로스트와 싸우고 있는 루드그레인을 바라보았는데, 두 사람의 싸움도 이제 막바지로 흘러가고 있는 듯했다.

루드그레인의 근접 마법 공격을 피하고 있는 그는 섬광과 같은 비검술에 당했는지 복부와 허벅지에서 피가 흘러나와 점점 그 스피드가 줄어들고 있었기 때문이다.

오른손에만 남은 왜곡장 역시 그 힘이 많이 줄어 있는 상태였기에 난 루드그레인이 이길 것을 의심하지 않았다.

"끄으윽!!"

아니나 다를까, 약간의 시간 후 루드그레인은 들고 있던 단검을 녀석의 심장에 꽂았고, 비포로스트는 외마디 비명과 함께 땅에 쓰러져서는 모래가 되어 흩어져 갔다.

"휴… 힘들군요."

적을 쓰러뜨린 루드그레인은 이마에 흐르는 땀을 닦고는 나에게 다가와 마법을 시전했다.

"힐링!"

루드그레인은 내 손의 상처를 보고는 치료 마법을 사용하고 있는 것이다. 푸른색의 섬광이 상처 주위를 감싸자 서서히 아물어가기 시작했고, 루인 엔젤에게 당한 상처는 얼마 후 약간의 흔적만을 남기고 사라져 갔다.

"지금 이곳에선 완벽한 치료가 안 되기 때문에 상처만을 아물게 했습니다. 통증은 그대로일 텐데 참을 수 있겠습니까?"

그의 말에 난 고개를 끄덕이며 리후드를 찾기 위해 다시 걸음을 옮겼다.

수많은 전쟁에서 살아온 나에게 상처의 통증이란 일상사와도 같았기 때문이다.

리후드를 찾으며 난 생각에 잠겼다.

무엇인가가 이상했다.

나를 궁지에까지 몰아넣을 정도의 힘을 가진 이가 다크 솔루션에 다수가 있음에도 그들은 마치 결투라도 하는 것처럼 행동하고 있었다.

지금까지 우리가 쓰러뜨린 마족들의 숫자로 봤을 때 아직 몇 명의 마족이 더 남아 있으니 그들을 한꺼번에 보내어 우리를 상대하게 했다면, 아무리 킬리스를 깨우고 힘을 얻은 나라도 죽음을 면치 못했을 터였다.

'리후드… 대체 무엇을 생각하고 있단 말인가?'

루렌드 기사단을 이끌 정도의 실력자가 이런 간단한 이치를 모를 리 없다.

한참을 더 들어가자 다시 우리들의 눈앞에 새로운 자들의 모습이 보이기 시작했다.

하얀 플레이트 아머를 입고 자리에 앉아 있던 그들은 우리들을 기다리고 있었다는 듯이 천천히 자리에서 일어나서는 허리에 찬 롱 소드를 뽑으며 말했다.

"역시나 두 사람을 쓰러뜨렸군요."

"……."

"리후드가 원하는 것이 무엇이지?"

녀석들을 보자 난 나도 모르는 사이에 머리 속에 있던 의문을 털어내고 말았다.

"너희들의 힘이라면 충분히 우릴 일거에 소탕할 수 있을 텐데?"

"글쎄요, 저희 같은 사람이 어찌 리후드님의 마음을 알 수 있겠습니까.”

그 말과 함께 녀석들의 모습은 점점 변형되어 가기 시작했는데, 그 모습이 전에 상대했던 카리오스의 모습과 다르지 않은지라 이들도 기생수에 의해 힘이 강해진 기사들이라는 것을 알 수 있었다.

“한 가지 말씀드리자면 저희와 리후드님과의 거래라고나 할까요?”

“거래?”

“예. 당신들이 이기느냐 저희들이 이기느냐에 따라서 대륙은 바뀌어질 테니까요.”

“……”

무슨 이야기를 하는지는 알 수 없었지만, 그들의 눈에 서려 있는 의지의 빛은 절대로 우리를 이 이상 보내주지 않겠다는 뜻을 품고 있었다.

‘왜지……?’

왜 이들은 죽음을 각오하면서까지 우리를 막으려 하고 있는 것일까?

“하압!!”

또다시 생각에 잠기려 할 때 한 기사가 고함을 지르며 우리를 향해 달려왔고, 그의 뒤를 이어 나머지 기사들 역시 공격해 들어오기 시작했다.

“이스트! 페드로!”

“예!”

나의 말에 이스트와 페드로는 검을 뽑아 들었고, 정면으로 쇄도해 들어오는 녀석들에게 대항하여 전투를 벌이기 시작했다.

루렌드 기사단의 상위 기사들을 상대로 하기에 두 사람의 실력은 떨어질 수밖에 없었지만, 뒤에서 에드워드와 도리나가 도와주고 있었기에 쉽게 당하지는 않고 있었다.

난 루렌드 기사단의 기사 두 명과 검을 거루었는데, 등 뒤의 촉수와 함께 날아오는 검격 때문에 공격은 그리 용이하지가 않았다.

하지만 카리오스와의 싸움에서 녀석들 촉수의 기본적인 공격 방법을 알고 있었기 때문에 녀석들의 몸에서 뻗어 나오는 촉수 공격을 피해 블러드 드릴을 사용하여 단단한 피부 조직을 뚫고 간신히 녀석들을 죽일 수 있었다.

다른 곳의 싸움도 루드그레인과 드벤의 활약으로 쉽게 끝날 수 있었다.

고통스러운 표정으로 죽어가면서도 그들은 마지막까지 싸우기 위해 몸을 일으키고 있었기에 도대체 그들을 이렇듯 죽음을 각오하고 싸우게 하는 이유가 무엇인지 궁금하지 않을 수 없었다.

"당신이 오지 않기를 빌었는데……."

녀석들을 모두 쓰러뜨렸다고 생각했을 때 또 다른 자들이 우리들 앞으로 모습을 드러냈는데, 두 명의 고위 마족과 함께 등장한 한 사람의 목소리가 귀에 익었다.

조용한 목소리에는 무엇인가 알 수 없는 침울함이 깃들어 있었는데, 천천히 어둠 속에서 드러나는 그 모습을 본 난 크게 놀랐다.

"아리안느……!!"

어둠 속에서 모습을 드러낸 여인은 리후드의 딸인 아리안느였다.

하지만 과거에 보았던 아리안느의 모습과는 크게 달랐는데, 그녀는 다른 이들과 마찬가지로 머리 위에 두 개의 뿔과 함께 고위 마족의 특징 중 하나인 한 쌍의 날개가 있었다.

"설마……."

“예… 전 마족이에요.”

나로선 아리안느가 마족이었다는 것을 도무지 믿을 수가 없었다.

그녀의 표정, 그녀의 목소리 모두 전의 아리안느였지만 모습은 너무나도 달랐다.

어둠의 기운이 느껴지는 그녀는 검은색의 얇은 옷을 입고 있었는데, 양 허리에는 두 자루의 레이피어가 매어져 있었다.

새하얗던 그녀의 손에는 날카로운 마족 특유의 손톱이 나와 있었기에 그녀가 마족이라는 사실을 부인할 수는 없었다.

하지만 도저히 믿을 수가 없었다.

페로인 왕국에서 마지막으로 그녀를 보았을 때만 해도 인간의 모습이었고, 그녀의 몸에서 마족의 기운은 느껴지지 않았었다.

지금의 일을 도저히 이해할 수 없을 때 천천히 그녀의 양 옆에 있던 마족이 살기를 뿜으며 우리들에게 다가오기 시작했고, 아리안느 역시 허리에 차고 있던 두 개의 레이피어를 뽑아 들고는 싸움을 준비하고 있었다.

“이해할 수 없군.”

“…….”

그녀의 눈빛에는 지금 시간에 대한 두려움이 남아 있었기에 무어라 말을 할 수가 없었는데, 드벤이 미소를 지으며 앞으로 나오는 것이 보였다.

“저 여인과 관계가 있다는 것을 알겠네만, 마족인 이상 살려둘 수 없네.”

드벤은 조용히 나를 향해 말하고는 앞으로 뛰어나갔고, 두 명의 마족 역시 빠른 속도로 튀어나와서는 그를 양쪽에서 공격하기 시작했다.

"파이어 볼!!"

루드그레인의 마법이 터져 나오며 일대는 순식간에 불기둥에 휩싸였지만, 난 도저히 움직일 수가 없었다.

'사랑을 느꼈었나…….'

그녀를 떠날 수밖에 없던 난 어쩌면 그 생각을 무의식적으로 거부하고 있었을지도 모른다. 왜 이런 생각이 나고 있는 것일까?

마족이라면 더욱 그녀에 대한 생각을 지워야 함에도 가슴은 크게 뛰고 있었다.

사랑하고 싶은 마음일까?

나와 관계있는 이들은 거의 대부분이 비참한 죽음을 맞이했기에 거부감은 그녀가 마족의 모습으로 나타나자 사라져 버렸다.

"젠장!!"

더 이상 이런 마음을 견디지 못한 난 검을 뽑아 들고는 아리안느를 향해 몸을 날려갔고, 그녀도 나를 보고는 양손에 들려 있는 레이피어에 마나를 집어넣고 연차적으로 앞으로 찔러 나왔다.

검은색의 강한 검기가 나의 정면에서 밀어닥치고 있었기에 블러드 소드에 마나를 집중시킨 난 검기를 튕겨내며 단숨에 그녀의 앞으로 갈 수 있었다.

"차앗!"

어느 정도 거리까지 다가왔다는 것을 느낀 난 그대로 검을 휘둘러 그녀를 향해 반원형의 검기를 날렸다.

다행히 나의 검기를 막지 못한다고 판단한 그녀는 두 개의 날개를 저으며 몸을 피했고, 검기는 벽을 무너뜨리며 사라졌다.

몸을 피한 그녀는 날개를 저으며 공중에서 나를 향해 레이피어를 사용하여 공격해 들어왔고, 나의 정면에는 수십 개의 검영이 난무하기 시작했다.

물러설 생각이 없던 난 그녀의 검영을 막으며 천천히 앞으로 걸음을 옮겼고, 아리안느는 내가 앞으로 나서자 크게 당황하는 얼굴을 하며 뒤로 몸을 피해갔다.

뒤로 물러선 그녀를 보며 난 검에 마나를 모으고 있었는데, 그때 그녀의 입이 열리며 무어라 말을 하고 있는 것이 보였다.

"……."

목소리는 들리지 않았고, 그 소란에 다른 사람은 아리안느의 입술을 볼 수 없었지만, 난 알 수 있었다.

'사랑했어요.'

그녀는 나에게 사랑했었다는 말을 하고 있었다.

"크아앗!!"

그 순간 난 더 이상 참지 못하고 그녀를 향해 검기를 날렸다. 수십 개의 검기는 주위의 사물을 파괴해 나갔고 순식간에 파편이 되어 휘날린 먼지로 인해 시야는 완전히 가려졌다.

한순간에 갑작스럽게 많은 마나를 사용한 난 몸이 피곤해짐을 느끼며 가쁜 호흡을 쉴 수밖에 없었는데, 그때 자욱한 먼지 속으로 하나의 검은 인영이 빠른 속도로 쇄도해 들어와서는 나의 어깨에 검을 꽂았다.

"크윽!!"

단 한 마디 때문에 한순간 흥분을 참지 못한 난 녀석의 검을 막을 수가 없었던 것이다.

두 개의 레이피어는 나의 어깨를 관통했기에 큰 통증이 밀려오고 있었다.

"블러드 스톰……."

어느 누구의 모습도 볼 수 없는 자욱한 먼지 속에서 그녀는 어깨에 꽂았던 검을 놓고는 천천히 나의 머리를 감싸 안았다.

향기로운 여인의 내음이 나의 코를 자극하고 있었고, 그녀의 보드라운 가슴이 느껴지고 있었다.

따뜻함… 그녀가 정말 마족일까 하는 의문이 나를 자극하고 있었다.

"왜… 왜 당신은 떠나셨나요? 저와 함께 있었다면 이런 순간은 없었을 것을……."

그녀는 나의 머리를 안으며 한스러운 듯 말하고 있었기에 아리안느가 얼마나 그 순간을 아쉬워하고 있는지 알 수 있었다.

"떠날 수밖에 없었소… 당신… 그리고 나를 위해서도."

그녀의 말을 듣는 순간 난 가슴속에 묻어두고 있었던 그녀를 위한 말이 튀어나왔다.

나의 말을 들은 그녀는 안고 있던 나의 머리를 자신에게서 떼어내 자신의 눈을 나의 눈과 마주쳐 갔다.

푸른색의 맑은 눈동자 속엔 부드러운 기운이 가득했기에 난 뭐라 말을 할 수가 없었다.

"이제부터라도 좋아요. 저와 함께 있을 수 없나요?"

"……."

그녀의 간절한 마음이 담긴 눈동자를 보는 순간 난 뭐라고 말을 할 수가 없었다.

슬픈 기운이 가득한 눈동자는 천천히 물기에 젖어가고 있었고, 그녀의 붉은 입술에선 한 줄기의 피가 흘러내리고 있었다.

"나의 사랑……."

그녀는 점점 다가와 나의 입술에 피의 키스를 해주었기에 난 천천히 검에서 손을 뗄 수밖에 없었다.

그녀가 나의 두 어깨에 레이피어를 관통시켰을 때 난 검으로 그녀의 복부를 꿰뚫고 있었다.

검의 손잡이에선 그녀의 몸에서 흐르는 피가 흘러내려 나를 적셔가고 있었다. 난 천천히 손을 들어 그녀를 가슴 깊이 끌어안았다.

나와 그녀의 입맞춤이 깊어갈수록 그녀의 복부에 박힌 검은 점점 깊숙이 그녀의 몸을 파고들어 갔고, 천천히 손이 떨어지고 있을 때는 이미 손잡이 부분까지 그녀의 몸으로 파고들어 가 있었다.

알 수 없는 미소를 지으며 그녀의 고개가 뒤로 떨어졌다. 난 천천히 그녀의 복부에 박혀 있는 검을 뽑았다.

바닥엔 흥건히 그녀와 나의 피가 고여 있었다.

살아서는 절대 이루어질 수 없었던 아리안느와 나의 피가 지금은 하나로 합쳐져 있었다.

'이것이 피의 마나를 가진 나의 숙명일까…….'

죽음이라는 하나의 전제가 있어야만 나의 사랑은 이루어지는 것일까라는 생각을 하며 난 그녀의 시신을 바닥에 내려놓았다.

양 어깨를 관통한 레이피어에선 끊이지 않고 피가 흘러내리고 있었기에 미소 지으며 죽어가는 그녀의 얼굴은 붉은 피로 적시어져 있었다.

그녀의 시신을 내려놓은 난 다른 이들을 기다리지 않고 복도를 향해 뛰어갔고, 잠시 후 거대한 방의 끝에 왕좌와도 같은 의자에서 앉아 있는 리후드 백작을 볼 수 있었다.

그의 곁에서 아리안느와 같은 얼굴을 하고 있는 여인을 볼 수 있었는데, 그녀 역시 마족의 모습을 하고 있었기에 그 여인이 아리안느의 모친이라는 것을 알 수 있었다.

마족의 여인은 말없이 앉아 있는 리후드 백작의 무릎에 얼굴을 기대고 있었는데, 그녀의 입술에선 보라색의 피가 흘러내리고 있었다.

아리안느가 죽은 모습과 마찬가지로 그녀의 복부에도 한 자루의 검이 꿰뚫고 지나가고 있었기에 나로선 무어라 말을 할 수가 없었는데, 리후드는 천천히 그녀의 배에 꽂혀 있는 검을 뽑고서는 보라색의 피가 흥건히 적시어져 있는 자리에 그녀를 내려놓았다.

"크크크……."

알 수 없는 의미의 웃음을 흘리며 리후드 백작은 천천히 자리에서 일어나 피가 흘러내리는 검을 들고는 나를 향해 다가왔다.

"이 여인을 마지막으로 내가 믿는 자들은 모두 사라졌다. 남은 것은 자네와 나의 숙명에 대한 믿음뿐이군."

그의 말을 이해할 수가 없었다.

"도대체… 무엇을 생각하고 있는 것이지……?"

"글쎄… 어쩌면 난 자네가 그렇게 원했던 죽음을 찾아가고 있었던 것인지도 모르겠군."

이해할 수 없었다.

모든 것을 가진 그가 왜 죽음을 찾아가고 있었던 것일까? 그의 부하들은 모두 그가 스스로 파멸을 향해 걸어가고 있었기에 죽음을 각오하며 막아섰던 것일까?

알 수 없었다.

"리후드… 모든 것을 파멸로 이끌면서까지 네 녀석이 원하는 것이 무엇인가?"

"난 꿈을 꾸고 있는 것일까?"

검을 쥐며 천천히 나의 앞으로 다가오는 그의 눈은 흐려져 있었다. 지금의 현실, 그는 그것을 꿈으로 여기고 싶어하고 있었다.

자신이 가진 이상, 그리고 그것을 이루어야 하는 현실과 그의 내면에 감추어져 있는 진실로 추구하고자 하는 이상이 충돌해 나가기에 어느 것 하나 손을 들어줄 수 없는 그는 모든 것을 꿈으로 여기고 있는 것 같았다.

바로 과거의 나와 같은 모습이었다.

"나에게 악몽을 꾸게 하는 자여! 사라져라! 나의 이상을 위해! 샤이닝 쇼크!!"

그의 대대로 이어져 온 가문이 가진 힘, 나와는 전혀 다른 순백의 힘은 드디어 그의 몸에서 개방되기 시작했고, 눈부신 광선이 일대를 감싸며 모든 것을 파멸로 이끌어가기 시작했다.

"블러드 에이리어!!"

리후드의 빛의 영역이 밀어닥치자 난 자신도 모르게 나만의 영역을 만들어갔고, 두 개의 기운이 부딪치며 성의 지하는 큰 폭발과 함께 무너져 가기 시작했다.

"나만이 세상의 유일한 빛이요, 나만이 세상의 유일한 희망이다! 네가 나의 빛으로 들어오기를 거부한다면 너를 세상의 빛에서 제명하리라!! 샤이닝 웨이브!!"

"끄아악!!"

과거 그와 첫 번째 대결을 했던 때와는 완전히 다른 힘, 지금까지 상대해 왔던 마족 모두를 압도하는 강렬한 마나의 힘이 느껴지며 그의 검에서 엄청난 빛의 파도가 밀려와 나의 영역을 철저하게 파괴해 가기 시작했다.

"끄아악!!"

내가 있어서는 안 되는 공간, 내가 있어서는 안 되는 자리에 서 있다는 느낌이 들며 나의 온몸은 그의 검에서 뿜어 나오는 빛의 파도에 휩싸여 점점 파괴되어 가기 시작했기에 정신을 차릴 수가 없었다.

난 세상에서 존재해서는 안 되는 인간이었던가…….

후회와 함께 눈물이 흘러내리고 있었다.

「멍청한 자식! 정신 차려라! 저런 미친 녀석의 마나에 감응되어 버리면 어떻게 하겠다는 거야!」

내가 모든 것을 포기하고 파멸을 기다리고 있을 때 강한 사념이 나의 머리를 깨뜨리듯이 밀려오더니 킬리스의 목소리가 들려왔다.

"킬리스!"

「멍청한 녀석! 검의 힘을 개방하겠다!」

그 말과 함께 검에서 주체할 수 없는 기운이 밀려오면서 상상치도 못할 피의 해일이 나를 덮쳐 가기 시작했다.

붉은색의 역겨운 냄새를 뿜어내는 피의 해일은 나의 눈앞에서 모든 것을 휩쓸어 버릴 듯한 기세로 밀려오고 있었지만, 그 모든 것이 두려운 것만은 아니었다.

내 자신이 원래 있어야 할 곳으로 돌아온 것처럼 어머니의 자궁 안에 있었던 것과 같은 따뜻함을 동시에 느꼈기 때문이다.

“하압!!”

강렬한 힘이 나의 몸을 자극해 오자 리후드의 압박에서 점점 해방되어 간 난 검에서 흐르는 힘을 받아 그의 순백의 힘을 밀어내기 시작했다.

그리고 다시 눈을 떴을 때 지금까지 단 한 번도 본 적이 없었던 강렬한 마나가 나의 주위에 서려 있음을 볼 수 있었다.

“리후드!!”

손을 뻗어 나에게 강렬한 빛의 파장을 보내고 있는 리후드의 이름을 외치며 난 녀석을 향해 빠른 속도로 쇄도해 들어갔다.

챙!

녀석의 검과 마주치자 마나의 반발에 의한 푸른 불똥이 작렬하며 퍼져 나갔고, 난 그와 정면으로 대치할 수 있었다.

“과연 이것이 네가 얻어낸 힘이었던가……!”

녀석은 나의 힘에 크게 감탄한 표정을 지었다.

하지만 그뿐 그는 나와 정면으로 대치해 나가며 다시 한 번 그 자신의 몸에 있는 기운을 뿜어내기 시작했다.

“크윽!!”

강한 힘이 서로 충돌하게 되자 서로의 마나가 역작용을 하며 자신을 공격하기 시작했고, 난 나의 힘에 의해 내장에 큰 상처를 입을 수밖에 없었다.

엄청난 힘은 양날의 검마냥 그와 함께 나에게도 큰 상처를 입히고 있었다.

하지만 나의 몸이 부서지고 파괴된다 하더라도 난 내 앞에 있는 자에게 질 수 없었다.

그를 쓰러뜨리지 못한다면 지금까지 쌓아왔던 나의 것은 모두 무너질 수밖에 없다는 것을 알고 있기 때문이다.

'의지가 약한 것일까?'

어쩌면 나의 몸에 흐르는 피의 숙명은 내 의지의 무너짐에서 나왔을지 모른다.

모든 것을 잃었을 때의 슬픔은 작은 의지마저 무너뜨렸고, 난 의지의 무너짐에 덧없는 시간을 보내야 했던 것이다.

"자살하는 자는 영원한 존재가 되어 지상 세계를 헤매이게 되리라."

아이네스의 성전에서 나온 말에 하늘로 떠나간 다른 이들을 만나지 못할지도 모른다는 두려움에 빠져 스스로의 목숨도 끊지 못한 연약함으로 살아왔기 때문에 난 모든 것을 잃으며 끝없는 윤회의 슬픔 속에 빠져야 했을지도 모른다.

'물러설 수 없다.'

지금 물러선다면 먼저 간 딸을 만날 수 있을지는 모르지만, 난 나 때문에 희생된 다른 이들마저 보아야 한다는 생각이 들었다.

"끄아아앗!!"

물러설 수 없다. 질 수 없다는 강한 집념이 밀려오자 나의 검은 또다시 한층 더 강한 힘으로 리후드를 밀어가기 시작했다.

"크윽!!"

대치하고 있던 리후드는 나의 힘이 더욱 증대되자 신음 소리를 내며 뒤로 물러서는 모습이 보였기에 이것이 기회라는 것을 알 수 있었다.

“끄아악!!!”

마나와 신체의 균형이 무너지며 나오는 소드 오버러의 폭주 현상, 난 부서져 가는 몸을 견디기 위해 죽음을 향하는 길이라고 할 수 있는 폭주 현상을 스스로 끌어냈고, 마나의 힘과 영역은 다시금 중대되어 녀석을 밀어갔다.

쿠구궁!!

압도적인 마나의 힘이 발휘되자 리후드의 검은 점점 금이 가기 시작했고, 잠시 후 마나의 폭발과 함께 그의 손에 들린 검이 부서져 나갔다. 일대엔 마나의 소용돌이가 휩쓸며 지나가기 시작했다.

자욱한 흙먼지가 모든 것을 가리고 있기에 한 치 앞의 사물도 보이지 않았지만 난 리후드가 있는 곳을 알 수 있었다.

레이드의 예지 능력, 그것은 녀석이 있는 곳의 위치를 알게 해주었다.

“차압!!”

망설이지 않고 레이드의 능력을 믿은 난 마지막 남은 모든 마나를 사용해서 녀석을 향해 검기를 날렸다.

“블러드 애로우!”

가장 초보적인 검기의 기술인 블러드 애로우에 모든 마나가 담기자 지금까지 단 한 번도 본 적 없는 강렬한 기운과 함께 주위를 가리고 있던 흙먼지들을 뚫고는 앞을 향해 빠른 속도로 뻗어 나가기 시작했다.

쿠구궁!!

또다시 엄청난 폭발이 일어나자 성의 지하가 무너지는 속도는 점점 더 가속되어지기 시작했다.

난 무의식적으로 천천히 걸음을 앞으로 옮겨갔고, 얼마 지나지 않아 벽에 몸이 박혀 허리 아래쪽의 몸이 완전히 파괴되어 버린 리후드의 모습이 드러났다.

"크크크… 드디어… 네 녀석의 승리다……."

엄청난 부상을 입었음에도 그는 아직 정신을 유지하고 있었고, 나의 모습을 확인한 후 웃음을 흘리며 말했다.

'무엇이 이자를 이렇게까지 만들었단 말인가……'

나로선 그가 왜 스스로를 이렇게까지 만들어가며 이런 행위를 하고 있는지 알 수가 없었다.

"나를… 아내 옆으로 옮겨줄 수 있겠는가……."

그는 사라져 가는 의식 속에서 나에게 부탁을 하고 있었다.

아내… 난 그의 몸을 들어 처음 그의 무릎에서 검에 맞아 죽어간 마족의 여인에게로 옮겨갔다.

무너져 가는 지하의 석실 속에서 마족 여인의 몸은 반쯤 무너진 돌에 묻혀져 있었는데, 그 모습이 지금 리후드의 모습과 별로 다르지 않았다.

"크크크… 죽은 후까지 나와 같기를 원하는 것이오, 에리아나……."

마족의 여인 옆에 내려놓자 그는 무너진 돌에 묻혀 있는 그녀의 곁으로 다가가서는 조심스럽게 그녀의 고개를 들어 입맞춤을 했다.

그리고 그의 입맞춤이 모두 끝났을 때는 지진과도 같이 세상이 뒤흔들리며 두 사람의 몸은 무거운 돌덩이에 묻혀져 갔다.

'끝인가……'

온몸의 마나를 사용한 난 더 이상 이곳을 빠져나갈 힘이 없었기에 조용히 죽음을 기다릴 수밖에 없었는데, 그때 뒤에서 나를 부르는 목소리가 들려왔다.

"블러드 스톰! 야이 개자식아! 어딨냐!!"

'이스트······.'

이스트는 무너져 가는 지하의 공간에서 나를 찾기 위해 결사적으로 소리를 지르고 있었다. 검을 지팡이 삼아 난 그를 향해 몸을 움직였다. 얼마 지나지 않아 온몸이 땀으로 흠뻑 적시어진 그의 모습을 볼 수 있었다.

"야이 자식아! 살아 있으면 대답이라 해야 할 것 아니야!"

이스트는 나의 모습을 보고 크게 고함을 질렀지만, 이미 나의 몸이 제대로 움직일 수 없는 것을 눈치 채고 있었는지 재빨리 다가와서는 나를 업고 뛰기 시작했다.

"다, 다른 사람은······."

"다 무사해! 너의 무뚝뚝한 얼굴만 내밀면 되는 거라고!"

"그렇군······."

쿠구구궁!!

이스트의 등에 업힌 난 뒤쪽의 공간이 크게 무너지는 소리를 들을 수 있었다.

"여깁니다!!"

우리의 모습을 확인한 루드그레인은 손을 흔들었고, 이스트는 그가 있는 곳을 향해 몸을 날렸다.

"자! 블러드 스톰 씨, 이제 돌아가죠. 텔레포트!"

그는 나를 보며 미소 짓고는 마법 시동어를 외쳤고, 그 순간 우리의 몸은 마나의 푸른 빛에 휩싸여 가며 빛의 통로를 지나가기 시작했다.

「끝이군…….」

흐려가는 의식 속에서 킬리스의 목소리가 들려오자 피로감에 잠이
밀려오기 시작했다.

제25장 **레비나의 병**

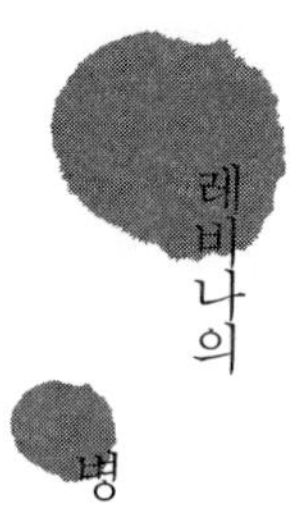


"주군이시여, 블러드 스톰 일행들의 위치가 확인되었습니다."

넓은 방, 한가운데에 검은 불꽃을 내고 있는 화로의 옆으로 얼굴에 주름이 가득한 노인 한 명이 흔들의자에 죽은 듯이 앉아 있었고, 그의 곁으로 회색 로브로 온몸을 가린 마도사 한 명이 정중하게 인사를 하고는 말했다.

"블러드 스톰……."

마치 죽은 자의 음성인 것처럼 생기 하나 없는 저음의 목소리로 블러드 스톰이란 말을 한 노인이 천천히 손을 드니 그 순간 검은 불꽃에선 하나의 영상이 흘러나왔다.

불꽃 속에선 블러드란 자의 목에 검이 꽂혀 있었다. 그것을 본 회색의 마도사는 고개를 숙이고는 말했다.

"알겠습니다."

회색의 마도사는 노인이 말하고자 하는 바를 알아들었는지 고개를 끄덕이고는 밖으로 나갔는데, 그가 나간 후 얼마 지나지 않아 누군가의 웃음소리가 방을 울리기 시작했다.

"하하하하!!"

"도, 도리스……."

노인의 입에서 한 남자의 이름이 떨리듯이 흘러나오고 그의 눈에선 분노의 눈빛이 흘러나오고 있었다.

＊　　　＊　　　＊

한 사람의 죽음 뒤에 한 사람의 생명이 태어난다.

그것은 순차적으로 이루어지는 일은 아니었지만 가까운 내일, 아니, 먼 미래일지라도 반드시 이루어지는 일이며, 그것으로 인해 인간은 세상을 이어가게 된다.

"으앙……."

처음 세상을 향해 터뜨린 그 울음소리를 들었을 때 타인이 흘린 눈물은 다음 시간 유전이 되어 울음소리의 주인으로 하여금 다시 눈물을 흘리게 만든다.

그리고 또 다른 생명의 울음소리가 들려오게 된다.

뜨거운 불길의 강을 앞에 두고 나와 다른 이들은 모든 세상에 저주를 내리고 생명을 망각하게 하는 자들의 손짓을 지켜보고 있었다.

"루드그레인!!"

"알았다고, 알았어! 블리자드!"

불길을 강을 건너기 위해 루드그레인은 차가운 북풍의 눈보라를 만들어 작렬하는 대지를 얼리기 시작했고, 우린 그가 차갑게 만들어놓은 대지를 건너며 세상의 질서를 파괴하려는 자를 향해 뛰어갔다.

크아아!!

수십 마리의 이세계의 마물들은 우리가 접근해 오자 붉은 눈에서 세상의 모든 것을 태워 버릴 것 같은 광선을 내뿜기 시작했고, 사방엔 눈부실 정도의 붉은 빛이 가득 차버렸다.

"젠장할! 빨리 건너지 않으면 용암에 타 죽겠군!!"

이스트는 점차 뜨거운 기운이 올라오고 있는 용암의 대지를 보며 투덜거리고 있었지만, 그의 발걸음은 결코 그곳에서 멈추어지지는 않았다.

나는 작렬하는 붉은 광선을 은빛 실드로 막아서며 마물들을 향해 몸을 날려갔고, 다른 이들 역시 그와 같은 방법으로 점차 뜨겁게 작렬하는 용암의 땅을 건너가기 시작했다.

"실드가 한계까지 왔다!"

붉은 광선을 막을 수 있는 유일한 방패인 은빛 실드는 더 이상 공격을 견디지 못하는 듯 점차 검은색으로 변해가고 있었기에 난 검을 집어넣고 마물들을 향해 마법을 날렸다.

"아이스 애로우!!"

마나가 나의 손을 벗어나 형체화되어 갔고, 수십 개의 얼음 화살이 마물들을 향해 빠른 속도로 뻗어가기 시작했다.

쿠구궁!!

나의 손에서 벗어난 아이스 애로우를 막기 위해 마물들은 눈에서 뻗어 나오는 붉은 광선을 돌려 아이스 애로우를 떨어뜨리기 시작했고, 일대는 두 마나의 충돌로 인한 큰 폭음과 함께 대지가 진동하기 시작했다.

"땅이 갈라진다!"

블리자드로 얼었던 용암의 대지가 갈라지며 또다시 뜨거운 불길과 같은 대지가 용솟음치기 시작했다.

아이스 애로우로 녀석들의 붉은 광선은 잠시간 우리를 공격할 수가 없었기에 난 그 틈을 타 빠른 속도로 녀석들을 향해 몸을 날린 후 검을 들어 녀석들의 몸을 베기 시작했다.

"블러드 스톰 씨! 두 개의 마나를 한꺼번에 사용하는 것은 위험합니다!!"

루드그레인의 목소리가 들려오고 있었지만 난 그의 말을 들을 수가 없었다.

이 세상에서 나라는 존재가 사라지는 한이 있어도 난 눈앞에 있는 마물들을 쓰러뜨리고 앞으로 나아가야 할 숙명이 있었기 때문이다.

"성신 프라이도스의 이름으로 신의 진리를 거부한 그대들의 땅에 차가운 북풍의 바람을 내리리라! 노스윈터 홀리윈드!"

계절의 신 프라이도스 사제의 신성 마법이 작렬하며 순백의 거대한 빛의 원이 떠올라 세상을 차가운 북풍의 바람으로 얼려 버리기 시작했다. 나의 검에 의해 상처를 입은 그 피부 속으로 차가운 바람이 스며들며 체내의 모든 체액과 함께 꽁꽁 얼어붙어 마물들은 얼음상으로 변해 가기 시작했다.

마물들은 차가운 바람의 기운이 일대를 휩쓸듯이 밀려오자 바람의 원흉인 순백색의 원을 향해 붉은 광선을 쏴대기 시작했고, 저주받은 붉은 빛의 광선과 신성의 빛이 부딪치자 엄청난 파괴음이 이 일대를 뒤덮으며 살아 있는 자의 고막을 찢어버리기 시작했다.

“젠장할!!”

다행히 우리들은 사전에 그 사실을 알고 있었기에 고막이 찢어지는 것을 면할 수가 있었지만 마물들은 자신들의 감각 기관이 마비가 되자 그 움직임이 크게 산만해지기 시작했다. 우린 그 틈을 놓치지 않고 녀석들의 몸을 베어가기 시작했다.

치열했던 이세계 마물들과의 싸움은 끝이 나고 우리들의 눈앞엔 모든 것을 끝내는 순간으로 갈 수 있는 마법진이 그 모습을 드러내고 있었다.

이 마법진 너머로는 우리가 탈환해야 할 세상의 빛들이 남아 있었기에 마법진에 들어가야 할 일행들의 얼굴에는 긴장감과 함께 비장함이 서려 있었다.

지금의 우리가 그 빛을 되찾아오지 못한다면 세상은 어둠으로 바뀔 수밖에 없기 때문이다.

생명의 윤회를 거부하는 자들에 의해 더 이상 우린 태어나는 자의 울음소리를 들을 수 없을 뿐 아니라 우리, 아니, 모든 사람이 그 기쁨의 눈물을 흘리지 못할 것이기 때문이다.

“가자…….”

나의 말과 함께 일행들은 한 명씩, 한 명씩 마법진 안으로 걸음을 옮겨가기 시작했고, 나 역시 사랑하는 사람을 위해 다시 돌아올 수 없는 공간으로 걸음을 옮겨갔다.

‘레비나…….’

유일한 빛의 존재인 레비나의 이름이 떠오르며 난 푸른 마법의 빛에 휩싸이기 시작했다.

“헉!!”

차가운 밤 공기가 살짝 열린 창문 사이로 불어오며 몸을 떨게 만들고 있었다.

난 이마에 흐르는 땀을 닦고는 천천히 침대에서 내려와 주전자의 물을 따라서는 나의 목을 적시어갔다.

‘꿈……’

근래 들어 난 매일 도저히 잠을 이룰 수 없게 만드는 꿈을 꾸고 있었다.

하지만 그 꿈에 놀라 눈을 뜨면 마치 안개에 휩싸인 것마냥 꿈속에서 겪었던 일은 잊혀져 가고 명확한 현실의 순간에 서 있는 나를 발견하게 된다.

창문 사이로 새어드는 바람과 함께 한줄기 은빛이 바다에 무늬를 그리고 있었기에 아직 모든 이가 잠들어 있는 밤이라는 것을 알 수 있었다.

목을 축인 난 다시 침대로 걸어가 잠을 청했다.


“어이, 블러드! 블러드!”

“음……”

눈을 떴을 때 이스트의 얼굴이 보였다.

‘이런……’

주위를 돌아보니 이미 날이 밝은지라 늦잠 잔 것을 알 수 있었는데, 이상하게도 이스트는 크게 안도의 한숨을 쉬고 있었다.

“무슨 일인가?”

“무슨 일이라니! 무슨 녀석이 잠을 그렇게 죽은 듯이 자는 거야!”

“죽은 듯이?”

“휴… 난 네 녀석이 죽은 줄 알고 깜짝 놀랐다.”

“음…….”

그의 말에 난 천천히 마나를 사용하여 몸 상태를 알아보았는데, 역시나 장기에 독기가 쌓여 있는 것을 알 수 있었다.

“레비나는?”

“아침 일찍 밖으로 나가서는 마을 아이들과 놀고 있어.”

이스트의 말에 고개를 끄덕인 난 천천히 자리에서 일어나 여관 밖으로 걸음을 옮겼다.

늦은 아침이었지만 아직 시원한 공기가 남아 있는지라 크게 심호흡을 하고 다시 여관으로 들어온 난 식당 의자에 앉았는데, 이스트 역시 아직 식전인지 나의 앞에 앉아서는 점원을 불러 음식을 시켰다.

이스트와 함께 간단히 아침을 먹고 있을 때 여관 문이 큰 소리로 열리면서 급한 모습으로 페드로가 뛰어왔는데, 그의 품에 안겨 있는 아이를 확인한 난 크게 놀라지 않을 수 없었다.

“무슨 일인가?!”

“모르겠습니다. 아이들이 모여 있길래 가봤더니 레비나가 쓰러져 있었습니다.”

“그런!”

페드로에게서 레비나를 받은 난 아이의 몸을 살펴보았는데, 마나가 불규칙한 흐름을 보이고 있는지라 크게 당황할 수밖에 없었다.

급히 손목을 통해 나의 마나를 불어넣어 주기는 했지만 불규칙한 마나의 흐름은 이런 정도로 치유할 수 없는 일이기에 곧 그것을 포기하게 되었다.

"젠장! 도대체 무슨 일이야?"

이스트는 마나를 불어넣어 주는 나의 모습을 보며 답답한 듯 물어보았지만 나 역시 그 원인을 알 수 없었기에 다시 아이를 안아 들고 페드로를 보며 말했다.

"이 근처에 신전이 어디 있는지 알고 있는가?"

"마을의 뒷산에 안트라네의 신전이 있다고 들었습니다."

"그곳으로 가자!"

페드로의 말에 고개를 끄덕인 우린 레비나를 안고 신전으로 급히 걸음을 옮겼다.

얼마 후 우린 대지의 여신 안트라네의 신전에 도착할 수 있었고, 그곳을 관리하는 사제에게 아이의 치유를 부탁했다.

신전에서는 얼마의 돈을 지불하면 신성 마법으로 병을 치유시켜 주기 때문이었다.

하지만 담당 사제는 한참을 레비나를 치유하는 듯하다가는 고개를 저을 뿐이었다.

"신성 마법이 통하지 않는 병인 것 같습니다."

"그런……."

이스트는 사제의 말에 도무지 믿기지 않는다는 표정으로 말했고, 나역시 뭐라 말을 할 수 없는 충격에 잠길 수밖에 없었다.

'도대체… 이게 뭐란 말인가.'

나의 주위에 있는 사람들은 어느 한 사람도 평온한 삶을 살지 못했다.

그리고 이번엔 다시 맞아들인 딸마저 이런 병에 걸렸다는 사실에 도저히 정신을 차릴 수가 없었다.

도대체 이게 무엇이란 말인가…….

신은 나를 어디까지 괴롭혀야 만족한단 말인가…….

"아이의 멍이 든 피부와 마나로 느껴지는 장기 중 간과 비장이 크게 부어 있는 것으로 보아선 아무래도 루코시스 병이 아닐까 생각됩니다."

"루코시스라면?"

사제의 말에 페드로는 그것을 아는 듯 크게 놀란 표정을 지었고, 이스트는 처음 들어보는 병이라 물어보았다.

"자세한 것은 알려지지 않았지만, 사람의 체내에는 몸을 치유하는 기능이 있는데, 그것이 제대로 기능을 발휘하지 않는 병이라고 알고 있습니다."

"치료될 수 있는 것입니까?"

이스트는 그가 이야기하는 것을 이해하지 못하고 있었지만 문제는 레비나가 치유될 수 있는가 없는가이기에 그것을 물어보았는데, 그의 말에 사제는 고개를 저으며 말했다.

"휴… 죄송하지만 루코시스 병에 걸린 사람 중 그것을 치료한 사람은 단 한 명도 없습니다."

"그런……."

이스트는 더 이상 버티지 못하고 무릎을 꿇고 말았고, 페드로 역시 고개를 돌리고 있었다.

"어떻게 치료할 방법이 없겠습니까?"

나의 말에 사제는 고개를 저으며 말했다.

"세상의 병 중에는 신성 마법의 리커버리와 원소 마법의 리커버리 둘 모두에게도 통하지 않는 병이 있습니다. 리커버리란 것은 외부의 독소로 인한 병은 치유할 수 있지만 몸 안에서 생성되는 병의 경우에는 치유가 불가능하지요. 루코시스 역시 이러한 증상 중 하나이기 때문에 마법으로 치유할 수 있는 방법이 없습니다."

"젠장!!"

이스트는 더 이상 그의 말을 듣기 싫다는 듯이 소리를 지르다가 무슨 생각이 들었는지 나를 흔들며 말했다.

"블러드! 루드그레인에게 가보자!"

"루드그레인?"

"녀석의 조직이라면 어떻게든 이 병을 치유할 수 있을 거라고!"

이 시대의 마법은 신성에 버금가는 위력을 지니고 있었다.

그중 지하 마법 조직으로 대륙 마법 길드와 버금가는 힘을 가진 칠인회라면 어떻게든 방법을 찾을 수 있을 것이란 생각에 이스트는 나에게 말했고, 나 역시 그 루드그레인의 조직에 희망을 걸 수밖에 없었다.

"가자!"

치료할 수 없다면 더 이상 지체할 수 없는지라 우리는 레비나를 안고 신전을 나왔다.

칠인회에 연락하기 위해 우리들이 가장 먼저 걸음을 옮긴 곳은 가까운 곳의 대륙 마법 길드였다.

물론 칠인회와 대륙 마법 길드가 다른 조직이라는 것은 알고 있었지만, 칠인회 자체가 비밀리에 존재하는 집단이었기에 상당한 수의 마법사들이 대륙 마법 길드에 이름을 올리고 있었기 때문이다.

길드의 건물 안으로 들어서자 마법사 한 명이 서류를 정리하고 있는 것을 볼 수 있었기에 난 그에게 다가갔다.

“무슨 일로 오셨습니까?”

내가 다가서자 그는 하던 일을 멈추고는 미소를 지으며 물어보았다.

“루드그레인이란 마법사를 찾고 싶소이다.”

“소속 길드 지부와 마법 서클을 말씀해 주시겠습니까?”

“자세히는 알지 못하지만 로아냐드 제국 어딘가에 가입되어 있을 것이오. 마법 서클은 6서클 마스터라 들었소이다.”

“6서클이라면 이십 분 정도면 찾을 수 있겠군요. 30골드입니다.”

서클 수가 높을수록 마법사의 수는 점점 적어지는 것이 보통이었다. 6서클 정도의 수준이면 어느 정도 자질이 없으면 오를 수 없는 수준이었다.

마법사에게 돈을 지불하자 그는 통신 마법 구슬을 사용하여 어디론가 연락을 했고, 그렇게 십여 분 정도가 흐르자 누군가의 목소리가 들려왔다.

“루드그레인 씨는 현재 로아냐드 서북부의 론데르 시에 계신다고 하는군요.”

“론데르 시…….”

론데르 시까지 가는 것은 상당한 시간이 걸리기 때문에 나로선 암담할 수밖에 없었다. 한참을 고민하고 있을 때 통신 구슬에서 누군가의 목소리가 들려왔고, 나의 앞에 있던 남자는 무엇인가를 이야기하고는 자리에 일어나 말했다.

“혹시 블러드 씨십니까?”

“그렇소만?”

“길드 본단에서 연락이 왔습니다. 급한 일이시라면 텔레포트 게이트를 사용해도 된다는 연락이 떨어졌습니다.”

"아!"

텔레포트 게이트는 마법사들의 마법도 있었지만 각 중요 길드 지부 간에 마법사들을 위한 전용 게이트가 있었다.

이것은 국가 중요 요인이나 마법사들 중에서도 6서클 이상의 마법사만이 사용할 수 있는 것은 물론 설사 그들이라고 해도 길드 본단에 허락이 떨어지지 않으면 사용하지 못하게 되어 있었다.

이런 이유로 나로선 텔레포트 게이트는 생각지도 못하고 있었던 것이다.

"몇 분이십니까?"

"어른 세 명과 아이 한 명이오."

"저를 따라오십시오."

마법사의 안내에 길드 지하로 내려가자 거대한 마법진이 그 모습을 드러냈다.

대단위의 텔레포트 마법진으로 한꺼번에 이십 명 이상의 사람들을 이동시킬 수 있을 정도의 규모였다.

마법사의 지시를 따라 우리들은 마법진의 한가운데에 섰다.

"텔레포트 마법진을 시동하겠습니다."

마법사는 우리들에게 말한 후 천천히 마법구에 마나를 주입하기 시작했고, 마법구에서 푸른 빛이 일렁이며 마법진 쪽으로 이동하기 시작했다.

그리고 푸른 빛에 휩싸인 우리들은 잠시 후 다른 곳의 텔레포트 마법진에 도착할 수 있었다.

눈부신 푸른 섬광의 뒤로 십여 명의 마법사들이 우리들 눈에 들어왔고, 그중에는 얼굴을 알고 있는 사람도 눈에 띄었다.

과거 칠인회의 본부에서 만난 마법사들이었다.

"어서 오십시오. 루드그레인님께서 기다리고 계십니다."

가장 선두에 서 있던 백발의 마법사가 공손히 인사를 했고, 우린 그의 안내를 받으며 마법진을 벗어나 루드그레인에게 향했다.

이십 분 정도를 지나 거대한 방에 도착할 수 있었는데, 그곳은 마법사들의 실험을 위한 곳인지 수십 개의 유리병과 함께 마법사들이 분주히 실험하고 있는 모습을 볼 수 있었다.

방 한가운데에는 초록색 머리의 루드그레인도 있었는데, 그는 철창에 있는 작은 생물을 보며 심각한 표정을 짓고 있었다.

"루드그레인."

"아! 블러드 씨."

난 다가가서는 루드그레인을 불렀고, 그제야 눈치 챘는지 그는 나의 이름을 부르며 미소를 지었다.

"딸이 병을 앓고 있는데 어찌할 도리가 없어 당신을 찾았소."

"레비나가요?"

나의 말에 그 역시 조금 놀란 표정을 짓고는 고개를 돌렸고, 이스트가 안고 있는 아이에게 다가가 물었다.

"무슨 병인지는 알고 계십니까?"

"신관의 말로는 루코시스 병이라고 합니다."

"루코시스?!"

내 말에 그는 크게 놀란 표정을 지으며 손바닥을 아이의 심장에 가져가서는 마나를 살펴보기 시작했다.

"음… 마나의 흐름이 크게 뒤틀려 있군요."

"고칠 수 있겠소?"

난 가장 중요한 것을 그에게 물어보았지만 그는 고개를 저으며 말했다.

"애석하지만 아직 인간의 힘으로 고칠 수 없는 병이 있다면 그중의 하나가 루코시스 병입니다."

"그런……."

이스트는 그의 말을 듣곤 도저히 믿기지 않는다는 목소리로 말했고, 나 역시 암담할 수밖에 없었다.

"도저히 방법이 없겠는가?"

"음……."

나의 말에 한참을 생각에 잠기던 그는 한숨을 내쉬며 말했다.

"솔직히 저희로서는 힘들지만 가능성이 있는 곳이 있기는 합니다."

"가능성이 있는 곳이라면?"

"…바로 불사의 염원이란 조직이지요."

"불사의 염원?!"

불사의 염원이란 말에 우리들은 크게 놀라지 않을 수 없었다.

"현재 공식적으로 외부에 알려져 있는 마법 체계는 모두 세 개입니다. 백마법, 신성 마법, 그리고 원소 마법이지요. 하지만 이 밖에도 다른 마법 체계가 있는데 바로 흑마법입니다."

"흑마법이라면 마족의 마법이 아닙니까?"

페드로의 말에 그는 고개를 끄덕이며 말했다.

"그렇습니다. 일반에 알려져 있는 흑마법은 마신의 힘을 빌리는 마법으로만 알려져 있지만 그 밖에도 정신 계열의 마법과 네크로멘서 계의 마법 역시 흑마법 계열에 속해 있습니다."

"음……."

"솔직히 흑마법의 범위는 신성 마법이나 백마법, 원소 마법을 합친 것보다 더 광대하지만 실질적으로 신성 체제의 대륙에서는 흑마법의 연구가 극히 어려운 관계로 광범위한 마법 자체에 제대로 된 분류를 하지 못하고 있는 것이죠."

"복잡한 얘기 말고 도대체 고칠 수 있는 거야, 없는 거야?"

이스트는 더 이상 참을 수 없다는 듯이 답답하다는 목소리로 말했고, 루드그레인은 고개를 저으며 말했다.

"저희들도 잘 모릅니다."

"뭐야?"

"다만 불사의 염원은 말 그대로 인간의 불사를 연구하고 있는 조직입니다. 그만큼 그 계통의 마법에 관해서 저희들보다 한 단계, 아니, 몇 단계 위의 연구를 하고 있으니 분명 그쪽의 자료를 입수할 수만 있다면 방법이 없지는 않을 것입니다."

"음… 어쨌든 불사의 염원 조직으로 들어가야 한다는 말이군요."

"그렇습니다."

"하지만 그 정도의 조직에서 정보를 빼낸다는 것은 상당한 시간이 걸릴 텐데 그때까지 레비나가 괜찮을지……."

페드로의 말에 루드그레인은 미소를 지으며 말했다.

"일단 그것은 문제가 없을 것 같군요."

"문제가 없다니요?"

"저희 칠인회에서 찾은 방법이 있습니다. 일단 인간의 몸을 빙결 마법을 통해 얼린 다음 다시 소생시키는 방법인데, 빙결 마법을 사용하여 몸을 얼리면 신체의 활동은 멈추게 되니 당연히 병도 멈춘 상태가 되는 것이지요."

"사람의 몸을 얼린다고요?"

"예. 이미 인간을 통한 실험도 모두 끝마친 상태이기 때문에 다시 소생시키는 것은 문제가 없으니 그 방법을 사용하면 됩니다."

루드그레인이 우리에게 거짓을 말할 리는 없었기에 난 그의 말을 믿을 수밖에 없었다.

얼마 후 루드그레인은 다른 마법사와 함께 레비나의 몸을 얼리는 작업을 하기 시작했다.

수정으로 만든 관에 아이를 눕힌 마법사들은 레비나의 주위에 서서 빙결 마법의 시동어를 외우기 시작했고, 푸른 빛에 휩싸인 아이의 몸은 천천히 푸르스름하게 변해가며 잠시 후에는 투명한 얼음 안에 놓이게 되었다.

"레비나……."

난 얼음 속에 잠자듯이 누워 있는 레비나를 보며 뭐라 말할 수 없는 심정을 느꼈다.

"블러드……."

이스트 역시 참담한 심정이 되었는지 한숨을 쉬며 나의 이름을 불렀다. 난 루드그레인을 보며 말했다.

"불사의 염원 조직에서 어떻게 자료를 빼낼 수 있겠소?"

"휴… 대륙 몇 군데에서 녀석들의 비밀 실험장을 찾아냈으니 하나하나씩 짚어갈 수밖에요."

불사의 염원, 지금까지 인간들을 상대로 인륜을 벗어난 인체 실험을 자행하고 있는 조직인 그들의 실험장을 몇 번 본 적이 있었기에 우리로선 한숨이 나올 수밖에 없었다.

"절 따라오십시오."

레비나를 칠인회에 맡긴 우리는 남부의 스란 섬을 향해 길을 떠났다.

루드그레인의 말에 의하면 이곳에 불사의 염원 마도사들의 비밀 실험장이 있을 확률이 높다고 알려져 있었기 때문이다.

이스트는 스란 섬에 가는 것을 꺼리고 있었는데, 그도 그럴 것이 그 섬은 대륙에서도 악명이 높은 섬 중 하나였기 때문이다.

해적이나 도적들의 아지트가 아닌 다른 이유, 바로 병자들의 섬이었다.

신전 사제들의 신성 마법으로도 치유가 불가능한 병, 즉 레비나가 걸렸던 병과 같이 현재의 마법으로는 치유가 불가능한 병에 걸린 사람들이 모이는 곳이었다.

섬에 도착한 우린 병자들이 모여 있는 마을로 갔는데, 그곳은 생각과는 다른 모습을 하고 있었다.

"오! 신이시여! 우리를 구해주십시오!"

"신이여!"

수백 명에 이르는 마을 사람들이 광장에 모여서 신에게 빌고 있는 모습이었는데, 그들의 앞에는 갈색 로브를 입은 마도사 한 명이 사람들을 보며 황금의 지팡이를 든 손을 들고 있었다.

"뭐야, 저건?"

"사교?"

대륙 여기저기에는 오성신과는 다른 사교의 집단들이 많이 있었기 때문에 이스트는 그것이 사교 집단이 아닐까 하는 말을 한 것이다.

"저 마도사가 불사의 염원의 마도사가 아닐까요?"

페드로의 말에 고개를 끄덕이며 가능성이 있다는 생각을 했다.

마도사에게 느껴지는 마나는 족히 6서클 이상으로 상당한 수준이었기 때문이다.

이곳에 들어선 우리들은 일단 불치병 환자로 변장하고 있었기 때문에 마을 사람들의 곁에 가서는 힘없는 목소리로 물었다.

"여보시오… 여보시오."

"무슨 일입니까?"

얼굴 가득히 붕대를 매고 있는 사람은 페드로가 다가와 묻자 힘없이 고개를 돌렸는데, 제대로 된 치료를 받지 못했는지 더러워진 붕대엔 고름이 말라붙어 있었다.

그가 앓고 있는 병이 나병이라는 것을 안 이스트는 자신도 모르게 뒷걸음질치려 했지만, 그렇게 된다면 목적을 이룰 수 없기에 페드로가 그의 옷을 붙잡아 도망치지 못하게 한 후 병자를 보며 물었다.

"우린 이곳에 처음 왔는데 저기 앞에 황금의 지팡이를 들고 계신 분은 누구십니까?"

"형제여, 이곳에 오신 것을 환영합니다. 저분은 버림받은 우리들을 구하기 위해 오신 신의 사도이십니다."

"신의 사도?"

이스트의 말대로 신을 사칭하고 있는 사교의 무리라는 것을 알 수 있었다.

"아무래도 불사의 염원에서 방법을 달리한 모양입니다."

"그렇군."

나병에 걸린 자와 계속 이야기하고 있을 때 마도사가 자신의 추종자들과 함께 섬의 중앙으로 움직이기 시작하니, 마을 사람들 대부분이 그를 쫓기 위해 힘겹게 걸음을 옮기고 있었다.

마도사의 주위로는 전사 이십 명이 황금의 갑옷을 입고 그를 호위하고 있었는데, 그들 역시 상당한 실력의 소유자인 것을 알 수 있었다.

루드그레인은 레비나의 병을 고치기 위한 가장 가능성이 높은 곳을 이곳이라 말했었다.

이곳에는 상당한 숫자의 불치병 환자들이 모여 있기 때문에 그런 병자들의 몸을 연구하기 위해선 이곳만큼 좋은 곳이 없었던 것이다.

칠인회가 이 섬에 관심을 가지게 된 이유는 불사의 염원이 관심을 가진 이유와 거의 비슷했다.

불치병에 걸린 환자들만이 모여 있는 섬에서 임상 실험을 통해 병을 고치기 위한 마법이나 약품을 만들기 위해서였는데, 그것이 5년 전부터 이상하게 변하고 있었던 것이다.

갑작스럽게 섬 주위로 마법의 결계가 생기며 마법 구슬을 이용한 연락이 불가능하게 변한 것이다.

물론 칠인회에서는 이 결계를 해제하기 위해 노력했지만, 그것을 해제하는 것에는 실패하고 말았다.

그와 함께 괴이한 일이 생겼으니, 섬에 있던 불치병 환자들이 완치되어 섬을 빠져나가기 시작한 것이다.

보통 매년 병을 고치는 사람이 많아야 2, 3명에 지나지 않았던 섬에서 50명이 넘는 숫자가 외부로 빠져나가기 시작한 것이다.

물론 병이 완전히 완치되었다면 별문제가 없지만 외부로 빠져나간 사람들의 대부분이 1년을 넘기지 못하고 의문의 돌연사를 당했다.

또 칠인회에서 조사한 것에 의하면 그들은 돌연사를 하기 직전까지 비밀 집단에 매년 많은 돈을 기부하고 있다는 보고가 들어왔기에 이 섬에서 무슨 일이 벌어지고 있다는 것을 알게 된 것이다.

하지만 돌연사한 시체에서는 어떠한 흔적도 찾아내지 못했을 뿐 아니라 섬으로 잠입시킨 칠인회의 마법사들이 한 달을 넘기지 못하고 실종되는 것이 다반사였는지라 이번에 우리를 섬으로 잠입시켜 그 비밀을 알아내려 하는 것이다.

우리가 알고 있는 정보는 1년 전에 잠입했던 마법사가 보내온 것이었다.

섬에 살고 있는 사람들의 숫자는 2,000이 넘었는데, 그중 환자의 수는 1,900여 명, 나머지는 환자를 보살피기 위한 가족들이나 다른 연유로 온 자들이었다.

이곳에서 태어나는 아이들은 많은 사람들의 수에도 불구하고 매년 1, 2명을 넘어서지 못하지만 죽어가는 사람들은 그 수배에 달한다.

그럼에도 불구하고 섬의 인구가 2,000여 명의 수준을 유지하는 것은 주변 왕국의 성교회 신전에서 불치병의 환자를 이 섬으로 꾸준히 보내오는 것이 원인이었다.

섬에 있는 마을은 모두 여덟 개로 우리가 온 마을은 섬의 북쪽에 위치한 마을이었다.

"루드그레인이 준 정보에 사교에 관한 것은 단 하나도 없었다. 그렇다면 섬에 사교 집단이 들어선 것은 일 년을 넘지 못했다는 뜻인데, 그런 것에 비하면 조금 이상하군."

나의 말에 페드로 역시 고개를 끄덕이고 있었다.

중독성이 강한 사교의 교리라고는 하지만 단 일 년 동안 마을 사람들의 대부분을 열성적인 신도로 만든다는 것은 조금 무리가 있다 생각하고 있었기 때문이다.

"역시 기적이라는 것을 보여줬을 확률이 높겠군요."

죽음 이외에는 어떠한 탈출구도 없는 사람이 눈앞에서 기적을 보았다면 그것에 현혹될 것은 분명할 터였기에 나 역시 그렇게 생각했다.

"일단은 저들을 따라가는 것이 좋을 듯합니다."

"그렇게 하지."

페드로와 난 사람들과 함께 황금의 지팡이를 들고 있는 마도사의 뒤를 쫓았다. 이스트는 일단 칠인회 마법사들과의 연락을 위해 마을에서 머물기로 결정했다.

그들이 도착한 곳은 섬 중앙에 있는 휴화산의 중턱에 위치한 동굴이었다.

수백 명이 머무를 정도의 공간이 있는 동굴의 주변에는 고대 마도왕국의 양식으로 조각되어 있는 기둥들이 웅장한 모습으로 서 있었다.

기둥들 사이에는 가고일 석상들이 눈에 띄고 있었는데, 옅게 흘러나오는 어둠의 마나를 느끼며 그것이 진짜 가고일들이 돌로 변해 있는 것임을 알 수 있었다.

'아무래도 일이 쉽지는 않겠군.'

가고일들의 숫자는 얼핏 봐도 백여 마리는 넘는지라 만약 이곳에서 정체를 발각당한다면 쉽게 빠져나가는 것은 어려워 보였다.

또 마물의 종류인 가고일이 명령을 받는 것은 고위급 이상의 마족뿐이었기 때문에 이 섬에 고위 마족이 존재하고 있다는 것을 알 수 있었다.

6서클 이상의 마도사와 1, 2급 정도의 전사 수십 명, 그리고 100여 마리의 가고일에, 고위 마족의 존재까지 합한다면 결코 만만한 숫자가 아니었다.

대륙 동부의 작은 왕국과 싸워도 뒤지지 않을 힘을 보유하고 있다고 볼 수 있었기에 함부로 정체를 드러내는 것은 극히 위험하다는 것을 알 수 있었다.

동굴 안으로 들어서는 곳곳에는 마법사들을 막기 위한 마법 트랩이나 마나 디텍터 수정으로 보이는 장치들이 곳곳에 보이고 있었기에 칠인회의 마법사가 이들에게 정체를 들킨 것도 이상하진 않았다. 다행히 우린 이곳으로 들어오기 전 마법력을 억제하는 포션을 복용했기 때문에 이것에 들키진 않았다.

잠시 후 거대한 광장이 나타나며 돌로 만들어진 단상 위에 황금 지팡이를 든 마도사가 올라가서는 두 손을 치켜들며 사람들에게 소리쳤다.

"버림받은 이들이여! 나 알데스는 마신 시드라님의 대리자로서 그대들을 위해 이 땅에 내려왔도다."

"대리자시여! 저희에게 마신의 은총을 내려주소서!"

그의 말이 끝나자 사람들은 알데스란 마도사를 보며 소리치니 한순간 광장은 사람들의 외침으로 귀가 멍멍해질 정도였다.

"마신 시드라?"

과거 유온 족 자치령에서 불사의 염원 마도사와 싸운 적이 있던 신전에서 모시던 신이 마신 시드라라는 것을 아는 난 그 순간 도리스라는 마도사가 생각났다.

"설마……."

그러나 루드그레인의 텔레포트 게이트 마법으로도 간신히 빠져나온 우리였기에 도리스가 그 외중에 살아남는다는 것은 불가능하다 생각되었다.

잠시 후 황금 갑옷을 입고 있는 전사들의 손을 잡고 한 노인이 불편

한 다리를 이끌며 단상 위로 올라가고 있는 것을 볼 수 있었다.

온몸 가득히 푸른색의 반점과 함께 상처가 곪아 터져 피와 고름이 말라붙어 있어 한눈에 봐도 중병에 걸린 것을 알 수 있었는데, 노인이 올라오자 마도사는 천천히 그의 앞으로 걸어가서는 이마에 오른손을 올리고 무엇인가 주문을 외우기 시작했다.

그리고 잠시 후 그의 손에선 서서히 빛이 흘러나오더니 잠시 후 눈을 뜰 수도 없을 정도로 밝게 사방을 비추기 시작했다.

'플래시 마법?'

플래시 마법은 강하게 사용하면 사람들이 볼 수 없을 정도로 강렬한 빛을 만들어낼 수 있다는 것을 알기에 눈에 마나를 흘려넣어 빛을 뚫고 쳐다보았다.

강렬한 빛 속에서 마도사는 황금의 지팡이를 들어서는 노인의 귀에 가져갔는데, 그 순간 무엇인지 알 수 없는 벌레가 나와 노인의 귓속으로 기어들어 가는 것을 볼 수 있었다.

벌레가 귓속으로 사라지자 강렬한 빛은 서서히 사라져 가기 시작했다.

"자, 일어나라!"

마도사는 빛이 사라지자 무릎을 꿇고 있는 노인을 보며 말했는데, 그 순간 놀라운 일이 벌어졌다.

잠시 전만 해도 걷기조차 힘들어 전사의 손을 빌어야 했던 노인이 자리에서 일어난 것이다.

"아! 내가! 내가!"

노인 역시 이 기적에 크게 놀란 표정을 짓고 있었다.

눈에 흐르는 기운이 전과 달라 보이는 것을 보며 이것이 연극이 아

니라는 것을 안 난 황금 지팡이에서 나오는 벌레가 이 기적에 관련이
있다는 것을 알 수 있었다.

"벌레라……."

노인의 뒤를 이어 몇 명의 환자들이 마도사에 의해 치유된 후 우리
들은 사람들과 함께 마을로 돌아가게 되었다.

이 섬의 특성상 많은 돈을 가지고 있는 사람은 전무하다고 할 수 있
기 때문에 보통 사교 무리들의 특징 중 하나인 성금을 걷는 일은 없었
다.

다만 이러한 특징 덕에 섬 주민들의 마신 시드라의 숭배는 더욱 열
성적일 수밖에 없었고, 돈은 아니었지만 집에서 가져온 식량이나 쇠로
만든 물품을 제단에 바치며 신의 자비가 자신에게 오기를 빌고 있었
다.

"자네는 이곳에서 마신의 축복을 받도록 하게."

"감사합니다! 감사합니다!"

사람들의 무리에 섞여 돌아서려 할 때 황금의 갑옷을 입은 전사들이
마을 사람 몇 명에게 동굴에 남으라는 말을 하니 선택받은 이는 눈물
을 흘리며 감사의 인사를 하는 것을 볼 수 있었다.

황금 갑옷 전사에게 선택된 이들은 대부분이 이십 대나 삼십 대 사
이의 젊은 사람들이었기에 난 이들을 이용하여 불사의 염원이 실험을
하려 하는 것을 눈치 챌 수 있었다.

신체 활동이 왕성한 젊은이들은 인체 실험을 하기에 가장 좋은 재료
였기 때문이다.

다행히 우린 사람들의 무리에 섞여 눈에 띄지 않으려 노력하고 있었
기 때문에 황금 갑옷 전사의 선택은 받지 않을 수 있었다.

"아무래도 저들에 대해 알아보기 위해선 저 무리들에 섞여야 할 것 같습니다."

페드로는 선택되어 불려가는 사람들을 보며 나에게 말했고, 나 역시 그의 의견에 고개를 끄덕이며 수긍했다.

외부에는 상당히 많은 수의 마법 트랩이 있고, 유일한 통로에는 많은 수의 가고일들이 있어 숨어서 접근하는 것은 거의 불가능했기 때문이다.

마을로 돌아온 우린 그동안 마을 사람들과 이야기하여 정보를 모아온 이스트와 함께 섬의 주변에 대해서 이야기했다.

마을 구석에는 이곳을 떠나거나 병으로 죽은 사람들이 남긴 오두막 집이 있었기에 섬에서 머무르는 것은 그리 문제될 것이 없었다.

"마을 여인들의 말을 들어보니 오늘 있었던 것과 같은 집회는 8일에 한 번씩 열린다고 하더라고. 그러니까 여덟 곳에서 차례대로 하루씩 집회가 열린다는 거지."

"그렇다면 다음 집회는 8일 후가 되겠군."

"그 아이들은 찾았는가?"

나의 물음에 이스트는 고개를 끄덕이며 말했다.

"다행히 어린 동생을 보살피느라 누나가 남아 있더라고. 칠인회에서 말해 준 대로 그 아이의 숙부로 접근할 수 있었으니 별문제가 없을 거야."

아무런 연고도 없는 것보다 이곳에 아는 사람이 있다면 활동하기가 더 용이하다는 루드그레인의 말에 따라 이곳에서 연고를 만들었던 것이다.

이스트가 말하고 있는 사람은 에미라는 열여섯 살의 소녀로 나병에 걸린 동생을 보살피기 위해 이 섬에 들어온 아이였다. 이곳으로 오기 전에는 칠인회 측에서 마법사로 양성했던 영재이다.

칠인회에서 가져온 편지가 있었기에 이스트가 그녀에게 신용을 얻는 것은 그리 어렵지 않았다.


다음날 아침 우린 에미를 찾아갔다.

이곳에 들어온 사람들이 거의 대부분 그렇듯 남매가 단둘이 살고 있었기 때문에 두 사람의 사정은 그리 좋지 못했다.

군데군데 구멍이 뚫리고 부서져 내린 오두막은 밖에서 보면 안이 훤히 들여다보일 정도로 허름하기 짝이 없었다.

"계십니까?"

이스트가 살짝만 쳐도 부서질 듯한 문을 노크하며 부르자 얼마 지나지 않아 빨간 머리의 주근깨가 가득한 소녀 한 명이 살짝 문을 열고는 나왔다.

"아! 어제 오셨던 분이군요."

"예. 동료들과 같이 왔는데 안으로 들어갈 수 있겠습니까?"

이스트의 말에 에미는 고개를 끄덕이고는 문을 열어주었고, 우린 오두막 안으로 들어갈 수 있었다.

집 안 역시 외부와 크게 다를 것이 없었다.

부러진 다리를 밧줄로 묶은 탁자와 두 개의 낡은 의자, 천으로 엉성하게 가려진 방 안에 낡은 침대 위에 누운 붕대로 얼굴을 가린 소년의 모습이 엿보이고 있었다.

앉을 의자조차 변변하지 않았기 때문에 우리가 탁자를 가운데 두고 서 있자 에미는 미안한 표정을 하며 말했다.

"죄송해요. 손님이 오셨는데 변변하게 내놓을 것도 없어서……."

가난하게 살고 있는 아이인지라 차는 물론이요, 물이라도 내놓고 싶어도 그럴 만한 물잔도 없는지라 오랜만에 찾아온 손님들을 보며 당황하고 있는 모습이 역력했다.

"괜찮습니다. 아! 이건 아가씨의 스승님께서 보내오신 돈과 약입니다."

"아! 감사합니다."

지금 이 시간쯤이면 아침 식사를 위해 분주하게 움직일 시간이지만 거실에 위치한 화덕에는 다 타고 남은 재뿐인지라 제대로 된 음식을 먹은 지가 상당히 오래되었다는 것을 알 수 있었다.

아이에게 돈과 약을 건네준 페드로는 다시 가방에서 무엇인가를 꺼내어 그녀에게 건네주었는데 바로 밀가루와 말린 고기, 그리고 약간의 향신료였다.

"일단 아침을 같이 하고 싶은데 괜찮겠습니까? 어설픈 실력이지만 제가 음식을 만들어보지요."

페드로의 말에 그녀는 망설이는 듯한 표정을 지었다.

자신의 집에서 손님이 음식을 한다는 것은 예의가 아니라 생각했던 것이지만, 그녀의 집에 남아 있는 음식이라곤 거의 없었기에 그의 말에 고개를 끄덕일 수밖에 없었다.

자신이야 어떻게든 나무뿌리라도 먹으며 연명할 수 있겠지만, 병을 앓고 있는 동생의 경우에는 그것이 어렵기 때문이었다.

"아가씨의 스승인 에리우프 씨가 우리에게 단단히 부탁한 것이니 너무 부담 갖지 말아주십시오. 돈을 받고 일을 해주는 용병이니까요."

물론 우리가 돈을 받고 하는 일은 아니었지만, 에미의 부담을 덜어

주기 위해 페드로가 돈을 받고 일한다고 말한 것이다.

그의 말을 들은 에미는 그제야 조금 부담스러운 마음이 풀린 듯했다. 이스트는 그녀의 머리를 쓰다듬어 주고는 이제까지 하던 존대어 대신 평소대로 반말로 말했다.

"이럴 땐 네 스승님 덕이라 생각하고 그냥 넘기라고. 물론 나중에 동생 병이 나으면 스승님에게 감사의 인사를 전하는 것을 잊지 말고 말이야."

"네."

이스트의 말에 그녀는 떨리는 목소리로 답했다. 동생과 둘이서 일 년을 넘게 살고 있던 자신을 스승님이 잊지 않고 이렇게 도움을 준다는 것에 감정이 복받쳐 오른 것이다.

떨리는 그녀의 어깨를 두들겨 준 이스트는 나를 보며 말했다.

"블러드, 이 아이 동생에게 그 뭐냐, 마나 치료인가 뭔가 할 수 있겠어?"

마음이 여린 아이를 불쌍하게 생각했는지 이스트는 나를 보며 마나 치료를 부탁했고, 적과 싸우려면 며칠은 더 머물러야 하기 때문에 난 고개를 끄덕이며 방 안에 누워 있는 아이에게로 갔다.

낡은 침대 위에는 지저분한 담요를 덮고 있는 아이의 모습이 보였다.

얼굴은 나병으로 인해 썩어 문드러지고 있었기 때문에 검에 변한 붕대가 엉성하게 감겨 있는 것을 볼 수 있었다.

담요를 걷어 아이의 왼손을 들자 말라비틀어진 손가락이 눈에 들어오는데, 검지와 중지는 썩어 잘려 있는 것을 볼 수 있었다.

손목을 잡아 아이를 살펴보자 마나의 흐름이 미약하고 불규칙한지라 나병의 상태가 상당히 진척됐음을 알 수 있었다.

일단 마나의 흐름을 원활히 유지시키는 것이 중요하다 생각한 난 몸에 부담이 가지 않을 정도의 마나를 불어넣어 주었지만, 약간의 마나에도 불구하고 아이는 견디지 못하고 고통스러운 표정을 짓고 있었다.

아이의 표정을 본 난 아무래도 어렵다는 생각이 들었기에 마나를 주입하는 것을 멈추고는 에미를 보며 말했다.

"아무래도 아이의 건강 상태로는 마나를 주입하는 것이 어려울 듯하군요."

"아……!"

에미 역시 마나를 이용한 치료 방법을 알고 있었기 때문에 기대를 하고 있었는데, 나의 말을 듣자 크게 낙담한 표정을 지었다.

그녀에게는 말해 주지 않았지만 아이의 상태는 좋지 않았다.

미약한 마나의 흐름은 언제 사라질지 모를 정도로 불규칙하고 약한 상태인지라 앞으로 한 달을 넘기기 어려운 상태였다.

간단히 아침 식사를 끝내고 나오자 마을의 광장은 상당히 시끄럽게 변해 있었는데, 사람들 사이를 파고들며 안으로 들어서자 황금 갑옷 전사에게 선택되었던 사람들이 건강한 모습으로 서 있고, 가족들이 감격의 눈물을 짓고 있는 것을 볼 수 있었다.

"어제만 해도 걷는 것조차 힘들었던 사람이 오늘 아침에는 멀쩡한 모습으로 나오다니 놀랍군요."

페드로는 무슨 수를 썼는지는 모르지만 단시간에 병이 나은 것을 보고 크게 감탄성을 내지르고 있었다.

오성신의 사제들이 자신의 생명 에너지를 사용하여 치유하는 신성 마법을 써도 몸에 흐르는 마나가 안정되기 위해선 적어도 오 일 이상이 걸리는 것을 감안하다면 이들의 상태는 그야말로 기적 이외에는 뭐라고 말할 수 없을 정도였다.

난 일단 그의 상태를 알아보기 위해 사람들 사이를 파고들어 병이 완치되어 돌아온 사람의 손목을 잡아 마나를 측정했는데, 놀랍게도 그자의 마나는 원활하게 흘러 건강한 사람과 비교해서도 크게 차이가 없었다.

'마나의 흐름 자체는 전혀 문제가 없군.'

마나 측정을 멈춘 난 집회에서의 황금 지팡이에서 나온 벌레가 생각났기에 그의 오른쪽 귀를 향해 가볍게 마나를 밀어넣었는데, 그 순간 놀라운 일이 벌어졌다.

"크헉!!"

"까아악!!"

멀쩡하게 사람들과 자신의 몸에 일어난 기적에 대해서 이야기하고 있던 그가 숨 막혀하다 자리에서 쓰러져 버렸기 때문이다.

"멘트! 멘트!!"

갑자기 그가 쓰러지자 사람들이 놀라 흔들어 깨우기 시작했지만, 입에서 거품을 물고 있는 그는 몸에 경련을 일으키며 괴로워하고 있었다.

그의 상태는 간질이라도 걸린 것 같은 모습이었다. 주입한 마나는 공격을 위한 것도 아니었기에 갑작스럽게 변한 그의 상태를 보며 귀에 주입된 벌레와 밀접한 관계가 있다는 것을 알 수 있었다.

땅에 쓰러져 경련을 일으키던 젊은이는 얼마 지나지 않아 잠잠해지기 시작했는데, 오른쪽 귀에서 붉은 피가 계속 흘러나오더니 잠시 후 피와 함께 검은색의 벌레가 나왔다.

검은색 벌레가 나온 젊은이는 더 이상 숨을 쉬지 않고 죽음을 맞이

했고, 광장은 그의 죽음으로 인해 시끄럽게 변하기 시작했다.

사람들의 소란을 틈타 그의 귀에서 나온 벌레를 잡은 난 동료들이 있는 오두막으로 돌아와서는 그 벌레를 살펴보았다.

청년의 귀에서 나온 벌레를 페드로에게 보였지만 그 역시도 이러한 벌레를 본 적이 없는지라 고개를 젓고 있었다.

"저도 처음 보는 종류입니다."

"키메라가 아닐까 생각한다."

"키메라? 이런 벌레가 키메라라고?"

나의 말에 이스트는 이해할 수 없다는 표정으로 말했다.

그도 그럴 것이 마법사들의 키메라는 거의 대부분이 보통 인간보다 더 강하고 재생력이 강하게 만들어지는 것이 보통이었고, 그 크기 또한 인간보다 큰 것이 대부분이었기 때문이다.

이런 이유로 이스트는 키메라라고 하는 말을 이해하지 못하고 있었는데, 페드로는 나의 말에 고개를 끄덕이며 말했다.

"그럴 가능성이 있겠군요. 보통 키메라는 마법적 합성의 어려움으로 인간형이나 그 이상의 크기로 제조되는 것이 보통이지만 불사의 염원 정도라면 이 정도의 키메라를 제조하는 것도 불가능하지는 않다고 생각합니다."

"나 역시 그렇게 생각하네."

하지만 키메라든 키메라가 아니든 이런 생물을 우리들만으로는 어떻게 해볼 수가 없었다.

우리들이 마법사나 학자가 아닌 이상 이 벌레가 어떤 작용을 해서 사람들의 병을 치유하는지 알 방도가 없기 때문이다.

"이스트, 아무래도 네가 나서야 할 것 같다."

"내가?"

한참 동안 벌레를 바라보던 난 이스트에게 이 일을 맡겨야겠다는 생각을 했다.

"우리 중 한 사람은 이 벌레를 칠인회에 가져다 주어야 할 것 같은데, 페드로보다 네가 전해주는 것이 빠를 것 같군."

정보를 주로 담당하는 이스트라면 빠른 시간 내에 칠인회에 연락하는 것도 가능하다는 생각에 그에게 이 일을 맡기려 하는 것이다.

나의 말에 한참을 생각하던 그는 고개를 끄덕이고는 말했다.

"알았다. 최대한 빨리 돌아올 테니까 그때까지 죽지나 말라고."

이스트는 다음날 샘플을 전하기 위해 섬을 떠났고, 우린 이곳에서 교세를 떨치고 있는 사교의 무리를 조사해 갔다.

여덟 군데의 마을은 하루씩 신전으로 모여 사교 교주의 힘으로 몇몇 사람들이 치료받는 의식을 하고 있었다.

하지만 한 번에 치료되는 사람들의 수는 7명 정도였고, 교단에서 직접 선출하는 젊은이들의 수는 5명. 그런 것으로 살펴본다면 벌레의 제조는 하루에 12마리 정도라는 것을 추측해 볼 수 있었다.

사교의 교주로 보이는 남자의 지팡이에 들어가 있는 벌레의 숫자는 일곱 마리 정도였고, 그가 의식을 행할 때 외우는 주문은 키메라의 힘을 발동시키는 주문이라는 생각이 들었다.

물론 이 모든 것은 단순한 추론일 뿐이었고, 자세한 것을 알기 위해선 교단 내로 들어가는 것이 중요했다. 그리고 얼마 지나지 않아 교단 내로 들어갈 수 있는 길이 생겼다.

신전의 주변을 살펴본 후 집으로 돌아오자 그곳에선 신전의 지도자인 황금 지팡이의 마도사와 함께 몇 사람이 집 안에 있는 것을 알 수 있었다.

"어서 오십시오, 블러드 스톰님."

"……."

집 안으로 들어서자 마도사는 기다리고 있었다는 듯이 미소를 지으며 나의 이름을 말했고, 얼마 지나지 않아 우린 그가 왜 이곳에 있는지 알 수 있었다.

황금 지팡이를 든 마도사의 옆에는 우리가 알고 있는 인물이 서 있었기 때문이다.

"에미……."

칠인회에서 마법 교육을 받았던 영재, 그녀가 섬의 마도사에게 우리의 정체를 밝혔던 것이다.

에미는 나와 눈이 마주치자 더 이상 참지 못하고 고개를 숙이고 말았다.

"동생을 위해서인가?"

나의 말에 그녀의 고개가 더욱 아래로 숙여졌기에 한숨을 내쉴 수밖에 없었다.

병에 걸린 동생을 위해 자신 역시 병이 걸릴 수 있음에도 이 죽음의 섬으로 온 아이, 그런 아이에게 동생을 위해 우리를 밀고하는 것은 어쩌면 당연한 일일 수 있기 때문이다.

"에미 양, 당신은 올바른 선택을 하셨습니다. 당신의 동생 분은 저희 신전에서 책임지고 완치시킬 테니 걱정하지 마십시오."

마도사는 고개를 숙이고 있는 에미를 안심시키려는 듯 동생을 완치시키겠다는 말을 하고는 천천히 자리에서 일어났고, 그의 주위에 있던 세 명의 마도사가 우리들을 향해 마법 지팡이를 들어 올리며 천천히 주문을 외우기 시작했다.

"어떻게 하시겠습니까? 이곳에서 싸운다면 에미 양에게도 약간의 피해가 가는 것은 어쩔 수 없을 텐데 말입니다."

"큭!"

황금 지팡이의 마도사의 말에 페드로는 이를 갈면서도 검을 뽑지 못했고, 나 역시 정체가 들킨 이상 싸울 필요 없다는 생각에 검을 풀어 그의 앞에 던져 주었다.

"블러드님!"

"페드로, 검을 던져 주어라."

"…예."

나의 말에 페드로는 한참 망설이는 모습을 보이다가 검을 던져 주었고, 싸우는 것을 포기하자 마도사들은 포박 주문을 외워 우리를 포박했다.

"죄, 죄송해요. 흑흑흑."

에미는 우리들이 싸우는 것을 포기하고 홀드 마법에 의해 포박당하자 더 이상 참지 못하고 눈물을 흘리며 사죄를 했지만 그녀에게 해줄 말이 없었다.

우리가 무슨 말을 한다 해도 그녀의 죄책감은 사라지지 않으리라는 것을 알고 있었기 때문이다.

마도사들을 쓰러뜨리고 이곳을 빠져나갈 수도 있지만, 그렇게 한다면 이곳의 비밀을 알아낼 방도가 없었기 때문에 그들의 손에 끌려간 우리는 사람들이 모인 신전으로 향하게 되었다.

신전 안으로 들어가자 이십여 명의 전사들이 검과 도끼를 들고 우리를 기다리고 있었고, 그들의 손에 이끌려 지하 감옥으로 끌려가게 되었다.

신전 지하 감옥에는 우리 외에도 몇 명의 사람들이 더 잡혀 있었는데, 마나의 느낌으로 낡고 허름한 복장의 그들이 칠인회에서 이곳으로 파견되었다가 잡힌 마법사들이라는 것을 알 수 있었다.

마법이나 약에 취한 듯 우리를 바라보는 그들의 눈에는 전혀 생기가 느껴지지 않았다.

하지만 잠시 후 그 이유를 알 수 있었다.

황금 지팡이의 마도사, 그는 지팡이를 가져와서는 페드로의 귀에 그것을 가져다 대고 있었기 때문이다.

'설마……?'

아니나 다를까, 마도사의 지팡이에서 벌레 형태의 키메라가 서서히 기어나왔고, 그것은 페드로의 귀로 서서히 기어가기 시작했다.

"크아악!!"

페드로는 벌레가 들어가는 것을 막기 위해 발버둥 치고 있었지만, 마도사들과 전사들에 의해서 붙잡혀 있었기에 그것을 막는 것은 불가능했다. 잠시 후 벌레는 페드로의 귀로 기어들어 가기 시작했다.

고통스러운 비명을 지르고 있는 페드로였으나 얼마 지나지 않아 그는 술에 취한 듯 몽롱한 얼굴로 변해갔다.

단순히 병을 막는 것 외에도 포로들을 도망치지 못하게 하기 위한 방법으로도 벌레가 쓰이고 있었던 것이다.

잠시 후 마도사들은 나에게도 역시 벌레들을 집어넣었다.

귓속으로 사각거리며 벌레가 기어들어 오는 소리가 들려왔고, 잠시 후 참을 수 없는 고통이 밀려왔다.

"큭!!"

서서히 나의 눈은 흐려지기 시작했고, 잠시 세상이 흔들리는 듯한 느낌을 받았다.

마치 독한 술에 취한 느낌이 들었기에 더 이상 버티지 못한 난 자리에서 쓰러지고 말았다.

"실험 재료로 쓰일 것이니 감시를 철저히 하도록!"

"예."

황금 지팡이의 마도사는 우리를 실험 재료로 쓰려 하고 있었다.

하지만 지금의 나에겐 그것을 막을 힘조차 없었다.

그들이 모두 사라진 후 난 몽롱한 정신 속에서도 정신을 집중시켜 마나를 끌어올리려 했지만 그것은 쉬운 일이 아니었다.

귓속에 들어간 벌레는 무슨 독을 가지고 있는지 몽롱한 정신에서 헤어나오지 못하게 하고 있었기 때문이다.

「멍청한 녀석!」

그때 머리 속으로 누군가의 목소리가 들려왔다.

귀로 들리는 것이 아닌 정신파의 음성이라는 것을 깨달은 난 그것이 나의 애검 블러드 소드에 들어가 있는 마족 킬리스의 목소리라는 것을 알 수 있었다. 오랜 시간을 같이해 온 탓인지 블러드 소드와 어느 정도 거리가 떨어져 있어도 그의 정신파를 들을 수 있었다.

'킬… 리스…….'

「잔말 말고 최대한 정신을 집중해라! 정신파로 네 녀석의 귓속에 들어간 벌레를 죽일 수 있나 살펴볼 테니까!」

그의 말에 몽롱한 정신을 집중시키기 시작했다.

끼이익!!

"끄으윽!!"

잠시 후 고막을 찢어버릴 듯한 고음의 소리가 나의 머리를 뒤흔들기 시작했고, 참을 수 없는 고통이 밀려왔다.

귓속에 들어가 있는 벌레가 정신파에 의해 고통스러운지 발버둥 치고 있는 듯했다.

"크헉!!"

그리고 잠시 후 무엇인가 터지는 듯한 느낌과 함께 몽롱했던 정신이 서서히 정상으로 돌아오기 시작했고, 마나의 힘도 서서히 제자리를 찾기 시작했다.

"고맙다, 킬리스!"

킬리스의 정신파로 벌레가 죽었다는 것을 알 수 있었기에 그에게 고맙다는 말을 한 난 내 옆에 쓰러져 있는 페드로에게 걸어갔다.

내가 오는 것은 알고 있었지만 귓속의 벌레 때문인지 몽롱한 눈으로 보고 있는 그의 귀로 마나의 충격파를 흘렀고, 잠시 그의 귀에선 붉은 피와 함께 검은색의 벌레가 흘러나오기 시작했다.

"큭!"

"정신이 드는가?"

"예."

나의 말에 고개를 끄덕인 페드로는 상당한 충격이 있었는지 머리를 감싸 쥐며 미간을 찌푸리고 있었다.

"이제 밖으로 나가도록 하지."

"예."

페드로는 나의 말에 구두 밑창에 숨겨놓았던 작은 비수를 꺼내 건네주었다. 비수에 마나를 집중한 난 천천히 강철 문의 경첩을 잘라내기 시작했다.

잠시 후 경첩이 모두 잘려 나갔다는 것을 확인한 난 심호흡을 하고는 문을 박차고 밖으로 뛰어나갔다.

"헉!!"

전사들이 검을 뽑으려 하는 것을 보며 비수를 던져 그중 한 사람을 쓰러뜨린 후 나머지 두 사람도 주먹을 사용하여 쓰러뜨렸다.

벌레 때문인지 우리들이 감옥에서 빠져나갈 것은 전혀 생각지 못했기에 그리 주의를 기울이지 않고 있었던 것이다.

전사들을 모두 쓰러뜨린 후 우리는 잡혀 있던 칠인회의 마법사들에게 다가가 마나를 사용하여 벌레를 없애려 했지만, 그것은 한 번의 시도로 끝날 수밖에 없었다.

처음 시도했던 마법사는 귓속으로 마나의 충격파를 흘리자 더 이상 버티지 못하고 피를 쏟으며 쓰러졌기 때문이다.

"이런!"

벌레가 들어선 지 얼마 되지 않은 우리는 모르겠지만, 마법사들은 상당 시간 벌레가 몸을 마비시키고 있었던 덕에 충격파를 견디지 못하고 피를 쏟으며 죽고 만 것이다.

그런 것을 보며 칠인회의 마법사를 구할 방도를 찾지 못했기 때문에 어쩔 수 없이 그들을 감옥에 버려두었다.

이들을 고칠 수 있는 방법은 칠인회의 마법사들이 벌레를 연구하는 것밖에 없다고 생각했기 때문이다.

감옥을 빠져나온 우린 얼마 지나지 않아 몇 명의 마도사들이 실험하고 있는 방을 볼 수 있었다.

그곳에는 이곳 섬 마을 사람들이 투명한 관 속에 누워 있었는데, 관 안에는 많은 수의 유충들이 헤엄치고 있는 것을 볼 수 있었다.

자세히 안력을 돋우어 보니 사람의 몸에 회백색의 무수한 알들이 붙어 있는 것을 볼 수 있었는데, 알이 깨어나면서 유충은 그 마을 사람들을 먹이 삼아 살아가고 있는 것을 눈치 챌 수 있었다.

인간을 먹이로 살아가는 유충, 마도사들은 한쪽의 유리관에서 번데기가 된 유충들이 깨어나는 것을 지켜보고 있었고, 망사로 된 공간 안에는 알록달록한 무늬의 나방들 수십 마리가 날고 있는 모습이 보였다.

우린 관 속에 있는 사람들을 보다 놀라지 않을 수 없었다.

바로 우리를 이들에게 고발했던 에미의 동생이 관 속에 죽은 듯이 누워 있었기 때문이다.

아이의 몸은 관 속의 벌레로 인하여 산 사람의 모습이라고 하기에는 흉측하기 그지없었다.

눈동자는 먼저 뜯어먹혔는지 휑하니 뚫려져 있었고, 얼굴의 곳곳에는 피부 밑의 살이 드러나 있는 상태였다.

하지만 아이는 아직도 살아 있는지 손가락이 조금씩 움직이고 있었기에 한숨을 내쉴 수밖에 없었다.

우리가 잡혔을 때 아이가 치료되기를 바랬는데 설마 이렇게 되리라고는 생각지도 못했기 때문이다.

"페드로!"

"예."

페드로에게 눈짓을 보낸 난 검을 들어서 실험을 하고 있는 마도사들을 향해 뛰어들어 갔다.

"누구냐!!"

"차압!!"

갑작스럽게 나타난 우리들을 보며 마도사들은 크게 당황하는 모습이었다. 녀석들이 마법을 사용할 시간을 주지 않고 베어 들어가 잠시 후 우리 앞의 한 녀석을 빼고는 모두 페드로와 나의 검에 죽임을 당했다.

"허헉… 제, 제발 살려주십시오."

"이곳은 뭐 하는 곳이지?"

어차피 한 녀석은 남겨놓고 이곳의 정보를 입수할 생각이었기에 검을 녀석의 목에 들이대고는 이곳에 대해 물었다.

"…서, 섬의 인체 실험장입니다."

"저 벌레들은?"

"이, 이곳 마을 사람들의 병을 치료하는 목적으로……."

"날 속일 생각은 하지 말아라!!"

녀석의 말에 난 들고 있던 검으로 녀석의 목을 살짝 베었다.

통증과 함께 붉은 피가 흘러내리자 그는 기겁을 하며 소리쳤다.

"마, 마인드 웜입니다!"

"마인드 웜?"

"예. 마계에서 사는 나방을 대륙의 알세스 나방과 교합시켜 만든 벌레입니다. 인간의 몸속으로 그 유충이 들어가면 마인드 컨트롤이 가능해집니다."

"마인드 컨트롤이라……."

그렇다면 마을 사람들이 외부로 나가 이들이 시키는 일에 복종하는 것도 이해할 수 있었다.

"인간의 몸속에 들어가면 마인드 컨트롤 이외에 무슨 변화가 있지?"

"자세한 것은 아직 연구되지 않았지만, 인간의 생체 컨트롤도 가능하다고 알고 있습니다. 병자의 몸에 들어가면 숙주를 유지시키기 위해 생체를 변화시켜 병을 낫게 하지만 그 시간은 아직 오 년을 넘지 못하고 있습니다."

"벌레는 어떻게 조종하고 있는 거지?"

"수, 수석 마도사님이 가지고 계신 마법 지팡이에는 유충을 조종할 수 있는 마나 메탈이 달려져 있다고 알고 있습니다만 자세한 것은… 제발 살려주십시오."

어느 정도 정보를 입수할 수 있었던 난 문득 에미의 동생이 생각나서 아이를 손가락으로 가리키고는 말했다.

"저 아이는 뭐지?"

"수, 수석 마도사님께서 유충의 먹이로 쓰라고 해서……."

"음……."

그 순간 우리를 녀석들에게 넘겼을 때의 에미 표정이 생각났다.

동생을 살리기 위해 아픈 결정을 할 수밖에 없었던 아이, 하지만 녀석들은 그 아이의 마지막 희망마저 저버리고 말았다.

배신의 대가로 얻은 것이 동생의 고통스러운 죽음이라는 것을 알면 과연 에미는 어떤 표정을 지을까?

우리를 배신한 에미에 대한 분노보다는 측은감이 나의 맘속에 가득 자리 잡을 수밖에 없었다.

"저 아이를 살릴 수 있는가?"

"부, 불가능합니다. 이미 유충들이 몸 깊숙이 자리를 잡았는지라 마나 메탈을 구한다고 해도 살릴 방법은 전무합니다."

살릴 수 없다는 그의 말에 난 최후의 방법을 선택할 수밖에 없었다.

"페드로, 저 아이를 죽여라……."

"…예."

벌레들에게 몸을 뜯어먹히는 고통 속에서도 죽지 못하는 아이에게 영원한 안식을 가져다 주는 것 외에는 다른 방법이 없다고 생각한 난 페드로에게 죽이라는 명령을 내릴 수밖에 없었다.

페드로 역시 고통스럽게 살아가는 것보다는 죽는 것이 낫다고 생각하고는 천천히 아이에게 가서는 목에 검을 가져갔다.

그리고 검을 꽂자 아이의 몸이 격렬히 움직이는가 싶더니 잠시 후 더 이상 움직임을 보이지 않았고, 페드로는 그 아이가 죽었다는 것을 확인하고는 고개를 내저으며 나의 곁으로 돌아왔다.

"이곳의 연구 자료는 어디에 보관되어 있지?"

"미, 밑층 서고에……."

그 말을 끝으로 녀석은 더 이상 말을 잇지 못했다.

이미 나의 검이 목 깊숙이 베어 들어갔기 때문이다. 살릴 수도 있었지만 페드로와 나 두 사람뿐이 없는 이 시점에서 이자를 살려둔다는 것은 조금 무리가 있는 일이었기 때문이다.

녀석을 처리한 후 우린 서고가 아닌 다른 곳으로 향했다.

다시 적들과 마주칠 수도 있는 상황이니 블러드 소드를 찾는 것이 우선이라 생각했기 때문이다.

검을 찾기 위해 길을 떠나면서 난 에미에 대한 생각을 했다.

사람이란 자신보다 아끼는 사람이 있다. 그것이 부모일 때도, 그리고 자신의 혈육일 때도 있으며, 친구일 때도 있다.

에미에게 그런 사람은 바로 동생이었을 것이다.

그리고 자신이 아끼는 사람이 죽었을 때의 슬픔은 어떠한 것과도 비교되지 않는 고통을 느끼게 된다.

사랑하는 나의 딸 레비나가 죽었을 때 나 역시 그런 고통을 느껴야만 했다.

다행히 블러드 소드는 창고에 들어 있었기에 쉽게 찾을 수 있었고, 마도사가 말했던 대로 지하 서고로 들어서자 방대한 양의 책을 볼 수 있었다.

하지만 우리로선 어느 것을 가져가야 할지 알 도리가 없었다.

"페드로, 빠른 시간 안에 자료를 찾을 수 있겠는가?"

"어려울 것 같습니다. 이렇게 엄청난 자료라니……."

역시나 엄청난 자료에 혀를 내두르는 그였지만 우리에겐 시간이 없었다. 이미 실험실에서 마도사들을 처리한 후였기에 우리들이 탈출했다는 것을 알아채는 것은 시간문제였기 때문이다.

아니나 다를까, 잠시 후 시끌벅적한 소리가 들리며 많은 사람들이 황급히 움직이는 것을 볼 수 있었기에 감옥이나 실험실 둘 중 하나가 들켰다는 것을 알 수 있었다.

얼마 지나지 않아 우리가 있는 곳으로도 녀석들이 몰려왔고, 어쩔 수 없이 난 페드로에게 자료를 찾게 한 후 입구로 들어오는 녀석들과 대치하게 되었다.

"서고에 녀석들이 있다!!"

누군가의 외침 소리와 함께 세 사람이 드나들 정도의 너비인 복도 양쪽을 통해 우리들을 쫓는 검사들이 몰려들기 시작했다.

"블러드 애로우!!"

"끄아악!!"

다행히 녀석들이 들어올 수 있는 곳은 복도의 양 끝밖에 없었기에 적을 처리하기 한결 나았다.

검기를 사용하지 못하는 그들에 비해서 원거리 공격이 가능했기에 녀석들이 제대로 검을 휘두르기도 전에 쓰러뜨릴 수 있었다.

블러드 애로우의 검기로 순식간에 복도의 양쪽 끝은 검사들의 시체가 쌓여졌고, 몇 번 검기를 더 날리자 녀석들은 두려움에 더 이상 다가오지 않았다.

하지만 쉽게 생각할 수는 없는 일이었다. 지금까지는 검사의 공격이었지만 이곳은 수많은 마도사들이 있는 곳, 언제 마법 공격이 시작될지 모르는 일이었기 때문이다.

아니나 다를까, 복도 끝으로 마도사들이 눈에 띄기 시작하더니 그들은 양쪽에서 나를 향해 마법을 내쏠 준비를 하고 있었다.

"파이어 애로우!!"

채쟁!!

양쪽에서 쏘아지는 파이어 애로우 마법을 보며 검을 휘둘러 녀석들의 마법 공격을 튕겨냈고, 마법은 복도의 벽을 굉음과 함께 부수기 시작했다.

"포이즌 포그!!"

"젠장!!"

화염계 공격 마법을 사용하자 그것으로 인해 복도가 부서지는 것을 깨달은 그들은 잠시 후 나로선 대처하기 어려운 마법을 사용하기 시작했다.

독 안개가 서서히 복도를 통해 우리가 있는 쪽으로 밀려와 이대로 있다간 버틸 수 없다는 생각에 가만히 있을 수가 없었다.

"차압!!"

"녀석이 쇄도해 들어온다!!"

한곳에서 싸울 수 없다면 독무를 뚫고 나가야겠다는 생각을 한 난 그대로 복도의 왼쪽을 향해 몸을 날렸고, 그곳에서 마법 주문을 외우고 있던 마도사들은 크게 놀란 표정을 지으며 허둥거리기 시작했다.

"차압!!"

"끄악!!"

녀석들에게 쇄도해 들어간 난 마법을 시전하려는 마도사들을 베어 넘기기 시작했고, 순식간에 일곱 명의 마도사들이 쓰러지자 뒤에 있던 자들은 비명을 지르며 도주하기 시작했다.

한쪽이 마무리되는 것을 확인하며 똑같은 방법으로 녀석들을 쓰러뜨리기 위해 반대쪽으로 뛰어가자 그들은 포이즌 포그를 사용하는 것을 멈추고 공격 마법을 난사하기 시작했다.

"블러드 드릴!!"

마법어를 시전하는 것을 보며 이대로 있다가는 늦는다는 것을 감지한 난 검에 마나를 끌어올려서는 회전시켜 그대로 블러드 드릴의 수법으로 녀석들에게 향했다.

"끄아악!!"

강하게 회전하는 검은 토네이도와 같은 바람 속에 날카로운 검기를 가지고 있었기에 좁은 복도로 검이 날아들자 그곳에 있던 자들은 블러드 드릴의 검기에 몸이 찢어지며 산산조각나서는 피를 뿌렸다.

블러드 드릴이 복도 끝의 벽에 박혔을 때는 나와 검의 사이에 인간이라고 볼 수 없는 피와 살의 파편이 여기저기 널려져 있었으니 나 역시도 블러드 드릴이 만든 여파에 혀를 내두를 수밖에 없었다.

내가 만들어놓은 피의 홍수를 본 이들의 두려움은 공포로 바뀌어서 그들은 싸움을 포기하고 비명을 지르며 도주했다.

잠시간의 휴식일까? 지하의 복도는 나에게 당한 이들에 의해 피의 강이 흐르고 있는 듯했다.

“페드로, 아직도 못 찾았는가?”

“몇 가지 문서를 찾긴 했는데, 레비나를 살리기 위한 방법을 적은 것은 없는 것 같습니다.”

“음……”

“이곳의 실험은 대륙에 있는 각국의 왕이나 요직에 있는 자들을 마인드 웜을 사용하여 지배하기 위한 것 같습니다.”

페드로의 말에 한숨을 내쉴 수밖에 없었다. 위험을 무릅쓰고 섬으로 들어왔지만 이곳에선 레비나의 병을 치료하기 위한 방법이 없기 때문이다.

쿵… 쿵…….

그러는 사이에 복도 쪽으로 적이 다가오는 것이 느껴졌고, 더 이상 이곳에 있을 필요가 없다는 생각을 한 난 페드로와 함께 서고를 나왔다.

“이런!!”

복도의 양 끝에는 이제 사람이 아닌 가고일 무리가 몰려오기 시작한 것이다.

“블러드 애로우!!”

꾸에엑!!

녀석들을 뚫고 나가야 한다는 생각에 한쪽의 무리들을 향해 검기를 날렸고, 검기에 의해 가고일들은 괴성을 지르며 쓰러지기 시작했다. 녀석들이 쓰러지는 것을 보며 난 더 이상 검기를 날릴 수가 없었다.

“이런…….”

가고일들은 검기에 당해 쓰러지자 돌이 되어서는 땅으로 쓰러졌기 때문이다.

좁은 복도에서 녀석들을 쓰러뜨리는 것은 문제가 될 것이 없었지만, 이러다간 녀석들의 시체로 인해 복도가 막힐 것은 뻔한 일이었다.

이러는 사이에도 가고일들은 쉬지 않고 우리들을 향해 밀려오기 시작했기에 어쩔 수 없이 복도가 막히는 것을 알면서도 그들을 베어넘길 수밖에 없었다.

"블러드 드릴!!"

계속 검기로 해치우는 것은 어렵다 생각한 난 한쪽 복도를 향해 블러드 드릴의 기술을 사용했고, 검은 또다시 토네이도와 같은 모습으로 가고일 무리를 꿰뚫어 지나가기 시작했다.

"가자, 페드로!!"

"예!"

순식간에 백여 마리의 가고일들이 나의 기술에 의해 쓰러져 돌덩어리가 되어버렸고, 우린 뚫려진 길을 향해 몸을 날리기 시작했다.

하지만 엄청난 관통력과 파괴력을 가지고 있는 블러드 드릴도 계속 밀려오는 가고일 무리를 모두 없앨 수는 없었다.

복도의 반 정도를 지났을 뿐인데도 검은 위력을 잃고 가고일의 몸에 박히고 마니 이제는 블러드 소드마저 가고일 무리들에게 묻혀 버리고 말았다.

"차아압!!"

검이 녀석들 사이로 묻혀 버리자 난 주먹에 마나를 끌어올려서는 녀석들을 공격하며 앞으로 밀고 나갔으나 엄청난 기세로 밀려드는 녀석들을 감당하기에는 역부족이었고, 잠시 후 뒷쪽에서 밀려들어 온 가고일들에 의해 위기가 닥쳐왔다.

"끄윽!!"

“페드로!!”

수많은 가고일 무리에 페드로는 어깨에 상처를 입고 뒤로 튕겨지니 급히 그를 공격하는 녀석에게 뛰어가서는 주먹을 날렸다.

돌이 되어 부서져 내렸지만 또다시 가고일들은 밀려왔고, 우리들에게 위기가 닥쳐왔다.

“그만!”

그때 누군가의 목소리가 터져 나왔고, 그 순간 가고일들은 우리들에게 다가서는 것을 멈추었다.

“저자는……”

가고일들을 멈추어 세운 후 그들 사이로 걸어오고 있는 인물은 페드로와 나에게 마인드 웜을 집어넣었던 마도사였다.

“오호… 블러드 스톰님이군요. 분명 마인드 웜을 주입했을 텐데, 아무래도 마인드 웜에도 몇 가지 문제점이 있었던 듯하군요.”

녀석은 우리의 모습을 확인하고는 놀랍다는 표정을 지었다.

지금까지 마인드 웜의 마인드 컨트롤을 벗어난 자가 없었던지 그는 우리들이 어떻게 벗어났는지 상당히 의아해하는 얼굴을 하고 있었다.

“마인드 컨트롤을 이용해서 다크 솔루션을 대신할 생각인가?”

그때 옆에 있던 페드로가 그를 향해 소리치니 마도사는 놀랍다는 듯이 박수를 치며 말했다.

“놀랍군요. 얼마 지나지 않았는데도 우리들의 계획을 알아채니 말입니다.”

“음……”

“블러드 스톰님께서 다크 솔루션을 무너뜨리는 바람에 저희로선 상당히 일을 처리하기가 어려워지고 말았지요.”

"그래서 마인드 웝을 이용하여 각국의 왕과 재상들을 자신들의 수족
으로 만들어 또다시 국가 권력의 밑으로 숨어들어 갈 생각이었겠지."

"저희들로선 아직 칠인회와 대륙 마법 길드에 대항할 만한 힘이 없
으니까요."

이미 모든 것을 다 알고 있다 생각하는지 그는 손을 내저으며 자신
들의 상황을 이야기해 주었다.

난 살아서 이곳을 벗어날 수 없다는 생각을 했다. 자신들의 비밀
을 알고 있는 자들을 살려두지 않을 것임을 짐작할 수 있었기 때문
이다.

"마인드 웝도 통하지 않으니 어쩔 수 없군요."

"흥! 마음대로 되는지 두고 보자!"

녀석의 말에 페드로가 소리쳤고, 난 그 틈을 타 그의 검을 들고는 뒤
쪽을 향해 또다시 블러드 드릴을 사용하여 검을 내던졌다.

꾸에엑!!

나의 기술에 의해 수십 마리의 가고일들이 괴성을 내지르며 쓰러졌
다. 그 틈을 타 앞으로 뛰어들어 가고일 무리에 묻힌 블러드 소드를 되
찾을 수 있었다.

「멍청한 녀석! 왜 이렇게 늦었어!」

검을 되찾자 킬리스가 투덜거리는 목소리가 들렸으나 녀석에게 신
경 쓸 틈이 없었다. 검을 되찾은 난 다시 마도사를 향해 몸을 날렸기
때문이다.

"공격해라!!"

나의 모습을 보며 그는 다시 가고일들에게 명령을 내렸지만 난 기다
리지 않고 블러드 소드를 녀석을 향해 집어던졌다.

“헉!!”

페드로가 든 검으로는 녀석의 주위를 감싸고 있는 가고일들의 무리를 뚫을 순 없었지만, 블러드 소드라면 지금 나의 힘을 몇 배로 증폭시켜 주기 때문에 황급히 블러드 소드를 되찾았던 것이다.

“페드로, 서고로 들어가라!”

나의 말에 페드로는 몸을 날려 서고의 문을 부수며 안으로 뛰어들어갔고, 눈 깜짝하는 순간의 차이로 블러드 소드는 맹렬한 속도로 회전을 하며 그의 곁을 스치고 지나갔다.

“끄아악!!”

엄청난 검기를 머금고 있는 검은 순식간에 가고일들을 꿰뚫고 나가며 우리와 대화를 나누던 마도사를 향해 작렬해 들어갔고, 잠시 후 비명과 함께 그는 몸이 산산조각나 죽임을 당했다.

명령을 전달하던 마도사가 죽임을 당하자 가고일들은 마지막으로 받은 명령에 따라 나를 죽이기 위해 몰려들기 시작했다.

“차압!!”

서고의 입구로 몸을 날린 난 블러드 소드마저 없어진 상태였기에 주먹으로 녀석들을 치며 서고 안으로 진입하는 것을 막아섰지만, 쉴 새 없이 몰려드는 가고일들을 상대로는 역부족일 수밖에 없었다.

우리들이 가지고 있는 무기라곤 단 하나도 없었기에 쓸 수 있는 것은 두 주먹뿐이었다. 마나는 이제 거의 바닥을 드러내고 있었고, 주먹은 살이 짓이겨지며 허연 뼈가 드러나 보이는 상태였다. 바닥은 두 손에서 흐르는 피로 흠뻑 젖어 있었고, 참을 수 없는 통증이 밀려오고 있었지만 이대로 죽을 수는 없었다.

마지막 투지를 살려 한 마리의 가고일을 쓰러뜨렸을 때는 이제 나에게 더 이상 남은 힘이 없어 그 자리에서 무릎을 꿇고 말았다.

끼아악!!

가고일의 날카로운 손톱이 어깨를 할퀴자 한 움큼의 살이 바닥으로 떨어져 버렸고, 어깨에선 피가 터져 나와 녀석을 붉게 물들이고 있었다.

이제 죽음을 기다려야 할 때, 하지만 신은 나에게 결코 죽음이라는 평온을 가져다 주려 하지 않았다.

한순간 귀청을 찢을 듯한 굉음과 함께 대지가 심하게 흔들렸고, 복도의 끝으로 강렬한 불꽃이 밀려들어 오며 이윽고 우리가 있던 서고까지 불바다로 만들어 버렸다.

"실드!!"

바닥을 드러내고 있는 마나, 하지만 살고 싶다는 욕망이었는지 난 마나를 모두 모아 실드를 펼쳤고, 일대를 뒤덮던 화염은 실드 위를 뒤덮으며 모든 것을 태워 버리기 시작했다.

"끄악!!"

실드 역시 더 이상 버티지 못하고 엄청난 화염에 깨어져 버리고 말았고, 뜨거운 열기가 우리를 덮쳐 오기 시작했다. 뒤에서 들리는 페드로의 비명 소리, 하지만 강렬한 고통 뒤에 오는 죽음의 평온은 나에게 오지 않았다.

"괜찮으십니까?"

누군가의 목소리에 고개를 들어보니 갈색 로브를 입고 있는 한 마법사가 우리를 보며 묻고 있는 것을 볼 수 있었다.

"당신은?"

"칠인회의 마법사입니다."

“칠인회······.”

이스트가 마인드 웹을 무사히 칠인회에 전달하고 원군을 불러왔다는 것을 깨달은 나에게 그 순간 죽음에서 벗어났다는 안도감과 함께 극한 피로로 인한 잠이 밀려왔다.

천천히 감기는 눈, 그리고 어둠의 끝에 도착했을 때 희미한 영상은 점점 레비나의 모습으로 변해가고 있었다.

병을 앓기 전에 활기 차고 명랑했던 딸의 모습, 그것을 보자 미소가 지어졌지만 레비나의 모습이 다시 흐릿해지며 강렬한 빛이 나의 눈을 자극하기 시작했다.


“어이! 블러드, 일어나 보라고!!”

눈을 뜨자 고함을 지르며 나의 따귀를 때리고 있는 이스트의 모습이 보였고, 난 현실의 세계로 다시 돌아왔음을 알 수 있었다.

“이스트······.”

“휴··· 이제야 정신이 드는군······.”

내가 일어나 그의 이름을 부르자 이스트는 크게 안심했는지 한숨을 내쉬고는 자리에 털썩 주저앉았다.

천천히 몸을 일으키려 했지만 통증이 온몸을 자극하며 더 이상의 힘을 가하는 것을 허락하지 않았다.

“외상은 모두 치료했지만 아직 피로 때문에 몸을 움직이는 것이 원활하지 않을 것입니다. 또 몸 안의 마나를 전부 사용한 탓에 원래부터 좋지 않은 블러드님의 몸이 더 악화된 상태입니다.”

내가 일어서다 쓰러지는 것을 보며 옆에 있던 마법사는 내 몸의 상태를 말해 주었다.

약간의 생을 더 유지하기 위해 루드그레인에게 마법을 배웠지만 상태는 또다시 악화되고 만 것이다.

섬을 나온 난 그 후로도 한 달이 넘는 시간을 요양하고서야 어느 정도 몸에 힘이 돌아왔고, 삼 분의 일 정도의 마나를 운용할 수 있는 신체를 만들 수 있었다.

나와 함께 있던 페드로는 이미 이 주일 전에 몸을 회복하고 나갔기에 방에는 나 혼자만이 남아 있었다.

천천히 자리에서 일어나 옷을 걸치고 밖으로 나가자 문 하나라는 차이였지만 그 너머는 바쁘게 움직이는 사람들로 가득했다.

칠인회의 지부였기에 거의 대부분이 마법사 복장을 하고 있었는데, 내가 문을 나서자 문 옆의 의자에 앉아서 책을 읽고 있던 청년이 자리에서 일어나더니 나를 보며 말했다.

"일어나셨군요, 블러드님."

"자네는?"

"루드그레인님의 명령으로 블러드님의 안내를 담당하게 된 알레시스라고 합니다."

"그런가? 이스트와 페드로는?"

"블러드님의 일행 분은 지금 루드그레인님과 함께 회의장에 있습니다. 그쪽으로 가시겠습니까?"

청년의 말에 난 고개를 끄덕였고, 그는 나를 안내하며 회의장으로 걸음을 옮겼다.

십여 분 후 회의장에 도착할 수 있었는데, 그곳에선 루드그레인과 사람들이 한 청년의 보고를 듣고 있었다.

"알렌 하비스트와 대륙 서부 국가는 아직 퍼지지 않은 듯하지만 로아냐드 제국을 포함하여 120개 중소 국가 중신들의 대부분은 마인드 웜에 의해 세뇌가 된 듯합니다."

"음… 상당히 심각한 상황이군."

"그렇습니다. 마인드 웜에게 컨트롤당하는 몇 명에게 블러드 스톰님께서 행하신 정신파 치료 방법을 시행해 보았지만, 마인드 웜이 몸에 들어간 지 5시간 이상이 지난 이들은 단 한 명도 살아나지 못했습니다."

"정신파 치료법은 어렵단 말인가?"

"지금으로선 정신파를 통해 심각한 문제점을 해결해야 하지만 빠른 시일 안에 오랜 시간 동안 마인드 웜에 정신을 조종당한 자들을 찾아 정신파 치료법 외에 다른 치료법이 없는지 찾아내야 한다 생각합니다."

"알겠네."

청년의 보고가 끝나자 루드그레인은 심각한 표정으로 생각에 잠겨 있다 좌중의 사람들을 보며 말했다.

"이렇게 계속 마인드 웜에 의해 불사의 염원에게 마인드 컨트롤당하는 이가 늘어난다면 대륙은 큰 혼란에 빠질 것이 분명한 일, 회주들은 회의 마법사들에게 연락하여 대륙 마법 길드를 중심으로 마인드 웜의 정보를 퍼뜨리도록 하십시오. 그들에게 경각심을 가지게 한다면 당분간일 뿐이지만 불사의 염원은 마인드 웜 사용을 자제할 수밖에 없을 것입니다."

"알겠습니다."

루드그레인의 말에 대답을 한 그들은 자리에서 일어나 회의실을 나갔다. 루드그레인은 그제야 내가 온 것을 확인하고는 미소 지으며 다가와 말했다.

"몸은 괜찮으십니까?"

"덕분에."

"다행이군요. 자, 앉으시지요."

내가 자리에 앉자 그는 미소를 지으며 말했다.

"이번 일은 블러드 스톰님의 도움이 컸습니다."

"이미 섬을 공격하기 위한 마법사들을 준비하고 있었더군."

"예. 지금까지의 실험장에 비해선 그 규모가 상당했기 때문에 범상치 않은 일을 하고 있다는 것을 알 수 있었으니까요."

그의 말에 난 천천히 생각하고 있던 것을 말했다.

"이용했던 건가?"

나의 말에 그는 황급히 손을 내젓고는 부정했다.

"그것은 절대 아닙니다. 어느 정도 블러드 스톰님의 도움이 필요하긴 했지만 그곳에서 불치병을 앓고 있는 사람이 완쾌가 되어서 나오는 것은 사실이었기에 레비나 양을 살릴 수 있는 방법도 있지 않을까 생각했던 것은 사실입니다."

마인드 웜의 존재를 모르고 있던 칠인회라면 그렇게 생각하는 것도 이상하지 않았기에 난 일단 그를 믿어보기로 했다.

제26장 용암(鎔暗)

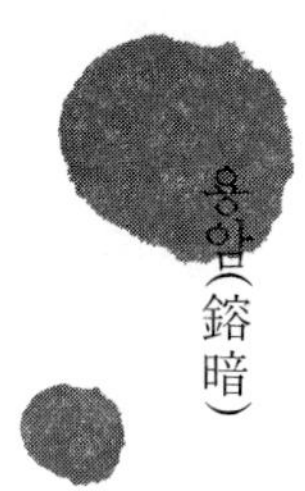


어둠이 모든 것을 집어삼켰다.

"엄마! 엄마! 잘못했어요! 제발 문 좀 열어주세요!"

문 사이로 스며들던 한줄기 빛이 사라지자 두려움이 밀려왔고, 난 힘을 다해 문을 두드리며 엄마에게 소리쳤지만 나의 외침에 대한 대답은 들려오지 않았다.

나의 두려움에 대한 유일한 해답을 줄 수 있는 존재는 사라져 버린 것이다.

어둠에 대한 공포가 온몸을 자극해 왔다.

누군가의 손이 나에게 다가오는 듯한 느낌에 뒤돌아볼 용기조차 없었고, 난 자리에서 주저앉아 눈물을 흘려야 했다.

불안함, 그리고 두려움이 나의 온몸을 자극해 오기 시작했다.

무섭다. 제발 어느 누구라도 좋으니 나를 이 어둠에서 구해주었으면 하는 생각이 들었다.

"엄마… 흑흑흑……."

하지만 울부짖으며 소리쳐도 마계의 악마조차 나에게 손을 내밀어 주지 않았고 몸은 절망감과 두려움에 떨리기 시작했다.

한참을 그렇게 있었을까, 어둠에 익숙한 시야를 돌렸다.

어떠한 것조차 그 의미를 둘 수 없는 사물이 어둠의 허공을 헤매이다 멈춰 심장이 멎어버릴 것 같은 환상을 끌어내려고 있었기에 난 고개를 무릎 사이로 박으며 모습이 생각나지 않는 그리운 사람이 말해주었던 주문을 외워갔다.

공포의 환상을 끌어내지 않기 위해 어떤 의미인지도 알 수 없는 주문을 외웠지만 환상은 더욱 확실히 드러나고 있었고, 난 영혼의 존재가 탈피하여 썩은 몸을 벗고 있는 걸 느낄 수 있었다.

[어둠이 싫은가?]

"누, 누구세요?"

그때 나의 귀로 누군가의 목소리가 들려왔다.  칠흑 같은 어둠 속에서 들리는 낮은 목소리가 두려웠지만 떨리는 목소리로 물었다.

[어머니가 미운가?]

"…미워요……."

계속되는 그의 말, 나를 어두운 지하에 가두어놓은 어머니가 미웠다. 그리고 그 미움의 감정은 하나의 단어가 되었다.

[어둠에서 벗어나고 싶지 않은가?]

"벗어나고 싶어요!"

[계약은 이루어졌다.]

나도 모르는 사이에 어둠 속에서 들려오는 말에 큰 소리로 대답했고,

잠시 후 계약이 이루어졌다는 말과 함께 수없이 두드려도 열리지 않던
지하실의 문이 열리기 시작했다.

"아……."

밝은 빛이 새어 나오는 것을 보며 엄마가 왔다는 생각에 난 자리에서
일어나 빛을 향해 뛰었다. 더 이상 어둠 속에 있기 싫었기 때문이다.

하지만 빛의 세계로 들어섰을 때 난 절망하고 말았다.

나의 어머니는 어둠의 세계에 존재하고 있었기 때문이다. 아니, 모
든 이가 어둠의 세계에 존재하고 있었다.

어머니, 아버지, 그리고 나의 형제들까지 어둠이 드리워진 공간에서
살아가고 있었지만 나 혼자만이 빛의 공간에 머물러 있었던 것이다.

"어, 엄마……."

하지만 어둠의 공간 속에 있는 어머니는 나의 목소리를 듣지 못했는
지 아무런 말도 없었고, 다른 이들 역시 나를 보지 못하고 있었다.

"이, 이건 아니야!"

어둠의 공간에 홀로 남아 있는 것은 싫었지만, 그렇다고 빛의 공간
에 홀로 남아 있는 것은 더 더욱 원하지 않았기에 난 더 이상 참지 못
하고 다시 지하실로 뛰어들어 가 소리쳤다.

"나를 다시 원래대로 돌려주세요."

[어둠의 세계로 돌아오고 싶은가?]

"예!"

[계약은 이루어졌다. 빛을 거부한 넌 더 이상 빛의 세계로 돌아가지
못할 것이다.]

하지만 다른 사람들이 나를 돌아볼 수 있다면 다시 빛의 세계로 돌
아가지 못한다 해도 상관없다는 생각을 하며 지하실로 돌아왔지만, 그

곳에서도 엄마를 찾을 수가 없었다. 칠흑 같은 어둠, 혼돈과 고독이 공존하는 듯한 곳에 두려움이 밀려온 난 다시 지하실을 빠져나가려 했지만 문은 더 이상 열리지 않았다.

"엄마!! 엄마!!"

손에서 피가 흐를 때까지 문을 두드렸지만 문은 열리지 않았기에 난 절망할 수밖에 없었다. 고개를 돌리자 나를 향해 칠흑 같은 검은 손이 다가오고 있었다.

"엄마!!"

검은 손은 나를 붙잡았고, 난 어머니를 불러보았지만 나의 외침에 대답해 주는 이는 한 사람도 없었다. 절망과 함께 난 어둠, 더 이상 빛의 존재가 있을 수 없는 곳에 빠져들고 만 것이다.


아무 소리도 들리지 않는 정적의 시간은 점점 흘러만 가고 있다.

고개를 돌려보니 어둠 속에서 또 다른 누군가의 모습이 그려지기 시작했고, 흐느낌에 가까운 목소리가 들려오기 시작했다.

검은 손에 잡혀 어둠 속으로 끌려오고 나서 얼마나 많은 시간이 흘렀는지 모른다. 나를 어둠으로 끌고 온 이는 무엇인가를 나에게 가르쳤고, 난 무서웠지만 살기 위해 그 모든 것을 배워 나갔다. 그런 긴 시간 동안에도 그는 나에게 얼굴을 보여준 적이 없었기에 누군가의 흐느끼는 목소리는 무서움보다 반가움으로 다가왔다.

이곳에 온 이후 나 외에 다른 아이를 본 적이 없는 난 천천히 그 아이에게 다가가서는 살며시 손을 가져갔다.

"누, 누구세요… 흑흑흑……."

웅크리고 앉아 무서워하는 아이는 일곱 살 정도의 허리까지 닿을 듯한 긴 빨강 머리를 가지고 있는 귀여운 여자 아이였다.

"넌 누구지? 난 엘리드라고 해."

"흑… 흑… 릴리라고 해요."

"릴리. 예쁜 이름이네."

나의 말에 릴리는 울음을 그쳤고 난 소맷자락을 들어 천천히 아이의 눈물을 닦아주었다.

"오빠는 왜 여기 있어요?"

"글쎄, 릴리는 왜 이곳에 있지?"

"리, 릴리는, 흑흑… 아빠랑 집에 가고 있었는데, 흑흑… 으아앙!!"

릴리는 나의 물음에 훌쩍거리며 말하다가 부모 생각이 났는지 또다시 울음을 터뜨렸기에 머리를 쓰다듬으며 안심시켜 주었다.

"릴리는 다시 돌아갈 수 있을 테니 너무 걱정 말아."

"정말?"

"그럼!"

아이를 안아 일으킨 난 과거 빛의 공간으로 향하는 문이 있는 곳으로 걸음을 옮겼다. 아이는 무서워하는 것 같았지만 다행히 내가 옆에 있기에 안심하고 따라올 수 있었다.

"오빠, 손이 너무 차다."

"이곳에서 오래 있었으니까."

"릴리가 호~ 해줄게."

그리고 릴리는 이미 얼어버린 나의 손을 입김으로 데워주기 시작했다. 따스한 아이의 체온이 손으로 느껴지며 한 번도 느껴보지 못한 따스한 감정이 밀려왔다. 아니, 나의 기억에서 사라진 것일 뿐 기억 속에 희미하게 남은 감정이 되살아나는 듯했다.

릴리의 손을 잡고 한참을 걸어나가자 나의 눈으로 빛줄기가 흘러 들어왔다. 하지만 난 더 이상 걸음을 옮길 수 없었다.

이 빛을 따라 밖으로 나가려 했지만, 빛에 몸이 노출되자 나의 몸은 투명해져 사라져 버릴 듯 변해갔기 때문이다.

'난 갈 수 없는 것일까?'

어쩌면 난 어둠에 너무 익숙해져 이제 빛의 세계로 갈 수 없는지도 모른다고 생각했다. 눈부신 빛의 공간, 난 그곳을 보며 이 빛의 문을 넘어서는 공간에 릴리의 아버지가 있을 것이라는 느낌이 들었다.

"릴리, 저쪽으로 가면 아빠를 만날 수 있을 거야."

"정말?"

"응."

릴리는 나의 말에 크게 기뻐하는 표정을 지었다.

"오빠는?"

"오빠는 이곳이 집인걸……."

나의 말에 릴리는 아쉬운 표정을 지었다. 물론 나 역시 릴리와 함께 이곳을 벗어나고 싶었다. 어둡고 추운 공간이 아닌 밝고 따스한 공간에서 머물고 싶었다.

하지만 검은 손과의 계약으로 난 어둠에서밖엔 살 수 없는 몸이 되어버렸다. 따스한 가족들의 정이 생각났지만 이제 그것은 나에게 너무 멀리 있는 존재일 뿐이다.

몇 번이고 뒤돌아서서 나를 보며 손을 흔들던 릴리는 잠시 후 빛과 함께 사라져 갔고, 난 내가 오랜 시간을 보냈던 어둠의 한복판으로 걸음을 옮겼다.

밀려오는 외로움, 누군가의 체온을 느끼고 싶었지만 나의 주위에 올 사람은 아무도 없었다.

또다시 시간이 흐르고 난 어둠 속에서 살아가며 검은 손이 나에게 일러준 주문들을 외우며 시간을 보냈다.

쿵!! 쿵!!

"응?"

어둠 속에서 쿵쿵거리는 소리가 들려왔기에 난 정적 속에서 들려오는 소리에 귀를 기울였다.

쿵!! 쿵!! 우당탕!!

강하게 무언가를 두드리는 소리는 잠시 후 시끄러운 소리를 내며 그쳤고, 빛이 나의 눈으로 들어오기 시작했다.

"아!"

빛이 들어오면 나의 몸이 사라진다는 것을 잘 알고 있었기에 놀란 난 어둠 속으로 뛰어가려고 했는데, 그때 귀에 익은 목소리가 들려왔다.

"엘리드 오빠! 엘리드 오빠! 거기 있어요?"

"릴리?"

나의 귀로 들려온 가냘픈 목소리, 그것은 전에 이곳으로 들어왔던 빨간 머리 소녀 릴리의 목소리라는 것을 알 수 있었기에 난 어둠 속으로 도망치던 것을 멈추고 뒤를 돌아보았다.

푸른색의 빛이 서서히 나에게 다가오면서 보이는 작은 소녀의 얼굴, 다시 릴리의 얼굴을 보게 되자 난 기쁠 수밖에 없었다.

"릴리!"

"엘리드 오빠!"

릴리는 나의 목소리에 크게 기뻐해서는 달려와 뛰어들었고, 난 따스한 릴리를 가슴에 안을 수 있었다.

“오빠!”

“릴리, 오랜만이구나.”

“응.”

릴리의 뒤로는 검지손가락에서 푸른 빛을 내고 있는 중년 남자가 다가오고 있었는데, 그의 빛은 나의 몸을 서서히 사라지게 하고 있었기에 난 릴리를 내려놓고 뒤로 도망갈 수밖에 없었다.

“잠깐만 멈춰보게!”

“그럼 손가락에서 나는 빛을 없애주세요! 그 빛은 내 몸을 사라지게 한다고요!”

“빛이?”

나의 말에 그는 알 수 없다는 표정을 지었지만 이내 푸른 빛을 사라지게 한 후 나에게로 다가왔다.

“난 릴리의 아버지 필립스라고 하네.”

“엘리드라 합니다.”

“음… 빛이 자네의 몸을 사라지게 한다고?”

“예.”

“자네가 이곳으로 오게 된 것부터 자초지종을 자세히 이야기해 주겠나?”

인자한 목소리로 말하고 있는 그는 나를 어둠으로 몰아넣은 검은 손과는 달랐기에 과거 어머니에게 벌을 받아 지하실에 갇혔던 것부터 시작해서 지금까지의 일을 모두 이야기해 주었다.

나의 이야기를 들은 그는 한참을 생각에 잠기는 듯했지만 이내 고개를 내젓고 말았다.

한참을 그렇게 생각하고 있던 필립스의 뒤로 또다시 사람의 모습이 드러났기에 난 두려움을 느끼고 뒷걸음질쳤는데, 릴리는 그런 나의 손을 잡고는 말했다.

"저 사람들은 오빠를 구해주기 위해서 온 사람들이에요."

"나를?"

"예. 오빠가 릴리를 구해준 것처럼 저 아저씨들이 오빠를 이곳에서 나가게 해줄 거예요."

릴리의 말은 믿을 수 있었기에 난 그들이 다가오는 것을 지켜보았다.

"아……."

그들은 모두 세 사람이었는데, 앞에 있는 두 사람은 두렵지 않았지만 뒤에 오고 있는 사람에게선 두려움이 느껴졌다.

그가 다가올수록 나의 몸은 떨려오기 시작했기에 자신도 모르는 사이에 뒷걸음질치고 말았다.

"필립스 씨, 릴리가 말하던 아이가 이 아이입니까?"

제일 앞에서 걸음을 옮기던 남자는 릴리의 아버지를 보며 나에 대해 물었다.

"그렇소."

"그건 그렇고 상당히 어두운 곳이군. 페드로, 횃불 좀 붙이라고."

"아악!!"

그의 말에 난 크게 놀라서는 뒤로 도망을 치려 했지만 어느 사이엔가 나에게 큰 두려움을 주었던 남자가 내 뒤로 와서는 나의 손목을 잡았기에 더 이상 도망칠 수가 없었다.

"뭐야?"

"페드로, 횃불을 켜지 말아라. 이 아이는 어둠의 공간에서밖에 살 수 없는 아이다."

나에게 두려움을 준 사람은 한눈에 내가 어둠에서밖에 살 수 없다는 것을 알아채고는 횃불 켜는 것을 막았다.

놀라움에 그의 얼굴을 쳐다보았는데, 릴리를 제외한다면 이곳에서 가장 나이가 적어 보이는 남자였다.

"블러드님, 그렇다면 어떻게 해야 할지?"

릴리의 아버지는 그 사람을 보며 존대를 하고 있었기에 이자가 신분이 높은 사람이 아닐까 하는 생각도 들었다.

"원흉을 제거한다면 이 아이가 본모습을 찾을 수 있으리라 생각합니다."

"원흉이라……."

그의 말에 난 희망을 가질 수 있었다.

나를 어둠으로 몰아넣고 빛의 세계로 빠져나가지 못하게 한 원흉, 난 그것을 알고 있었기에 손을 잡고 있는 사람을 보며 검은 손에 대해서 말했다.

"거, 검은 손이 저를 이곳으로 데리고 왔어요."

"검은 손?"

나의 말을 이해하지 못하는 그를 보며 릴리의 아버지에게 해준 이야기를 다시 해주었는데, 그는 한참을 생각하는 표정을 짓다가 조금 놀라는 표정을 지었다.

"그렇군."

마치 보이지 않는 누군가와 이야기하는 것처럼 그는 고개를 끄덕였다. 난 영문은 알 수 없었지만 그가 나를 구해줄 수 있을 것이란 믿음이 있었다.

"아마 이 아이를 끌어들였다는 검은 손은 이곳에 있을 것입니다. 필립스 씨, 마나 디텍터를 사용할 수 있겠습니까?”

“알겠소이다.”

그의 말에 릴리의 아버지인 필립스 씨는 알 수 없는 언어로 된 주문을 외우기 시작했고, 그의 몸에서 푸른 빛이 흘러나왔다.

“아…….”

푸른색의 불빛에 놀란 난 블러드라 불리는 사람의 뒤로 숨었는데, 한참을 그렇게 푸른 빛을 내고 있던 필립스 씨는 손가락으로 한쪽을 가리키고는 말했다.

“저쪽에서 어둠의 마나가 느껴지는군요.”

“갑시다.”

그들은 필립스 씨가 말한 곳으로 걸음을 옮겼고 난 어떻게 해야 할지 망설이고 있었는데, 그때 릴리가 다가와서는 나의 손을 잡으며 말했다.

“오빠, 같이 가요.”

“…응…….”

릴리의 말에 난 고개를 끄덕이고 사람들의 뒤를 따라 걸음을 옮겼다. 한참을 그렇게 걸음을 옮겼을까, 가슴에서 통증이 느껴와 얼굴을 찡그렸다.

“오빠, 어디 아퍼?”

“아, 아니야…….”

릴리의 걱정스러운 말에 고개를 저으며 다시 사람들의 뒤를 쫓아갔는데, 통증은 점점 커져만 가고 누군가의 흐느낌이 귀로 들려오기 시작했다.

“아…….”

「엄마… 엄마… 잘못했어요…….」

「아빠… 무서워요…….」

어린아이들의 공포와 절망이 가득한 울음소리에 난 더 이상 참지 못하고 그 자리에서 주저앉아 귀를 막았다.

제발 이 소리가 들리지 않기를 바라며 귀를 막았지만 소리는 귀가 아닌 다른 곳을 통해 전달해 오는지 점점 더 아이들의 울음소리는 크게 들려오고 있었다.

"오빠! 아빠, 오빠가 아픈가 봐요!"

릴리는 내가 아파하는 것을 보며 필립스 씨를 불렀고, 그분은 나에게 뛰어와서는 손목을 잡았다.

한참을 그렇게 손목을 잡고 있던 필립스 씨는 내가 아픈 이유를 모르겠다는 표정을 지으며 고개를 흔들었고, 난 심장이 찢어질 것만 같은 통증과 아이들의 울음소리가 주는 공포를 참을 수가 없었다.

"일어나거라."

그때 목소리가 들려오며 누군가가 나의 손을 잡아 일으켜 주었는데, 그가 나의 손을 잡자 찢어질 것만 같았던 심장의 고통도 사라지고 아이들의 목소리도 희미해지기 시작했다.

따뜻한 무언가가 나의 가슴에 스며들고 있었기에 난 영문을 알 수 없었다.

"블러드 씨, 이 아이는 왜?"

필립스 씨는 내가 고통을 호소한 이유를 물어보았지만 그는 고개를 저으며 아무 말도 없이 나의 손을 잡고는 걸음을 옮겼다.

그의 손에서 흘러나오는 따뜻한 기운은 말할 수 없는 안도감을 나에게 가져다 주었다. 나에게 불어넣어 주는 그 힘이 무엇인지 궁금했다.

편안한 마음을 주게 하는 힘이 무엇인가 물으려고 고개를 들었는데, 그때 사람들이 걸음을 멈추더니 심각한 표정을 짓기 시작했다.

"릴리… 무슨 일이야?"

"오, 오빠, 저게 안 보여요?"

옆에 있던 릴리는 무언가 무서운 것을 보았는지 공포에 젖은 표정을 짓고 있었기에 난 릴리가 보고 있는 곳을 쳐다보았지만 그곳에는 아무것도 보이지 않았다.

나의 손을 잡고 있던 블러드란 사람은 내 손을 놓더니 검의 손잡이에 손을 가져가서 천천히 검을 뽑았고, 나머지 사람들도 검을 뽑기 시작했다. 하지만 난 영문을 알 수가 없었다.

아무것도 없는 공간에서 싸우려 하고 있었기 때문이다.

"오빠, 그쪽은 위험해요. 이리 오세요."

"릴리……."

릴리의 말에 난 더 당황스러울 수밖에 없었다. 왜 다른 사람들에게는 보이는데 나에게는 보이지 않는 것일까?

눈을 비비며 그들이 보고 있는 것을 보려 했지만 아무것도 보이지 않았다.

'왜지… 난 왜 볼 수 없는 거지……?'

"끄악!!"

그때 이스트란 사람의 비명 소리가 들려왔는데, 그의 팔은 무엇인가에 긁혔는지 옷이 찢어져서는 붉은 피가 흘러내리고 있었다.

"아……."

날카로운 쇳소리가 들려오며 무엇인가와 싸우기 시작하는 사람들,

하지만 아무것도 보이지 않는 나로선 영문을 알 수 없었다.

"파이어 볼!!"

그때 릴리의 아버지인 필립스 씨가 마법을 사용했는데, 그의 손에서 불타는 공이 나타나서는 한쪽을 향해 맹렬한 기세로 날아갔고, 잠시 후 쿵 하는 소리와 함께 일대를 불바다로 만들었다.

그리고 난 불꽃의 일렁임 속에서 귀신과도 같은 영상을 볼 수 있었다.

불꽃에 의해 드러난 필립스 씨 키 정도의 마물들이 고통스러워하며 마치 춤을 추고 있는 듯한 모습이 보였다.

고통의 괴성이 일대를 뒤덮어가고 있었고, 불꽃에 휩싸인 마물이 우리들을 향해 성큼성큼 걸어오고 있었기에 두려움이 밀려왔다.

"오빠……."

릴리가 두려움에 나의 팔을 잡고 떨고 있었기에 무서웠지만 릴리를 도와주기 위해 용기를 내었다.

"오빠… 무서워… 흑흑흑……."

릴리의 두려움이 가득한 목소리, 그리고 어린 그녀를 보호하기 위해 그녀를 등 뒤로 숨기는 나, 그 순간 무엇인가 아련한 기억이 나의 머리 속에 떠오르고 있었다.

'뭐지…….'

가슴을 아프게 하는 아련한 기억, 그 속에서도 어린 소녀가 나의 손을 잡고 울고 있었고, 난 그 아이를 지키기 위해 용기를 내어 맞서고 있었다.

'오빠… 흑흑…….'

눈물을 흘리는 어린 소녀는 나를 오빠라 부르고 있었고, 나의 앞에는 이제 얼굴마저 잊혀져 가는 어머니와 누군지 모를 중년 남자가 노기 가득한 표정으로 우리 두 사람을 노려보고 있는 것을 볼 수 있었다.

지금까지 생각나지 않았던 아픈 기억?

꾸에엑!!

그때 나의 앞으로 마물의 괴성이 터져 나왔다.

"꺄악!!"

"릴리!"

마물의 모습이 보이지 않았기에 난 릴리를 가슴에 안고 몸을 숙였는데, 그때 등에서 강한 통증이 느껴졌다.

"큭……."

보이지 않는 마물의 손톱에 의해 등에 상처가 난 것이다. 하지만 고통을 느낀다고 해도 릴리를 보호해야만 한다는 생각에 난 더욱더 그녀를 감싸 안았다.

"차압!!"

꾸에엑!!

그때 누군가의 목소리와 함께 공기를 가르는 소리가 들려왔고, 마물의 고통스러운 신음 소리가 나의 귀로 들려왔다.

"엘리드, 괜찮으냐?"

고개를 돌려보니 페드로라는 사람이었기에 난 고개를 끄덕이며 말했다.

"괜찮아요. 마물은요?"

"너희들을 공격하던 녀석들이 마지막이었다. 모두 처리했으니 안심하도록 해라."

"휴… 네."

마물들을 모두 처리했다는 말에 난 안도의 한숨을 쉴 수 있었다.

"상처를 치료해……."

필립스 씨는 나에게 다가와서는 상처를 치료해 주려고 했는데, 내 등에 나 있는 상처를 보더니 크게 놀라는 표정을 짓고 있었기에 영문을 알 수 없었다.

"브, 블러드 씨… 이 아이는……?"

"아무 말씀도 하지 마십시오."

"…알겠습니다."

두 사람은 내가 알아들을 수 없는 말을 하고 있었다.

과연 필립스 씨는 내 등의 상처에서 무엇을 보았던 것일까? 다행히 상처는 그리 깊지 않았는지 필립스 씨가 치료해 주지 않아도 통증이 사라지고 있었다.

"오빠… 고마워……."

릴리는 내가 자신을 보호해 주었다는 것을 아는지 밝은 미소를 지으며 고맙다는 말을 했고, 난 그녀를 보며 미소를 지어주었다.

「오빠, 고마워…….」

그리고 또다시 머리 속으로 릴리와 비슷한 또 하나의 소녀가 나에게 고맙다고 말하는 영상이 비추어졌다.

눈에서 흐르는 눈물, 왜 난 그 생각을 하며 눈물을 흘리는 것일까?

알 수 없는 일이었다.

또다시 사람들과 함께 걸음을 옮기려 했는데, 릴리는 내게 보이지 않는 무엇인가가 두려운지 나에게 붙은 채 피하는 모습을 보이고 있었다.

릴리가 안 보는 사이에 천천히 손으로 그것을 만져 보았는데, 역시

나 동물의 살과 같은 것이 내 손에 느껴졌다.

하지만 왜 보이지 않는 것일까? 이해할 수가 없었다.

"페드로, 저 아이에게는 마물이 보이지 않는 것 같았어."

그때 내 앞에 걷던 이스트란 사람의 목소리가 들려왔다. 페드로란 사람은 그의 말을 듣고는 아무 말도 하지 않고 손가락으로 입을 가리고 다시 걸음을 옮길 뿐이었기에 난 마물이 보이지 않는 이유가 더욱 궁금해질 수밖에 없었다.

하지만 남들과 다른 모습을 보여주는 것은 두려웠다. 그리고 또 하나의 과거 기억이 생각나고 있었다.

「오빠… 애들이 돌멩이를 던져서… 흑흑… 피가 나…….」

분노하고 있는 난 어린 여동생을 괴롭히고 있는 다른 꼬마들을 나무를 휘두르며 쫓아내고 있다.

"오빠?"

"아…….."

릴리의 목소리에 정신을 차리니 그녀는 걱정되는 눈빛으로 나를 보고 있었다.

"오빠, 왜 울어?"

"아, 아니야, 아무것도……."

그녀의 말에 내가 눈물을 흘리고 있다는 것을 알고는 급히 소맷자락을 들어 눈물을 닦았다. 왜 난 그 소녀 생각을 하면 슬퍼지는 것일까?

알 수 없는 일이었다.

기억 속에서도 희미한 얼굴을 생각하며 난 릴리의 손을 잡았다.

얼마 지나지 않아 그들과 난 검은색의 구슬이 놓여 있는 곳에 도착할 수 있었다. 그것을 보자 무엇인가 나를 자극하는 기분이 들었다.

　심장이 찢어질 듯한 기분, 나도 모르는 사이에 천천히 검은 구슬에
다가가서는 그것에 손을 가져가려 했는데, 그때 누군가가 나의 손을 잡
고는 뒤로 밀쳐 버렸다.

　"아……."

　나를 던진 사람은 블러드란 사람이었다. 왜 나를 던졌는지 알 수는
없었지만 그가 나를 뒤로 던진 것이 악의가 있어서인 건 아니라는 것
을 알 수 있었다.

　"블러드, 저 구슬은 뭐야?"

　이스트란 사람은 그것을 보며 블러드란 사람에게 물었는데, 그 역시
잘 알지 못하는지 고개를 저으며 말했다.

　"글쎄. 킬리스의 말로는 어둠의 혼령, 그것도 인간의 영혼이 집약된
구슬이라 하더군."

　"인간의 영혼?"

　"이 구슬이 모든 것의 시작인 것 같다."

　블러드는 그렇게 말하고는 검을 뽑아 들고 천천히 검은 구슬에게로
걸음을 옮겼는데, 그때 구슬에서 나를 저주로 몰아넣은 것이 모습을 드
러내기 시작했다.

　"아… 거, 검은 손……."

　난 떨리는 목소리로 그것을 보며 손가락으로 가리켰는데, 다른 사람
들은 전혀 알지 못하는지 나를 이상한 눈으로 쳐다보고 있었다.

　"검은 손이라니, 무슨 말인가?"

　"거, 검은 손이 저 구슬에서……."

　하지만 그들의 눈에는 보이지 않는지 내가 가리키는 곳을 보면서도
고개를 갸우뚱거리고 있을 뿐이었다.

“모두 조심해라······.”

그때 블러드가 다른 사람들에게 말하고는 천천히 검을 뽑아 들었는데, 그의 검은 잠시 후 검은 구슬과 반응해서 핏빛의 검광을 뿌리기 시작했다.

끼아아악!!!

귀를 찢을 듯한 비명이 공간을 울려 사람들은 참을 수 없는 고통에 귀를 막으며 괴로워하기 시작했다.

하지만 그러한 비명은 나에겐 너무나 친숙한 것인지 온몸이 가벼워지는 듯한 쾌감을 맛보았다.

“이스트! 엘리드를 붙잡아라!!”

그때 블러드란 사람의 목소리가 들려왔고, 누군가가 뛰어와서는 나의 허리를 잡아채고는 땅으로 쓰러뜨리는 것을 느낄 수 있었다.

“놔줘요!! 놔줘요!!”

“젠장, 가만히 좀 있어!!”

난 그의 손에 붙잡히자 발버둥을 치며 그에게 벗어나려 했지만, 그는 나를 놓아주지 않았다.

검은 구슬이··· 나를 부르고 있었다. 반드시 그곳에 가야 하는데 왜 나를 막는 것일까? 제발 나 좀 놓아줘요!!

이스트란 사람에게 잡혀 누워 있는 나에게 거대한 검은 손이 천천히 다가오기 시작했다. 그리고 검은 손의 손바닥에서는 아련한 기억의 소녀가 또렷한 영상으로 나를 부르고 있었다.

「오빠··· 오빠··· 빨리 와······. 오빠··· 무서워······.」

“아아악!! 레미!!”

소녀의 목소리에 난 그녀의 이름이 생각났고, 그 아이를 구하기 위해 소리치며 나를 잡고 있는 이스트란 사람을 밀쳐 내었다.

"끄아악!!"

이스트란 사람은 나에게 밀려 십여 미터를 튕겨져 날아가 버렸고, 난 레미를 향해 천천히 걸음을 옮겼다.

"레, 레미, 내가 구해줄게… 내가 구해줄게……."

"오빠!!"

"페드로!!"

그때 또다시 블러드란 사람의 목소리가 터져 나오더니 또 다른 남자가 나의 팔을 잡고는 꺾어 땅바닥에 내팽개쳤다.

하지만 난 이대로 멈출 수 없었다. 반드시 구해야 할 사람이 있기 때문이다.

"으아아아!!"

나도 알 수 없는 괴성을 지르며 난 페드로란 사람의 손을 끌어당겨서는 그의 목을 조르기 시작했다.

"날!! 날 가만히 내버려 두란 말이야!!"

그 순간 그의 목을 조르고 있는 나의 손에선 날카로운 손톱이 생겨나 그의 목을 파고들어 가기 시작했다.

'이, 이건 내가 아니야…….'

내 손톱이 페드로란 사람의 목을 꿰뚫려 하는 것을 보며 난 크게 놀라 뒤로 물러서고 말았다. 천천히 손을 들어 보자 핏빛의 손톱이 날카롭게 자라나 있었다.

"까아악!!"

변해 버린 내 손에 놀란 난 릴리를 돌아보았는데, 내 얼굴을 본 릴리는 비명을 지르며 그녀의 아버지 뒤로 도망치고 있었다.

"리, 릴리……."

무엇이 변한 것일까? 천천히 얼굴을 만져 보자 내가 아닌 다른 존재가 있는 듯했다. 입술을 찢고 나올 듯한 날카로운 송곳니에, 피부는 울퉁불퉁해져 버렸다.

'내, 내가 왜?'

내 모습이 왜 변했는지 이해할 수가 없었는데, 이스트와 페드로란 사람은 나를 보며 검을 꺼내고는 경계를 하고 있었다.

방금 전만 해도 나를 보호해 주려고 했던 사람들인데 이제 나를 죽이려 하고 있는 것이다.

그 순간 난 과거의 일이 생각났다.

그때도 똑같았다. 여동생과 난 고아로 살아가고 있었다. 어린 나이에 부모를 잃고 배고픔에 살아가야 했던 때, 하지만 그런 우리에게 인자한 인상을 지닌 한 여인이 손을 내밀어주었고, 우린 간신히 배고픔에서 벗어날 수 있었다.

처음에 여인은 우리에게 잘 대해주고 맛있는 음식도 먹여주었지만 시간이 지나면서 그 여인의 표정이 변해가는 것을 느꼈다.

그리고 정신을 차렸을 때 내 여동생은 한 번도 본 적이 없는 남자에게 몸을 뺏기고 말았다.

피를 흘리며 괴로워하는 여동생은 이제 나마저 두려워했기에 난 그 여인에게 이유를 물으며 대들었지만, 어른들의 힘은 이길 수 없었다.

자상하게 대해주고 우리 오누이를 보살펴 주던 그녀를 어머니와 같다고 생각했는데, 그런 그녀의 자상함은 모두 돈을 벌기 위함이었다.

아직 열 살도 넘지 않은 내 동생은 어른들의 희생양이 되어야 했다.

난 그녀를 증오하며 달려들었지만 어른의 힘은 이길 수 없었다.

점점 여인에 대한 분노가 흐려지고 여동생의 기억도 사라지고 있었을 때 난 지하에 갇혀야만 했고, 그렇게 길들여지고 있었다.

모든 것이 나를 버리는 듯한 그런 감정 속에서 난 모든 것을 포기하고 있었는데 그때 검은 손이 나에게 다가왔던 것이다.

'그래, 이들도 그 여인과 다를 바 없는 인간들이야…….'

그러한 생각이 나의 뇌리를 스치자 분노가 나를 감싸 안기 시작했다.

"모두… 모두 죽여 버리겠어!! 끄아아!!"

더 이상 참을 수가 없는 난 녀석들을 향해 손톱을 휘둘렀다. 나를 배신하는 모든 자들을 죽이고 싶었다.

챙!!

"끄악!!"

이스트는 나의 공격을 막기 위해 검을 휘둘렀지만 날카로운 소리와 함께 검은 부러져 나가고 그는 뒤로 튕겨져 날아가 버렸다.

복수… 복수를 위한 힘이 나에게 생긴 것이다. 검은 손, 그것은 나에게 저주를 건 것이 아니라 나와 여동생을 절망으로 몰아넣은 자들에 대한 복수를 가능하게 하는 힘을 주었던 것이다.

복수를 할 수 있다면 빛의 세계는 필요없다. 어둠만이 나의 모든 것을 감싼다 해도 난 만족할 수 있다.

"끼아악!!"

릴리의 비명 소리가 들려오고 있었다. 난 그녀를 구해주었는데 나를 괴물처럼 쳐다보는 듯했다.

은혜를 원수로 갚고 있다. 이 세상 모든 사람들은 나와 동생을 이용하곤 절망으로 몰아넣고 있다.

"나와 동생을 괴롭힌 녀석들은 단 한 사람도 살려두지 않겠다!!"

난 녀석들을 죽이리라 결심하며 걸음을 옮겼고, 한 걸음 한 걸음 옮길 때마다 나의 몸이 점점 커지는 듯한 느낌이 들었다.

전만 해도 위로 올려다보아야 했던 자들은 이제 나의 무릎 정도밖에 오지 않는 키가 되어버렸기에 손으로 누르기만 해도 녀석들을 죽일 수 있을 것이라 생각되었다.

"페드로, 이스트, 물러서라!"

그때 누군가의 목소리가 들려왔기에 고개를 돌려보니 그는 검은 구슬에 다가갔던 블러드란 사람이었다.

다른 사람과는 달리 그는 나를 두려워하지 않았다.

검조차 빼 들지 않고 천천히 나의 앞으로 걸음을 옮긴 그는 조용히 말했다.

"이제 그만 하지 않겠나. 자넨 이미 죽은 사람이지 않은가."

"…내가……."

그의 말을 들은 난 그제야 깨달을 수 있었다. 지하실의 방, 그곳에는 나만이 존재하지 않았던 것이다.


여동생과 내가 있었던 곳은 고아원이다.

전쟁으로 인해 부모를 잃은 아이들이 모이는 곳으로 배고픔에 고생하던 여동생과 난 한 끼라도 먹을 수 있는 고아원으로 향할 수밖에 없었다.

"오빠……."

"괜찮아. 여기서는 밥을 먹을 수 있을 거야."

“정말?”

“응.”

내 손을 꼭 잡고 불안한 듯 떨고 있는 동생에게 미소를 지으며 말하자 밥을 먹을 수 있다는 말에 귀여운 동생의 표정은 금세 밝아졌다.

며칠 동안 제대로 먹지 못한 동생은 파리한 얼굴을 하고 있었기에 마음이 아플 수밖에 없었다.

하지만 나 역시 낯선 곳에 대한 두려움은 어쩔 수 없었다.

고아원을 발견한 난 담장을 따라 걸음을 옮기곤 창살 너머로 보이는 고아원의 정원을 숨어서 보았다.

많은 아이들이 즐겁게 뛰어놀고 있는 모습이 보였다.

우리와는 달리 깨끗한 옷을 입은 아이들을 보며 부러울 수밖에 없었는데, 그때 뒤에서 누군가의 인기척을 느낄 수 있었다.

“아!”

“이런 곳에서 뭐 하니?”

우리에게 다가온 사람은 갈색의 로브를 입고 있는 중년 남자였다. 후드 사이로 드러나 있는 인자한 얼굴의 남자는 미소를 지으며 우리에게 물었지만, 난 두려움에 동생의 손을 잡고 그에게서 벗어나려 했다.

“아! 얘들아!”

우리들이 달아나는 것을 보며 그는 놀란 표정을 지으며 나를 잡았기에 두려움에 몸이 떨려왔는데, 그는 무릎을 꿇고는 인자한 목소리로 물었다.

“어디에서 왔니?”

“…아, 알란에서요…….”

"알란? 음……."

알란에서 왔다는 말에 그는 잠시 무엇인가를 생각하는 듯하더니 이 내 알았다는 듯이 고개를 끄덕이며 말했다.

"그렇구나. 자, 나와 함께 들어가지 않겠니?"

"예?"

"우리와 함께 살자꾸나."

그의 인자한 말에 난 한참을 망설였지만 옆에 있던 여동생의 모습에 고개를 끄덕이고 말았다. 두려웠지만 이대로 동생을 굶게 두고 싶지 않았기 때문이다.

그와 함께 고아원으로 들어서자 정원에서 놀고 있던 아이들이 우리 들을 쳐다보았지만 로브의 남자는 그런 아이들 사이를 지나서는 고아 원 안으로 들어섰다.

건물 안으로 들어서자 푸른색 치마를 입은 아줌마가 와서는 로브를 입은 중년 남자에게 웃음을 지으며 말했다.

"가리안 씨, 어서 오세요. 응? 이 아이들은?"

"고아원 밖에 있던 아이들이오. 알란에서 왔다고 하더군."

"어머, 알란이라면 전쟁 중인……."

그 여자는 알란에서 왔다는 말에 조금 놀라는 표정을 짓더니 나에게 다가와 볼을 쓰다듬으며 말했다.

"고생했겠구나. 자, 오늘부턴 우리와 함께 살자꾸나."

그녀의 따뜻한 말, 전쟁에서 엄마, 아빠를 잃고 동생과 함께 돌아다 니며 구걸해서 살아왔던 난 이런 따뜻함을 맛본 적이 없었기에 눈물을 흘릴 수밖에 없었다.

그렇게 동생과 난 고아원에서의 생활을 시작했고, 그곳에서 많은 친구들을 사귈 수 있었다.

깨끗한 옷과 빵을 주는 것이 고아가 되어 돌아다닐 때와는 전혀 달랐지만 이곳은 이상한 것이 있었다.

남자 아이들과 여자 아이들을 나누어서 지내게 하고 있었는데, 시간이 지나면서 내가 알던 친구들이 한 명씩 사라지고 있었기 때문이다.

그러한 모습에 난 여동생이 걱정될 수밖에 없었다. 혹시나 여동생이 어디로 사라지는 것은 아닐까 하는 걱정 때문이었다.


밤이 되자 난 모두가 잠들었을 때 조용히 일어나 여자 아이들이 머무르고 있는 건물로 걸음을 옮겼다.

동생이 있는 건물에 도착한 난 천천히 창문으로 안을 들여다보았는데, 그 순간 놀라고 말았다.

발가벗겨진 여자 아이들의 모습들 사이로 보이는 탐욕에 가득한 눈빛의 남자, 뒤룩뒤룩 살이 찐 그가 어린아이들을 범하며 쾌락을 느끼고 있었기 때문이다.

온몸에 소름이 돋는 느낌, 아이들의 눈은 무엇인가에 홀린 듯한 눈빛을 보이며 그가 하는 대로 움직이고 있었다.

그리고 그곳에서 어린 여동생의 모습을 보는 순간 난 참을 수가 없었다.

"으와아아!!"

근처에 있던 돌멩이를 들어서는 창문을 깨고 들어가 여동생의 몸을 탐닉하는 자의 머리를 후려쳤다.

시뻘건 피가 사방으로 터져 나오며 그의 비명 소리가 방 안을 울리고 있었지만 난 멈추지 않았다.

더러운 자의 손에 내 여동생이 범해졌다는 분노를 참을 수가 없었기 때문이다.

그의 비명 소리가 방 안을 울리자 잠시 후 문이 열리면서 사람들이 뛰어왔고, 그들은 나를 그자에게서 떼어내 구타하기 시작했다.

고통이 온몸으로 밀려들어 오고 있었지만 그것은 분노에 의해 아무런 느낌도 나지 않았다.

'저자를 죽여야 한다. 죽여야 한다.'

어린아이들을 범하고 있던 자를 죽여야 한다는 생각에 발버둥 쳤지만 난 움직일 수가 없었다.


다음날 난 지하의 방에 갇혀 있어야 했다.

이곳으로 들어서기 전 난 처음 우리를 맞아주었던 인자한 얼굴의 중년인이 주는 약물을 먹어야만 했고, 그것을 마시자 온몸이 떨려왔다.

지하의 방에서는 나와 같은 모습의 아이들이 죽어 있는 눈빛을 하고 있었고, 난 그들 사이에 있어야 했다.

떨리는 몸으로 참을 수 없는 추위가 몰려왔지만 이곳에는 찢어진 담요조차 없었다.

얼어버릴 것만 같은 고통, 하지만 난 이곳에서 죽을 수 없었다. 빨리 동생을 구해야 하기 때문이다.

하루에 한 번씩 주는 썩은 감자를 먹으며 온몸이 얼어붙을 것만 같은 추위에도 난 이곳을 빠져나갈 수 있는 방법을 찾았다.

하지만 어린 나에게 기회는 오지 않았고, 정신이 들었을 때는 이미 얼마나 시간이 흘렀는지 알 수 없었다.

"오빠……."

그렇게 고통의 나날을 지내고 있을 때 누군가의 목소리가 어두운 방문 너머로 들려오고 있었다.

"레, 레미?"

빛조차 들어오지 않는 작은 강철 문의 틈새 사이로 들려오는 여동생 레미의 목소리에 놀란 난 문 쪽으로 가서는 동생의 이름을 불렀다.

"오빠… 흑흑흑… 무서워……."

"레미야!! 레미야!!"

"흑흑흑……."

동생의 울음소리에 가슴이 찢어지는 듯했지만 이곳에 갇혀 있는 난 어떠한 일도 할 수가 없었다.

잠시 후 누군가의 고함 소리와 함께 여동생의 비명이 들려왔고, 그 이후로 난 동생의 목소리조차 들을 수 없었다.

그렇게 또다시 시간이 흘러갔고, 지하에 갇혀 있던 몇 명의 아이들이 추위와 공포, 그리고 굶주림을 견디지 못하고 죽어갔다.

썩은 내가 지하의 방을 가득 메우고 있었기에 숨쉬기조차 어려운 상태는 계속 이어졌다.

이제 죽는 것일까? 온몸에 힘이 사라져 가고 있었다.

이제 배고픔을 느껴도 썩은 감자에 손을 가져갈 힘조차 없었고, 난 서서히 다른 아이들과 같이 죽어가야만 했다.

'엄마… 엄마… 흑흑흑…….'

과거 부모님과 같이 살았던 때가 생각났다.

그리고 어머니를 보고 싶은 감정은 시간이 지나 분노로 바뀌어갔다.

동생과 나를 이런 세상에 버리고 간 모든 것에 대한 분노였다.

그렇게 점점 눈이 감기고 더 이상 버틸 수 없다고 생각했을 때 내 앞으로 검은 손이 모습을 드러냈다.

그리고 나를 어둠의 공간으로 밀어넣었다.


블러드란 사람의 말에 과거에 있었던 모든 것이 생각난 난 주위를 돌아보았다.

동생과 내가 있었던 고아원, 이곳 어딘가에 분명 고통받고 있는 여동생 레미가 있을 것이란 생각에 난 사방을 둘러보며 찾아보았지만 레미의 모습은 보이지 않았다.

"레… 미… 레미……."

레미의 이름을 불러보았지만 동생은 보이지 않았다.

슬픔과 분노에 잠겨 있는데 동생과 내가 고아원 앞에서 만난 로브를 입은 중년인이 모습을 보이고 있었다.

"으드득… 레, 레미를 내놔!!"

참을 수 없었던 난 녀석을 향해 손톱을 휘둘렀지만 그는 나의 손을 피해 옆으로 몸을 날리고 있었다.

"으아이아!!"

녀석을 죽이고 동생을 찾아야 한다는 생각에 난 계속 녀석을 공격했지만 나의 공격을 가볍게 피해가며 그는 무엇인가를 소리치고 있었다.

하지만 나와 여동생을 지옥으로 몰아넣은 자를 용서할 생각은 없었다.

"파이어 볼!!"

“끄윽!!”

그때 나의 얼굴로 불덩어리가 날아왔고, 난 고통에 비명을 지르며 나가떨어지고 말았다.

마법에 몸이 불타올랐지만 난 다시 자리에서 일어나 나에게 마법을 날린 자를 쳐다보았다.

“으드득… 죽여 버리겠다!!”

나를 아프게 한 녀석을 죽여 버리겠다는 생각을 하며 달려들었는데, 그때 난 놀라 멈추고 말았다.

불덩어리를 나에게 날린 녀석의 옆으로 귀여운 동생 레미가 있었기 때문이다.

“레미… 레미…….”

하지만 레미는 내가 다가오자 두려운 표정을 지으며 뒤로 물러섰다. 이유를 알 수 없어하다 손을 내려다보니 내 손은 마물의 손으로 변해 있었고, 몸도 끔찍하게 변해 있었다.

“레, 레미…….”

참을 수가 없었다. 귀여운 나의 동생 레미가 나를 거부하자 심장이 찢어지는 고통을 느껴야 했다.

“으아악!!”

동생에게 다가서지 못한다는 생각에 고통의 눈물을 터뜨리며 외치고 있을 때 다리가 찢어지는 듯한 고통을 느껴야 했다.

내려다보니 나의 허벅지에는 길게 검상이 나 있었고, 그 앞에는 페드로란 사람이 피가 묻은 검을 들고 있었다.

모두가 나를 죽이려 하고 있었다. 난 동생을 구하고 싶을 뿐인데, 동생과 함께 살고 싶을 뿐인데 왜 나를 죽이려 하는 것일까?

알 수 없는 의문에 모든 사람들이 싫어져 나를 죽이려고 하는 그를
향해 손을 휘둘렀다.

"크아아!!"

녀석을 향해 고함을 지르자 입에서 뜨거운 불길이 터져 나와서는 그
를 향해 몰아쳐 갔다.

동생을 구하기 위해 검은 손이 나에게 준 힘, 난 녀석들을 죽이고 동
생을 구해야 한다는 생각에 검은 손이 나에게 준 힘으로 그들을 없애
버리려 했다.

하지만 모든 것을 태워 버릴 듯한 나의 불길에도 그들은 두려움을
느끼지 않았는데, 목덜미 쪽으로 아픔이 밀려왔다.

그리고 시선이 천천히 아래로 향하더니 나의 목은 바닥으로 떨어지
고 말았다.

마물로 변한 나의 몸은 목이 떨어져 나간 상태에서 피를 뿜고 있었
다.

그리고 천천히 땅으로 쓰러지고, 난 절망해야 했다. 동생을 구해야
하는데 무력하기만 한 나.

레미가 더러운 자들의 손에서 희생되어야 한다는 생각에 눈물이 흘
러나왔는데, 그때 나의 곁으로 누군가가 다가와서는 천천히 나의 목을
가슴에 안아주었다.

"흑흑흑… 오빠……."

"레, 레미……."

레미의 목소리, 따뜻함이 나에게 안식의 잠을 가져다 주고 있었다.


*　　　　*　　　　*

안식으로의 길, 엘리드는 수많은 고통을 끝내고 이제 안식의 길로 들어섰다.

"흑흑흑… 오빠……."

릴리는 마물의 모습에서 다시 인간의 모습으로, 그리고 잠시 후 재가 되어 사라져 간 엘리드의 시신을 보며 눈물 짓고 있었고, 우리 역시 그의 모습에 참담함을 느꼈다.

칠인회의 마법사 필립스의 부탁으로 엘리드를 구하기 위해 온 우리들이 어이없게도 엘리드를 죽음으로 몰아넣었기 때문이다.

물론 이곳에 있던 엘리드는 죽은 자, 언데드의 삶을 살고 있었지만 과연 우리가 죽인 것이 잘한 것일까 하는 생각이 들었다.

차라리 이 모습 그대로 마지막이나마 엘리드에게 삶을 계속 유지해 주어야 했을까?

내 자신이 엘레드란 아이가 아닌 만큼 그것은 알 수 없는 일이었다. 다만 마지막 안식의 길에 그 아이의 표정이 우리들의 가슴에 작은 안도감을 줄 뿐이었다.

"블리드, 저 검은 구슬은?"

"킬리스의 말에 따르면 어둠의 핵이라고 하더군."

이스트의 물음에 난 킬리스가 말한 검은 구슬의 이름에 대해서 말해 주었다.

"어둠의 핵?"

"생의 마지막에서의 원한과 분노, 그것을 증폭시켜 언데드의 힘을 가져다 주는 마계의 물건 중 하나라고 하더군. 불사의 염원, 그들은 어린아이들의 순진한 마음에 분노를 불어넣어 줌으로써 저 어둠의 핵의 힘을 끌어내려 했던 것 같다."

"그런……."

불사의 염원의 수많은 실험 중에 가장 많이 희생된 사람은 어린아이들이었다. 아직 세상을 많이 살아보지 않은 아이들은 수많은 사람들이 자신을 어떻게 하느냐에 따라 선과 악의 기준을 잡게 되기 때문이다.

불사의 염원은 그런 어린아이들의 순진한 마음을 이용하여 어둠의 힘을 이끌어내 그것을 이용하려 하고, 아이들의 얼마 되지 않은 삶을 이용하여 자신들의 생명을 연장시키려는 실험을 하고 있었던 것이다.

"블러드 씨… 저 구슬을 파괴해 주시겠습니까?"

필립스는 릴리를 달래던 것을 멈추고는 나에게 부탁해 왔다.

"다시는… 다시는 엘리드와 같은 아이가 생기지 않았으면 합니다."

나 역시 그의 말에 고개를 끄덕이고는 천천히 블러드 소드를 뽑아 어둠의 핵에게로 걸음을 옮겼다.

자신을 방어라도 하는 듯 어둠의 힘으로 나를 밀어내려 하는 어둠의 핵을 보며 블러드 소드에 마나를 집어넣었다.

"블러드 드릴!!"

쿠구궁!!!

온몸의 마나를 블러드 소드에 몰아넣어서는 어둠의 핵을 향해 집어던졌고, 붉은 빛을 머금으며 강렬한 기세로 회전하며 날아간 블러드 소드는 어둠의 핵 중심에 적중하고는 잠시 후 강렬한 빛과 함께 폭발하며 핵을 산산조각으로 만들었다.

강렬했던 어둠의 빛은 서서히 블러드 소드로 빨려 들어가기 시작했고, 일대를 뒤덮고 있던 어둠이 사라지며 잠시 후 밝은 태양의 빛이 들어오는 원형의 광장으로 바뀌었다.

콜로세움 형식으로 만들어진 광장, 어둠의 핵이 태양광을 가려 지금까지는 칠흑 같은 어둠만이 가득했지만 이제 다시 태양의 빛을 받을 수 있게 된 것이다.

밝은 빛을 머금은 콜로세움의 곳곳에는 엘리드와 같은 운명을 살았을 아이들의 시신이 여기저기 흩어져 있었고, 잠시 후 먼지가 되어 바람에 흩어져 가는 것을 볼 수 있었다.

이 콜로세움 전체가 불사의 염원의 실험장이었던 것이다.

어둠의 핵을 파괴한 난 엘리드의 일을 마무리 짓기로 결정했다.

"고아원으로 가자."

"고아원?"

"그곳이 엘리드를 어둠의 핵에 동화되게 만든 곳이라 하더군."

"그런……."

이스트는 그의 말에 조금 놀라는 표정을 지었다. 이곳으로 오기 전 우리들은 고아원을 볼 수 있었기에 그는 가진 돈을 전부 그곳에 기부했기 때문이다.

하지만 그곳이 불사의 염원이 아이들을 희생시키는 곳으로 밝혀졌으니 어찌 놀라지 않을 수 있겠는가?

일행들과 함께 고아원에 들르자 그곳은 전에 들렀던 것과 다름없는 모습을 보이고 있었는데, 우리들이 안으로 들어오자 인자한 표정의 여인이 와서는 미소를 지으며 우리들을 맞이했다.

이스트가 이곳에 기부금을 낸 지 얼마 지나지 않았기 때문이다.

"어서 오세요."

"레미라는 아이가 이곳에 있다 들었는데 그 아이를 만날 수 있겠소이까?”

“예? 레미요?”

“그렇소이다.”

나의 말에 그녀는 크게 놀란 듯한 표정을 지었지만 잠시 후 놀란 표정을 지우고는 죄송하다는 표정으로 우리에게 말했다.

“레미는 도시의 젊은 부부에게 입양을…….”

“그 말에 거짓은 없겠지?”

그녀의 말에 이스트가 인상을 찌푸리며 소리치니 여인이 다시 당혹스러운 표정을 지었기에 난 이곳에 레미가 있다는 것을 짐작할 수 있었다.

“저, 정말입니다. 제, 제가 왜 손님 분들께…….”

“안으로 들어갈 수 있겠소이까?”

“아… 예…….”

나의 말에 그녀는 우리를 안으로 안내했고, 우린 고아원 안으로 들어갈 수 있었다.

「그 아이의 잔상에 남아 있던 건물이 저곳이다.」

그때 킬리스의 말이 머리 속으로 들어왔고, 난 처음 엘리드의 동생이 약물에 취해 낯선 남자에게 범해진 건물을 볼 수 있었다.

다른 곳과는 달리 창문 곳곳에 창살 비슷한 것이 만들어져 있어 안에 있다면 정문을 제외하고는 빠져나오지 못하게 만들어진 곳이었다.

“저 건물 안 좀 볼 수 있겠소이까?”

“예? 저, 저곳은 고아원의 여자 아이들이 머, 머무르는 곳인데…….”

여인이 나의 말에 놀란 표정을 지었지만 난 그녀에게 아무런 말도 하지 않은 채 건물의 입구로 걸음을 옮겼다.

"잠시만요! 손님!"

그녀는 황급히 나를 막으려 했지만 이스트가 그녀의 뒷덜미를 잡고는 그대로 땅으로 내팽개치며 소리쳤다.

"만약 저곳에서 레미가 나왔다가는 네년을 살려두지 않겠다!"

"아……."

이스트의 협박에 사색이 되어가는 여인이었다. 난 닫혀져 있는 건물의 입구를 마나를 불어넣은 주먹을 사용하여 부수어 버렸다.

쿵!!

굉음과 함께 문은 부서져 나갔고 난 안으로 들어섰다.

낮 시간임에도 불구하고 복도는 조용하기 그지없었다. 어린 여자 아이들이 모여 있는 곳이라면 시끌벅적할 거라 생각했는데 말이다.

복도에 들어서 첫번째 방 문의 손잡이를 잡았는데, 그 문은 잠겨 있었다. 내려다보니 열쇠 구멍이 있는지라 고아원에 있는 자들이 문을 잠갔다는 것을 알고는 다시 한 번 마나를 머금은 주먹을 사용하여 문을 부수었다.

쿠구궁!!

문이 부서지자 안쪽의 모습이 드러났는데, 그곳에는 침대 한쪽에 열세 살 정도의 여자 아이가 멍한 얼굴로 앉아 있었다.

갑자기 문이 부서져 나가면 놀라기도 해야 하건만 아무런 반응이 없는 모습에 난 뒤에 있던 필립스를 보며 말했다.

"필립스 씨, 저 아이를 잠시 살펴보시겠습니까?"

"알겠네."

나의 말에 그는 여자 아이에게 다가가서 몇 가지 검진을 하고는 고개를 내저으며 말했다.

"약물에 중독되어 있네. 상당히 심각하군."

"이 미친년이 도대체 무슨 짓을 저지른 거야!!"

그의 말에 화가 난 이스트가 머리채를 잡아끌고 온 여인의 얼굴을 후려치니 그녀는 비명과 함께 땅으로 쓰러지고 말았다.

약물에 중독된 아이는 그 아이 하나뿐이 아니었다. 복도 양쪽에 있는 여러 개의 문을 부수며 안으로 들어가자 다른 여자 아이들 역시 처음 아이와 마찬가지로 약에 중독되어 있었다.

이곳에서 우린 수십 명의 여자 아이들을 찾을 수 있었는데, 그들 중 반 이상은 약에 중독되어 이지가 완전히 사라진 모습이었다.

그리고 킬리스에 의해 우리가 찾던 아이를 찾을 수 있었다.

그녀가 있는 곳은 여자 아이들이 있던 방이 아니라 지하에 있는 감옥과도 같은 방이었다.

약물에 중독이 되어 언제 죽을지도 모르는 아이들이 사는 곳, 레미는 그곳의 한 감옥에서 피폐해진 얼굴을 하고 멍하니 벽을 바라보고 있었다.

열일곱쯤 되어 보이는 외모로 이곳에서 얼마나 많은 시간을 보내었는지 알 수 있었는데, 그녀는 무엇인가를 중얼거리고 있었다.

"오빠… 오빠……."

놀랍게도 그녀가 찾고 있는 것은 우리들의 손에 안식의 길로 간 엘리드였다. 이제 폐인이 되어 제대로 된 삶을 살아가지도 못하는 그녀는 아직까지도 오빠를 생각하고 있었던 것이다.

"블러드… 어떻게 할 수 없을까?"

이스트는 그녀를 보며 어떻게 다른 방법이 없을까 하며 물어보았지만 그녀의 생의 기운은 이제 거의 다 사라진 상태였다.

오직 단 한 사람, 오빠 엘리드를 만나기 위해 죽음을 거부하는 그녀였으니 어둠에 동화된 후에도 여동생을 걱정하던 그를 생각한 나로선 고개를 내저을 수밖에 없었다.

"킬리스, 이 아이에게 오빠의 모습을 보여줄 수 있겠는가?"

나로선 도저히 방법이 없었기에 킬리스에게 부탁하니 잠시 후 그의 목소리가 들려왔다.

「나를 아이 곁에 내려놓아라.」

킬리스의 말에 천천히 레미의 곁으로 걸어간 난 블러드 소드를 뽑아 그녀의 곁에 놓아두었는데, 잠시 후 붉은 기운이 검에서 뿜어져 나와 그녀의 몸으로 빨려 들어가기 시작했다.

"오빠… 오빠……."

그 순간 그녀의 눈은 다시 생기를 찾기 시작하더니 허공 속에서 엘리드의 환영을 보았는지 무엇인가를 잡으려 하는 듯한 모습을 보이고 있었다.

허공 속에 있는 엘리드의 볼을 만지며 기뻐하는 그녀의 눈에는 잠시 후 눈물이 흘러나오기 시작했다.

십 년을 넘게 힘든 삶을 살아오며 엘리드를 만나기 위해 죽음까지 거부했던 그녀는 바라던 것을 얻은 후 천천히 눈을 감고 말았다.

그녀의 죽음을 확인한 난 천천히 검을 들어 올린 후 이스트에게 머리채를 잡혀서 끌려온 여인의 멱살을 잡아 들고는 물었다.

"마도사는?"

"저, 저녁쯤에 올 것입니다."

"저녁이라… 알았다!"

그녀의 대답을 들은 난 블러드 소드를 들어 그녀의 두 눈을 베었다.

"까아악!!"

두 눈동자가 베어지자 고통스럽게 비명을 지르는 그녀는 내가 뒤쪽으로 집어 던지자 발버둥 치며 뒹굴었다.

"네가 어둠 속에 몰아넣은 아이들처럼 너 역시 어둠 속에서 이제 네가 죽인 아이들에 의해 고통을 받으며 살아가야 할 것이다."

블러드 소드에는 영혼의 가두는 힘도 있었지만 그 외에도 그 영혼을 타인에게 불어넣는 힘 역시 가지고 있었다.

아이들을 희생하여 자신의 욕심을 채운 그녀의 두 눈을 멀게 해 어둠에서 살아가게 한 후 이곳에서 발견하여 잠시 블로드 소드 안의 세계에 보호하고 있던 아이의 영혼을 집어넣었다. 아이들이 느껴야 했던 어둠의 짙은 공포와 절망을 집어넣어 영원한 고통을 받게 만든 것이다.

저녁 무렵이 되자 처음 두 아이를 발견하여 어둠으로 몰아넣은 마도사와 함께 몇 대의 마차가 더 도착하는 것을 볼 수 있었다.

이 지방에 사는 귀족들로 이곳에 살고 있는 소녀들을 탐하기 위해 몰려든 귀족들이었다.

그들은 중년의 마도사가 말하는 것을 들으며 벌써부터 침을 흘리며 탐욕스러운 모습을 보이고 있었다. 그들이 건물 안으로 들어오는 것을 확인한 우리들은 기다리지 않고 녀석들의 목을 베어넘겼다.

자신의 욕심을 위해 아무것도 모르는 아이들을 범하는 자들은 살려두고 싶은 생각이 없었기 때문이다.

"헉!!"

녀석들의 목을 베어넘기자 이들을 데리고 왔던 마도사는 크게 놀라 텔레포트 마법으로 이곳을 벗어나려 했다. 이미 칠인회의 마법사 필립스에 의해서 이곳의 공간을 일그러뜨려 놓았기에 우리들은 녀석을 그대로 놓아주었다.

"도망갔잖아!!"

이스트는 녀석이 사라지자 이를 갈며 소리쳤지만 필립스는 고개를 저으며 말했다.

"칠인회에서 가져온 마나 메탈로 공간을 일그러뜨려 놓았습니다. 이곳에서 텔레포트를 행했다면 차원의 공간에서 죽지도 살지도 못한 채 영원한 삶을 살며 헤매게 될 것입니다."

"아!"

그런 자에게는 죽음마저도 사치라 생각한 필립스는 녀석을 아무것도 존재하지 않는 차원의 공간에서 영원한 어둠 속에 살게 한 것이다.

모든 일을 마무리한 우리들은 이곳을 필립스가 잘 알고 있는 사제에게 맡긴 후 돌아갈 수 있었다.

"아빠, 엘리드 오빠는 천국에 갔을까요?"

릴리는 아직도 엘리드가 걱정이 되었는지 불안한 표정으로 필립스를 보며 물었다.

어둠에 동화되어 사라져 간 엘리드는 언데드의 모든 것이 그렇듯 영혼조차 남지 않은 완전한 소멸의 존재가 되었지만 그녀에게 차마 그렇게 말할 수 없는 필립스는 간신히 미소를 지으며 아이에게 말해 주었다.

"그럼… 착한 엘리드는 천국에 갔단다."

"다행이다."

그의 말에 릴리는 안도의 한숨을 쉬고 있었지만 필립스는 아이가 돌아서자 안타까운 표정으로 한숨을 쉬고 있었다.

필립스로선 엘리드가 천국에 가 새로운 생에서는 편안한 삶을 살았으면 하는 생각도 있었기 때문이다.

인간의 모든 삶은 자신이 살아가는 동안 어떠한 영향을 받는가에 따라 달라진다고 있다 알고 있었다. 엘리드는 탐욕스러운 자들에 의해 빛과 어둠의 선택에서 어둠으로 끌려간 불행한 아이였다.

그리고 어둠이란 존재에 녹아 그 자신이 어둠이 되어버린 아이, 빛의 존재를 그리워하면서도 가까이 갈 수 없었던 불행한 아이를 생각하며 난 불사의 염원에 대한 분노를 느꼈다.

제27장 **슬퍼하는 영혼의 아리아**

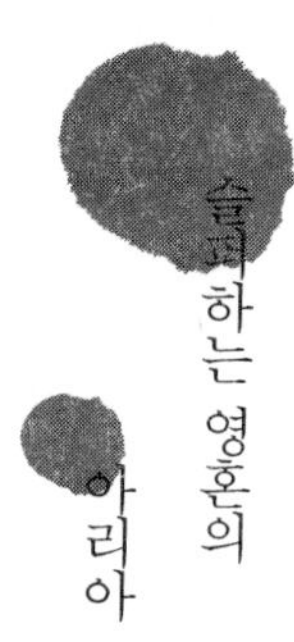


전쟁으로 모든 것을 잃고 헤매이는 여인들, 한 푼의 돈을 벌기 위해 조금이라도 이 더러운 세상에서 살아남기 위해 웃음을 팔고 있는 이들.

그녀를 처음 만난 것은 이런 여인들이 모여 살고 있는 사창가의 낡은 건물에서였다.

슬픈 목소리로 노래를 부르고 있는 그녀의 눈에는 알 수 없는 눈물이 흐르고 있었기에 난 눈을 뗄 수가 없었다.

천상의 음율인 듯한 아름다운 목소리의 그녀 역시 창녀의 한 사람일까 하는 생각이 들었다. 난 그녀를 찾아갈까 생각했지만 이내 고개를 젓고 말았다. 여신과 같은 목소리의 여인이 만일 창녀라면 난 그런 여인을 탐하기 위해 간 것이 되기 때문이다.

그러나 여인의 노랫소리는 잠시 후 손님이 오자 멈췄다. 불이 꺼지며 나지막이 그녀의 신음 소리가 들려왔다.

과연 그녀의 노래는 자신의 몸을 팔기 위한 하나의 수단이었을까?

믿을 수 없는 일이었다. 아니, 믿고 싶지 않았다. 더럽고 천한 일을 하는 여인에게서 흘러나왔다고 생각하기엔 노래가 너무나 성스럽고 너무나 슬펐기에 말이다.

그런 거리를 떠나 오랜 시간이 지나 다시 그곳을 찾았을 때는 어두운 거리에 하나의 불빛처럼 느꼈던 여인은 자리에 없고, 낯선 여인만이 자신의 몸을 팔며 거짓된 웃음을 날리고 있었다.

이 거리의 여인들은 자신의 몸이 닳고 쓸모없어진다면 어디론가 사라져야 하는 운명을 지니고 있었기 때문이다.

그녀의 노랫소리를 듣고 싶던 나로선 실망감이 느껴질 수밖에 없었다.

하지만 운명이었을까?

난 십수 년이 지난 후 기억 속에서도 잊혀지지 않는 슬픈 노랫소리를 전혀 예상치도 못한 곳에서 듣고 말았다.

"이스트!!"

"아! 알았어!"

페드로의 목소리에 정신을 차린 난 검을 들어 밧줄을 잘랐고, 그 순간 굉음과 함께 도개교가 대지를 부수어 버릴 듯 내려갔다.

내가 있는 곳은 불사의 염원의 마도사들이 만들어놓은 던전과도 같은 성이었다. 폭이 십수 미터는 될 듯한 해자를 건너 간신히 성벽으로 오를 수 있었던 난 다른 이들을 안으로 들여보내기 위하여 도개교를 고정한 밧줄을 검으로 잘라냈던 것이다.

"도대체 무슨 일이야?"

도개교를 건너 안으로 들어온 페드로는 나를 보며 화를 내듯이 말했지만, 난 그의 말보다는 멀리서 들려오는 여인의 목소리에 더 신경이 쓰였다.

"이 노랫소리… 들어본 적이 있어……."

"응?"

페드로는 나의 말에 귀를 기울여 노랫소리를 들으려고 했는데, 잠시 후 그는 이상한 표정으로 나를 보며 말했다.

"노랫소리라니? 도대체 무슨 소리야?"

그의 말대로 나의 귀에도 노랫소리가 들리지 않았다. 착각이었을까?

십여 년 전 사창가에서 들었던 여인의 슬픈 노래가 들렸던 것 같았지만 지금은 아무런 목소리도 들려오지 않았다.

"휴… 한눈팔지 말고 안으로 들어가자고!"

"아… 그래."

페드로의 말에 고개를 끄덕인 난 성안으로 걸음을 옮겼다.

어두운 성의 내부는 던전과도 같은 모습을 하고 있었다. 사방은 벽으로 가려져 있으며 군데군데 보이는 통로는 마치 미로와 같은 모습을 하고 있었다. 어디로 갈지 망설일 수밖에 없는 순간 또다시 나의 귀로 노랫소리가 들려오기 시작했다.

"또 노랫소리가……."

나지막이 들려오는 목소리에 난 자신도 모르게 그쪽으로 걸음을 옮기기 시작했다.

다행히 내가 지나가는 길에는 어떠한 함정도 만들어져 있지 않았기에 난 점점 커져 가는 목소리에 그녀를 다시 만날 수 있을까 하는 생각을 하게 되었다.

"이스트! 뭐 하는 거야!"

"노랫소리가……."

“음……”

이제는 그의 귀에도 노랫소리가 들리는지 그것을 들으며 한참을 생각에 잠기는 듯한 표정을 지었다.

“일단은 위험하니 블러드님을 기다리자.”

“응……”

우리 두 사람의 힘으로는 불사의 염원이라는 거대 조직의 마도사를 상대할 수 없다는 것을 잘 알고 있었기에 난 페드로의 말에 고개를 끄덕였다.

하지만 마치 꽃의 향기가 벌을 유혹하듯 나의 마음은 멀리서 들려오는 노랫소리에 끌려갈 수밖에 없었다.

지금 내가 그곳으로 향하지 않는다면 더 이상 만날 수 없다는 그런 생각이 들었다.

“페드로, 나 먼저 가 있을 테니 블러드와 함께 오라고.”

“말도 안 되는 소리!”

나의 말에 페드로는 극구 반대를 했지만 이대로 있을 수는 없었다.

그때 들었던 노랫소리는 나의 기억에 이상하리만큼 강하게 각인되어 있었기 때문이다.

“그럼!”

“이스트!”

페드로는 나를 극구 만류하려 했지만 난 참지 못하고 노랫소리가 들렸던 곳으로 뛰어갔다.

이십여 분 정도 뛰어갔을까? 또다시 나에게로 노랫소리가 또렷하게 들려왔다. 황급히 노랫소리를 따라 뛰어가자 잠시 후 거대한 원형의 방이 등장했다.

그리고 그곳에서 나에게 충격을 주었던 그때의 목소리가 흘러나왔다. 안으로 들어서자 어두운 빛을 띠는 나무 위로 한 여인이 눈물을 흘리며 노래 부르는 것을 볼 수 있었다.

눈을 감고 두 손을 모으며 노래하는 그녀를 보며 난 천천히 다가섰는데, 나의 인기척을 느꼈는지 천천히 눈을 뜬 그녀는 조용히 나를 보며 말했다.

「당신은……?」

"이, 이스트라 합니다."

「이스트 씨…….」

"혹시 전에 알페스의 거리에 있지 않았습니까?"

난 떨리는 목소리로 물었는데, 나의 말에 그녀는 조용히 고개를 끄덕이며 말했다.

「예. 그때의 저를 아는 분이신가요?」

"아… 예… 아니… 그때 우연히 당신의 노랫소리를 들었던 사람입니다."

알페스의 거리는 사창가, 그런 이유로 그녀를 알고 있다는 말은 그녀의 몸을 탐했던 사람이 되었기 때문에 난 이내 고개를 젓고는 노래를 들었던 사람이라 말했다.

웬일인지 그녀에게 단순히 몸을 팔았던 손님으로만 있고 싶지 않았기 때문이다.

나의 말에 여인은 살포시 미소를 짓고는 천천히 나무 아래로 내려왔는데, 놀랍게도 그녀는 깃털과 같이 천천히 땅으로 내려서는지라 크게 놀랄 수밖에 없었다.

「이곳은 위험한 곳이랍니다.」

“아… 알고 있습니다. 불사의 염원 마도사들이 있는 실험장인데…
당신, 왜 이곳에……."

그녀의 말에 고개를 끄덕인 난 왜 그녀가 이곳에 있는지 물어보았는
데, 나의 물음에 아무 말도 하지 않은 그녀는 천천히 고개 숙여 인사를
하곤 잠시 후 흐릿해지는가 싶더니 사라져 버렸다.

“아!"

그녀가 사라져 버리자 놀란 난 주위를 돌아보았지만 역시나 그녀의
존재는 보이지 않았다.

“이스트!!"

그때 뒤에서 나를 부르는 소리가 들려 뒤를 돌아보자 페드로와 블러
드의 모습이 보였다.

“도대체 뭐 하는 짓이야!"

“……."

페드로의 다그침에도 불구하고 난 아무 말도 할 수 없었다.

그녀가 있었던 나무를 보며 다시 볼 수 없을까 하는 생각이 들었는
데, 블러드는 나무 곁으로 가서는 그것을 말없이 바라보고 있었다.

“뭐라도 발견한 거야?"

나의 말에 블러드는 고개를 젓고는 나무에 손을 가져갔는데, 그 순
간 나무는 살아 있는 것처럼 가지가 움직이기 시작했다.

“뭐야, 이 나무는?"

“킬리스의 말로는 마계의 나무라는군. 자세한 것은 알 수 없지만 죽
은 자의 영혼을 흡수하여 열매를 맺는다고 하는군."

“죽은 자의 영혼?"

무엇인지는 알 수 없었지만 이 나무가 그 여인과 관계가 있다는 생

각이 들었다.

왜 그 여인은 이 나무 위에서 노래를 불렀고, 사람들이 다가오자 눈앞에서 모습을 감춘 것일까? 이해할 수 없었다.

나무가 있는 곳을 지나 던전 안으로 더욱 깊숙이 들어가자 다시 커다란 방이 모습을 드러내었고, 그곳에는 많은 인간들의 뼈가 널려 있었다.

페드로는 그들의 뼈를 살펴보곤 심각한 표정으로 블러드에게 말했다.

"독에 중독되어 죽어간 자들입니다. 인골이 시퍼렇게 물들어 있는 것을 보면 상당한 독이었던 것 같습니다."

"독이라……."

인골들은 거의 대부분이 여인이나 어린아이였는데, 걸레 조각처럼 너덜너덜해진 그들의 옷을 보며 알 수 있었다.

또다시 이곳에서 그 더러운 마도사들이 인체 실험을 하고 있었다는 생각에 혹시 그 여인도 그렇게 당한 것이 아닐까 하는 생각이 들었다.

인간 같지 않은 그녀의 모습으로 보아 과거에도 보았던 언데드가 아닐까 하는 생각이 들었기 때문이다.

하지만 확실히 단정 지을 수는 없었기에 그 방을 지나 또 다른 곳으로 걸음을 옮길 수밖에 없었다.

그 후로도 몇 개의 방이 더 우리들 앞에 모습을 드러냈는데, 그곳 역시 전에 들렀던 방과 같이 많은 사람들의 시신이 흩어져 있었다.

다른 것이 있다면 더 안쪽의 방으로 향할수록 인골이 아닌 썩어가는 시체들인 것으로 죽은 시간이 더욱 짧아지고 있었다.

하나같이 무엇인지 알 수 없는 독에 중독되어 있는 시체였는데, 마지막으로 들른 방에는 중독된 지 얼마 되지 않은 여인들과 아이들이 신음하고 있는 것을 볼 수 있었다.

"이런……."

페드로는 급히 그들에게 다가가 맥을 짚어보았는데, 숨은 미약하게 쉬고 있었지만 독의 정체를 알지 못하는 한 살릴 수 있는 방법이 없었다.

한참을 그렇게 살펴보던 페드로는 주위에 있는 다른 문들을 보곤 잠시 돌아보고 오겠다는 말과 함께 사라졌고, 한 시간 정도가 지나자 심각한 표정으로 돌아왔다.

"아무래도 이 방들은 하나의 의식을 위한 것 같습니다."

"의식?"

"예. 이어져 있는 방들은 우리가 제일 처음 봤던 나무와 통로로 연결되어 있었습니다."

"음……."

페드로의 말을 들은 후 이곳에 강한 주술이 걸려 있다는 것을 알 수 있었다.

하지만 그것이 무슨 주술인지는 알 수 없었다. 불사의 염원은 인간의 영생을 추구하는 마법 조직, 자신들의 실험이 성공하기 위해서는 어떠한 것도 아무렇지 않게 생각하는 이들이었다.

백만 인을 죽여 한 사람에게 영생을 줄 수 있다면 그것을 행할 이들이 바로 불사의 염원이었기 때문이다.

지금까지 그들에게 희생된 자는 여인과 아이, 그리고 병자들과 같이 힘없고 핍박받을 수밖에 없는 사람들이 대부분이었기에 난 노래를 부르던 그 여인도 전에 보았던 사람들처럼 희생된 것이 아닐까 걱정

되었다.

오늘까지 단 두 번 본 여자인데 왜 이렇게 나에게 잔상이 크게 남는
것일까? 이해할 수 없는 일이었다. 난 그녀를 찾고 싶은 생각에 페드로
와 블러드를 보며 말했다.

"이렇게 녀석들을 찾다가는 끝이 없을 것 같으니 각자 흩어지는 것
이 어떨까?"

"위험해."

나의 말에 페드로는 위험하다는 말을 하고 있었다. 그의 말대로 이
들 중에서 실력이 가장 떨어지는 사람은 나였지만 왠지 이들과 같이
있으면 그 여인을 만날 수 없다는 생각이 들었다.

"언제까지 너희들의 보호만 받을 수는 없지 않은가. 난 혼자 찾아볼
테니 알아서 하라고."

페드로에게 툭 던지듯 말한 난 어두운 복도를 향해 걸음을 옮겼다.
페드로는 나의 말에 당황한 표정을 지었지만 블러드는 아무런 표정도
없이 고개를 돌려서는 다른 통로를 향해 걸음을 옮겼다.

오랜 시간을 같이 해온 그는 나에게 무슨 생각이 있는지 알 수 있었
기 때문이다.

또 사실 그가 이곳까지 온 것은 레비나의 병을 치료하기 위해서였
다. 칠인회라는 마법 조직에서는 인간의 몸을 자신들보다 더 많이 탐
구했다고 볼 수 있는 불사의 염원 조직에 루코시스 병이라는 불치병을
고칠 수 있는 방법이 있다고 말했기 때문이다.

이런 이유로 우린 불사의 염원 조직이 만든 실험장 곳곳을 돌아다니
며 이들의 실험장을 파괴하는 일도 겸하고 있었다.

물론 칠인회가 직접 나설 수도 있지만 마법사라는 존재는 의외로 이

런 일에 익숙하지 않았기 때문에 우리 같은 용병에게 이 일을 부탁한 것 같다.

하나의 일을 마칠 때마다 루드그레인이란 녀석이 많은 돈을 주기는 하지만 상당히 위험한 일인지라 죽을 뻔한 고비를 넘긴 적이 한두 번이 아니었다.

그 대부분은 소드 오버러라는 대륙에서 몇 손가락 안에 드는 실력자인 블러드에 의해서 빠져나올 수 있기는 했지만 요즘 들어서 그의 몸도 예전 같지 않았다.

과거 마족과도 싸웠던 그의 실력은 시간이 지나면서 점점 약해져만 가고 있다는 느낌이 들었지만 레비나를 구하기 위해서 그는 싸움을 피하지 않고 있었다.

언제까지 이 일이 계속될지는 알 수 없는 일이었다.

어두운 복도, 간간이 드러나는 푸른 불빛은 예전에 죽은 인간들의 몸에서 흘러나오는 빛이라는 것을 알고 있었지만, 간혹 가다 섬뜩한 느낌을 주는 것은 어쩔 수 없는 일이었다.

벽에서 습기가 새어 나오고 있는지 축축한 느낌이 밀려왔기에 불안감은 더욱더 심해질 수밖에 없었지만 그녀를 만나고 싶은 생각에 걸음을 멈추지 않았다.

툭…….

발밑에 무엇인가 채이는 것을 느끼고 고개를 내려보니 발 앞에 인골이 놓여져 있는 것을 볼 수 있었다.

이곳에서 살해되어 죽임을 당한 이들이었다.

횃불을 내려 근처를 살펴보자 생을 위해 발버둥 친 흔적이 여기저기 보이고 있었다.

부러진 손톱이 벽 사이에 박혀 있고, 그곳에는 죽음의 마지막 한순간에 그어놓은 핏자국이 을씨년스럽게 보이고 있었다.

검붉은색의 핏자국에는 삶에 대한 염원이 서려 있었기에 식은땀이 흘러내렸다. 나 역시 이자와 같은 꼴이 될 수 있기 때문이다.

'젠장, 내가 왜 혼자 다니겠다고 했지.'

그런 흔적을 보자 페드로와 블러드에게 혼자 움직이겠다고 말한 내 입이 원망스러울 수밖에 없었지만 이대로 다시 돌아가기에는 자존심이 허락하지 않았다.

나는 다시 천천히 걸음을 옮기며 검에서 손을 놓지 않았다.

언제 적이 나타날지 모르는 상황에서 긴장을 늦출 수는 없는 일이었다.

그렇게 계속 앞으로 나아가자 나의 앞에 또다시 하나의 방이 모습을 드러냈는데, 그곳에는 전에 들렀던 곳과 다름없이 인골들이 여기저기 널려 있었다.

그리고 그 한쪽에서 내가 찾고 있던 여인의 모습을 발견할 수 있었다.

그녀는 이미 썩어 뼈만 남은 사람 앞에서 무릎을 꿇고 있었는데, 옆에서 보이는 표정은 슬프기 그지없었다.

인골의 크기로 보아 일고여덟 살 정도의 어린아이라는 것을 알 수 있었다.

"이곳에서 무엇 하시는 겁니까?"

난 여인의 앞으로 걸음을 옮겨 말을 걸었고, 그녀는 나의 말에 고개를 돌려 나를 쳐다보았다.

푸른색 눈에 서려 있는 슬픈 빛, 잠시 후 푸른빛이 일렁이는 듯한 눈물이 그녀의 눈에서 흘러나왔다.

「아직 어린아이인데…….」

그녀는 인골만 남은 아이의 볼을 쓰다듬고 있었다.

어떻게 보면 소름이 끼칠 정도로 두려움을 줄 수 있었지만 내가 보는 그녀의 모습은 자애로운 어머니가 아이의 볼을 쓰다듬어 주고 있는 그런 모습이었다.

"당신이 왜 이런 곳에 있지요? 이곳은 당신 같은 여인이 있을 곳이 아닌데……."

나의 말에 그녀는 자리에서 일어나 다시 나에게로 고개를 돌리며 말했다.

「이곳을 떠날 수 없으니까요.」

"떠날 수 없다고요?"

「예.」

그 말과 함께 여인은 또다시 안개처럼 나의 앞에서 모습을 감추었고, 난 당황할 수밖에 없었다.

마치 유령과도 같이 사라지는 것을 보며 어찌 놀라지 않을 수 있겠는가?

'유령……?

난 그녀가 유령이 아닐까 하는 생각이 들었다.

하지만 난 그녀를 유령이라고 믿을 수가 없었다. 도무지 그녀에게선 언데드에게 있는 어둠의 기운이 느껴지지 않았기 때문이다.

'아…….'

잠시 후 그제야 난 그녀의 이름을 아직도 알지 못한다는 것을 깨달았다. 사창가 거리에서 들었던 노랫소리와 슬픈 눈빛만을 기억할 뿐이었다.

　그녀에 대해서 명확하게 알고 싶은 마음이 있었기에 이름도 알고 싶었지만, 이상하게도 이름을 묻는다면 더 이상 그녀는 내 앞에 모습을 보이지 않으리라는 생각이 들었다.

　그냥 기억 속에 허상과도 같은 모습으로 자리 잡는 것이 나을까?

　나의 것이 되기를 바라는 마음은 없었다. 가슴속에서 무엇인가가 그녀에게로 나를 끌어당기려 하는 느낌이지, 소유에 대한 욕망은 전혀 생겨나지 않고 있었다.

　사창가의 더러운 여인이라서일까? 아니었다.

　우리 같은 용병들은 어찌 보면 살기 위해 몸을 파는 사창가의 여인들보다 더 더러운 자들, 그런 나이기에 단 한 번도 사창가의 여인을 천하게 생각해 본 적은 없었다.

　용병들과 사창가의 여인들은 서로 마음이 맞아 결혼을 하는 경우도 많았다. 그녀들의 삶과 우리들의 삶이 어느 정도 엇비슷했기 때문이다.

　다시 한 번 그녀를 찾기 위해 난 걸음을 옮겼다.

　하지만 이내 미로와도 같은 곳에서 길을 잃고 말았기에 어디로 가야 할지 알 수 없었다.

　가만히 있을 수는 없는 노릇이었기에 계속 앞으로 걸었고, 두세 시간 정도가 지난 후에 난 낯익은 곳을 볼 수 있었다.

　처음 이곳으로 들어왔을 때 여인을 만났던 나무가 있는 곳이었다.

　모든 원형의 방과 연결되어 있기에 길을 잃기는 했지만 이곳으로 찾아올 수 있었던 것이다.

　하지만 이곳에서 블러드나 페드로의 모습은 발견할 수 없었기에 난 그들을 기다려야 한다는 생각에 나무로 다가가 등을 기대어앉았다.

자리에 앉은 난 고개를 들어 나무 위로 뻗어 나와 있는 가지를 쳐다보았다.

푸른 잎새를 가지지 못한 채 앙상한 가지만이 남아 있는 나무는 마치 나의 모습을 투영하는 듯했다.

평생 대륙을 돌아다니며 돈을 벌기 위해 사람을 죽이며 살아온 난, 지금에 와서는 언제 썩어 없어질지 모르는 육체 외에는 어떠한 것도 가지고 있지 못했기 때문이다.

지금은 몇 명의 친구라는 존재가 앙상한 가지 위에 유일하게 남은 푸른 잎새로 자리 잡고 있지만, 그들은 언제 사라질지 모르는 존재이기에 언젠가 찾아올지 모르는 겨울이 되어 잎새마저 사라진다면 외로운 미로 안에서 홀로 남은 이 나무와 같은 모습이 될 것은 뻔한 일이었다.

한참을 그렇게 생각에 잠겨 있을 때 등 뒤로 무엇인가 이상한 느낌이 들어 난 자리에서 일어나 나무를 쳐다보았다.

아무런 특징도 없는 나무였기에 느낌이 무엇인지 알 수 없었다. 하지만 평범한 나무가 아니라는 것을 알고 있었기에 천천히 검을 꺼내 나무를 그었는데, 그 순간 고막을 찢을 듯한 비명이 울려 퍼졌다.

「꺄아악!!」

"헉!!"

크게 놀란 난 나도 모르게 뒤로 물러서다 쓰러지고 말았는데, 잠시 후 나무의 검으로 그은 부분에서 붉은 피가 흘러나오기 시작했다.

"뭐지……."

난 영문을 알 수 없었기에 나무에서 흐르는 피를 손가락으로 찍어보

있는데, 그 느낌은 전장에서 수없이 보아온 인간의 피였기에 나무의 정체가 궁금했다.

다시 한 번 검으로 나무를 그어볼 생각을 하며 다가섰는데, 잠시 후 누군가의 흐느끼는 소리가 나의 귀로 들려오기 시작했다.

「흑흑흑… 흑흑흑…….」

"큭……."

그 순간 등줄기가 싸늘해지며 식은땀이 흘러나올 수밖에 없었다.

혹시나 나무 안에 사람이 있지 않을까 하는 생각이 들었지만 나무는 사람이 들어가 있다 하더라도 어린아이 하나도 간신히 들어갈 수 있을 정도였다.

「흑흑흑… 흑흑…….」

"젠장……."

여인의 울음소리는 계속 들려오고 있었기에 난 정신을 차릴 수가 없었는데, 그때 누군가가 나의 발목을 잡는 듯한 느낌이 들었다.

"헉……."

고개를 내려다보니 나무뿌리의 근처에서 땅을 파헤치며 앙상한 손이 나의 발목을 잡고 있었고, 크게 놀란 난 검을 들어서 녀석의 손목을 베어버렸다.

「끼야악!!」

또다시 들려오는 비명 소리, 난 그것이 손목 주인의 비명이라는 것을 알 수 있었지만 섬뜩함을 감출 수가 없었다.

「나무를 해치지 마세요!」

그때 나의 뒤로 누군가의 목소리가 들려왔고, 고개를 돌려보니 그 여인이라는 것을 알고는 놀랄 수밖에 없었다.

「검을… 검을 치우세요.」

손에 들고 있는 검을 보며 겁에 질린 표정을 짓고 있는 그녀를 보곤 검을 집어넣었고, 그제야 안심을 한 그녀는 천천히 나무로 다가가서는 나무의 상처에 손을 가져갔다.

"아……."

그 순간 난 크게 놀랄 수밖에 없었는데, 검에 그인 부분이 푸른 빛과 함께 마치 원래 없었다는 듯이 사라져 버렸기 때문이다.

그녀는 검으로 베어진 팔을 잡아서는 천천히 뿌리가 있는 곳으로 가져갔다. 손은 투명해지는가 싶더니 잠시 후 빛의 입자가 되어 사라졌다.

「많이 아팠지…….」

손이 사라지자 여인은 자신의 아이를 쓰다듬듯이 나무 둥치를 쓰다듬으며 자상한 목소리로 말했다. 내가 있었을 때 그렇게 날뛸 것 같은 기운도 잠잠해져서는 평범한 나무로 변해갔다.

"도대체……."

나로서는 방금 전의 일에 정신을 차릴 수가 없었는데, 그녀는 나를 보며 안타까운 목소리로 말을 했다.

「이 나무에는 어린 소녀의 영이 잠자고 있어요. 당신은 아무것도 모른 채 나무에 기댔지만 아이는 그것에 깜짝 놀라고 말았지요. 그런데 당신이 아이의 몸에 검으로 상처를 내어 울부짖었던 거예요.」

"아!"

그제야 왜 나무에서 이상한 기운이 일어났고, 소녀의 귀곡성이 울렸는지 알 수 있었다. 하지만 왜 이 여인이 그러한 것을 자세히 알고 있고, 소녀의 상처를 치료해 줄 수 있었는지는 알 수 없었다.

또다시 그녀는 나에게 인사를 하고는 사라지려고 했기에 퍼뜩 생각
이 든 난 그녀를 보며 말했다.

"당신의 이름은?"

「메이아… 라고 해요.」

"메이아……."

자신의 이름을 말하고 다시 사라진 그녀의 모습에 정신을 차릴 수가
없었다.

얼마간의 시간 동안 사라진 그녀가 있는 곳을 바라보고 있는데 그때
다른 이의 인기척이 들려왔다.

"이스트!"

"아… 페드로."

인기척의 주인이 페드로라는 것을 안 난 그제야 정신을 차릴 수 있
었다.

"뭐야, 그렇게 멍한 표정을 하고… 뭐라도 있는 거야?"

"아, 아무것도 아니야."

페드로의 말에 고개를 저으며 말한 난 문득 소녀의 영혼이 있는 나
무를 쳐다보았다.

그 여인은 이 나무에 있는 영을 상당히 소중하게 생각하고 있는 듯
했다. 과연 나무의 소녀와 여인은 무슨 관계일까?

그녀가 나에게 말해 주지 않는 한 난 아무것도 알 수가 없었다.

누군가의 기억, 그것을 알 수 없음이 이렇게 답답함을 가져다 주는
것임을 오늘에야 알 수 있었다.

천천히 나무에 손을 가져가서는 눈을 감아보았다.

머리 속에서는 이제 소녀의 울음소리가 아닌 웃음소리가 들리는 듯

했다.

"블러드님은?"

"아까부터 이곳에 있었는데 오지 않았어."

내 말에 페드로는 생각에 잠기는 듯한 표정을 짓다가 나를 보며 말했다.

"블러드님을 찾으러 가도록 하지."

"알았어."

이곳에 있는 것보다는 다른 곳에 가보는 것이 나을 듯해 페드로의 말에 고개를 끄덕이고는 그의 뒤를 따라갔다.

많은 곳을 돌아다녀 보았지만 이곳에서 불사의 염원과 관련이 있는 자는 찾아볼 수 없었다. 독에 중독되어 죽어가고 있는 사람들을 보아 그들이 이곳에 있었다는 것은 알 수 있었지만, 모두 어디로 간 것일까?

그러한 궁금증에 싸인 채 우린 블러드를 찾아 나섰는데, 운이 좋은 것인지 이 미로와 같은 길에서 무엇인가를 유심히 관찰하고 있는 그의 모습을 발견할 수 있었다.

"블러드님!"

페드로는 그를 발견하고는 뛰어갔다. 잠시 페드로와 나의 모습을 쳐다본 그는 다시 벽 쪽으로 시선을 돌리고는 자리에서 일어나 검을 뽑아 들었다.

"무엇이라도?"

"마나의 느낌이다. 통로가 있는 듯하군."

그 말과 함께 블러드는 검에 마나를 끌어올려서는 그대로 벽을 향해 내려쳤고, 큰 소리와 함께 부서진 벽의 파편이 사방으로 튕겨져 날아가기 시작했다.

쿠구궁!!

부서지면서 생긴 자욱한 먼지가 사라진 이후 퀘퀘한 냄새가 풍겨오기 시작했다.

"오랜 시간 막혀 있던 곳이군요."

페드로는 이 냄새가 밀폐된 공간에서 생겨난 공기라는 것을 알고는 말했고, 블러드와 나 역시 고개를 끄덕였다.

횃불을 던져 통로 안쪽을 밝히자 우리가 지금까지 돌아보았던 통로와는 다른 모습을 하고 있었다.

복도의 천장에는 알 수 없는 문자가 쓰여 있었는데, 그것이 고대의 문자라는 것을 알 수 있었다.

페드로는 여기저기 근처의 모습을 살펴보고는 자리에서 일어나 블러드를 보며 말했다.

"적어도 5년 이상은 밀폐되었던 곳인 것 같습니다. 그리고 부서진 벽의 파편으로 보아 과거에는 이쪽 복도가 뚫려져 있었던 것 같습니다. 긁힌 자국들로 미루어보아 석문이 있었던 것 같은데, 그것을 파괴하고 벽을 만든 것 같습니다."

"음… 일단 안으로 들어가 보지."

페드로의 말에 블러드는 검을 집어넣고는 안으로 들어가며 말했고, 우린 그의 뒤를 따랐다.

이 복도 역시 고대의 문자를 제외한다면 어떠한 기관도 장치되어 있지 않았으나 무엇인가 가슴을 억누르는 듯한 그런 기분이 들게 하고 있었다.

숨이 막히는 기분이랄까? 페드로와 블러드 역시 그러한 것을 느끼고 있었는데, 페드로는 메고 있는 배낭에서 약병을 하나 꺼내어 우리를 보며 말했다.

"블러드님, 아무래도 이곳 공기에 무슨 문제가 있는 것 같으니 천에 이 약물을 묻혀 그것을 통해 숨을 쉬십시오."

페드로의 말에 블러드는 옷의 한 부분을 찢어서는 페드로가 건네준 약물로 적셔 코와 입을 막았고 나 역시 그와 똑같이 했는데, 약물의 냄새가 코를 자극했지만 어느 정도 시간이 지나자 제대로 숨을 쉴 수가 있었다.

숨을 제대로 쉴 수 있게 된 우리는 다시 복도 안을 걸었다. 오 분 정도를 걸어가자 우리의 앞에 석문이 그 모습을 드러내었다.

악마의 모습이 양각되어 있는 석문을 보며 블러드가 힘을 다해 밀어붙이니 잠시 후 귀청을 찢을 듯한 날카로운 소리가 복도를 울리더니 서서히 석문이 안쪽으로 열리기 시작했다.

하지만 이대로 쉽게 일이 풀리지는 않으려는지 블러드가 문을 밀어붙이다가 크게 놀라서는 뒤로 몸을 날리며 소리쳤다.

"물러서라!"

쿵!!

그의 외침과 함께 석문은 굉음과 함께 부서져 사방으로 파편을 튕겨왔다. 난 급히 팔을 들어 파편을 막고는 몸을 뒤로 날렸다.

쿵… 쿵…….

석문이 부서지며 자욱하게 먼지가 복도를 뒤덮었고, 잠시 후 쿵쿵거리는 소리와 함께 부서진 석문 안쪽에서 거대한 인영이 그 모습을 드러내었다.

"고렘!"

페드로는 석문 안쪽에서 나온 인영이 고렘이라는 것을 깨닫고는 크게 놀라며 소리쳤다.

우리의 앞에 모습을 드러낸 고렘은 삼 미터는 넘을 듯한 덩치를 가진 스톤 고렘이었다. 몸의 여기저기에는 황금색으로 마법 문자가 적혀져 있었는데, 그것이 상대의 마법 공격을 약화시키는 마법 문자라는 것을 알 수 있었다.

"차압!!"

챙!!

블러드는 급히 검을 뽑아서는 고렘의 다리를 향해 휘둘렀는데, 쇠를 무 자르듯이 자를 정도인 그의 블러드 소드가 날카로운 소리와 함께 사방에 불꽃을 튕기며 튕겨져 나가 우린 크게 놀랄 수밖에 없었다.

"물리 방어 마법도 있는 듯합니다!"

아무래도 스톤 고렘에는 물리 공격도 약화시키는 마법도 있는 듯했는데, 페드로의 외침에도 블러드는 뒤로 물러설 생각을 하지 않고 녀석의 다리를 향해 검을 내려치는 것을 멈추지 않았다.

챙!! 챙!!

사방으로 쉴 새 없이 불꽃이 튕기면서 고렘은 자신의 앞에서 검을 휘두르는 블러드를 향하여 주먹을 휘둘렀지만, 그는 고렘의 주먹을 쉽게 피하면서 다리를 계속 후려쳤다. 잠시 후 스톤 고렘의 다리에 균열이 일어나는가 싶더니 검공으로 인하여 다리가 부러지며 육중한 몸이 옆으로 크게 기울어지기 시작했다.

쿵!!

바닥이 뒤흔들리며 녀석이 둔한 몸집으로 쓰러지니 블러드는 공중으로 몸을 날려 그 기세로 녀석의 오른팔을 날려 버렸다.

쿵! 쿵!

오른쪽 발과 팔이 모두 잘려지자 녀석은 일어서려 발버둥 쳤지만 육
중한 몸을 일으켜 세울 수 없었다.

블러드는 검을 집어넣고는 앞으로 걸음을 옮겼다.

부서진 석문 안쪽에는 큰 방이 있었는데, 그 주위로 마족들의 석상
이 서 있었고, 가운데에는 화려한 장식이 되어 있는 석관이 놓여져 있
는 것을 볼 수 있었다.

"고렘은 이 석관을 지키기 위한 가디언이었던 것 같군요."

페드로는 아직도 발버둥 치고 있는 고렘을 쳐다본 후 말했다. 블러
드는 석관 쪽으로 다가가서 뚜껑을 들어 올렸다.

"음……."

그곳에는 이미 해골이 되어버린 시신이 놓여져 있었는데, 몇 가지
장신구가 놓여져 있는 것으로 보아 여성의 시체로 생각되었다.

관 안에 놓여져 있는 장신구는 거의 대부분이 황금으로 만들어져 있
는 고가의 물품이었는데, 페드로는 몇 번 그것을 꺼내어 살펴보고는 말
했다.

"이 장신구도 그리 오래된 것 같지는 않습니다. 로아나드 제국에서
흔히 볼 수 있는 형태로군요."

여기저기 떨어져 있는 물건으로 자신의 생각을 말하고 있던 페드로
는 잠시 후 하나의 물건을 꺼내어 들었는데, 그것은 장신구라 보기에는
조금 이상한 형태를 지닌 물건이었다.

"그건?"

"저도 처음 보는 물건입니다. 지팡이 같기도 하고… 병기로 보면 스
틸레토(쉽게 말하면 송곳 단검)와 같은 모양이군요. 물론 손잡이가 칼 몸
에 비해서 세 배 이상 크긴 하지만 말입니다."

“일종의 주술적인 물건 같군.”

“예.”

먼지를 털어 자세히 보니 상아로 되어 있는 손잡이에 정교하게 조각되어 있는 것이 있는데 두 개의 뿔을 가진 마족이 하늘을 보며 울부짖는 모습이었다.

무엇인가 섬뜩한 느낌이 들었다. 관 속에 있는 해골을 바라보던 난 그 순간 크게 놀랄 수밖에 없었다.

그 해골이 입고 있는 옷이 낯설지 않았기 때문이다.

‘설마?’

다시 한 번 살펴본 난 그것이 틀리지 않았다는 것을 알 수 있었는데, 관 속에 있는 백골이 입고 있는 옷은 메이아가 입었던 옷과 같았다.

하지만 이내 고개를 젓고 말았는데, 내 앞에 모습을 드러낸 그녀가 이런 백골이 되어 관에 누워 있다고는 생각할 수 없었기 때문이다.

아니, 유령과도 같은 그녀의 모습을 생각한다면 백골의 주인이 그녀일 수도 있었지만 난 믿고 싶지 않았다.

오랜 기억 속에 있었던 사람이 시체가 되어 유령의 모습으로 다시 만났다는 것은 생각하기 싫었기 때문이다.

‘말해야 하나…….’

만약 이 백골의 주인이 그녀라면 블러드와 페드로에게 그것을 알려야 했지만 그 사실을 믿을 수가 없는 나로선 입이 떨어지지 않았다.

“아무래도 무엇인가를 보호하기 위한 재물이었던 것 같은데, 무엇일까요? 불사의 염원의 마도사들은 한 사람도 보이지 않으니 알 수가 없군요.”

“음…….”

페드로와 블러드는 이 방이 뜻하고 있는 것이 무엇인지 알 수 없었기에 고심하는 표정을 짓고 있었다.

"저희들이 지나온 방에는 많은 사람들이 독살되어 있었고, 그 위치는 마계의 나무와 연결되어 있었습니다. 그리고 그 중앙에 이 방이 있다는 것은 아무래도 마법진의 위치라고밖에 생각할 수 없군요."

"음……."

"원형의 마법진으로 5원소의 방에는 각기 사람들이 독살되어 있었습니다. 나무의 위치는 달, 이 방의 위치는 태양이라고 한다면 완전한 마법진이 됩니다."

페드로가 손에 들린 스틸레토를 사용하여 바닥에 이곳의 지형을 마법진으로 그리니 아직 살아 있는 사람들이 있는 곳은 바람에 해당하는 지형이었다.

"아직 바람에 해당하는 방의 사람이 죽지 않았기 때문에 원소가 모두 이루어지지 않았으니 이들이 죽는다면 마법진이 발동할 확률이 높습니다. 그런 이유로 이곳에 있는 불사의 염원 마도사들이 모두 밖으로 나갔을 수도 있습니다."

그 설명에 블러드는 한참을 생각에 잠기는 표정을 짓더니 달에 해당하는 자리를 가리키고는 말했다.

"나무를 없애자. 바람의 자리에 있는 자들이 모두 죽기 전 나무를 베어버린다면 마법진은 이루어지지 않을 것 아닌가."

"그 방법이 가장 좋을 듯하군요."

블러드와 페드로는 나무를 베어버리기로 결정을 하고 움직였기에 난 그들을 따라 걸음을 옮겼는데, 그때 메이아의 생각이 들었다.

작은 상처에도 걱정했던 그녀가 나무를 없애려 한다는 것을 알게 된다면 가만있을 리가 없기 때문이었다.

'어떡한다……'

하지만 블러드가 하는 일을 막을 수는 없었다.

지금까지 불사의 염원이 해온 일을 잘 알고 있는 나로서는 이 마법 진이 발동된다면 또다시 수많은 사람들이 죽임을 당할 것이 분명하다는 것을 알기 때문이다.

'젠장!'

어찌할 바를 모르고 있을 때 드디어 우리의 눈앞에 나무가 그 모습을 드러냈다.

앙상한 가지로 어둠 속에서 홀로 서 있는 녀석은 자신에게 닥쳐올 일을 아무것도 모르고 있는 듯했다.

나무 앞으로 다가선 블러드는 검을 뽑아 마나를 주입하니 그의 블러드 소드가 핏빛의 광채를 뿜기 시작했다.

"차압!!"

「안 돼요!」

그가 검을 들어 나무를 베려 할 때 우리의 뒤쪽에서 누군가의 외침이 터져 나왔다. 고개를 돌려보니 메이아였다.

"당신은?"

「제발 나무를 해치지 마세요!」

메이아는 나무를 해하려는 블러드를 보며 간절한 목소리로 외쳤다. 마치 자신의 자식이라도 되는 것과 같은 모습에 나로서는 그녀의 말을 따라 블러드의 행위를 막고 싶었다.

하지만 나와는 달리 블러드는 냉정했다.

여인을 잠시 바라보던 그는 고개를 돌려 다시 나무를 베려 했다. 여인의 눈이 핏빛으로 물들어가기 시작했다.

「아무도… 아무도 내 딸을 해칠 수 없어!」

"딸?"

블러드가 자신의 말을 들으려 하지 않자 그녀는 절규에 가까운 목소리로 외치며 그를 향해 달려들었다.

"페드로!"

"예."

여인이 달려오자 페드로에게 그녀를 막으라는 지시를 내렸고 그는 달려오는 여인을 막기 위해 그녀의 앞을 가로막았는데, 놀랍게도 그녀의 몸이 투명하게 변하더니 그의 몸을 꿰뚫고 나아갔다.

"헉! 고스트?"

페드로는 자신의 몸을 뚫고 지나가는 그녀가 고스트라는 것을 깨닫고는 크게 놀란 표정을 지었다.

나무를 베어넘기려던 블러드는 상대가 고스트라는 것을 깨닫고는 검을 들어 그대로 그녀를 향해 내려치려 했고, 난 그 순간 참지 못하고 메이아를 해치려는 그의 검을 막았다.

"안 돼!!"

챙!!

내가 휘두른 검은 메이아를 해치려고 하던 블러드의 검을 튕겨냈고, 나의 행동에 블러드는 놀라는 표정을 짓고 있었다.

설마 고스트를 해치려고 하는 것을 내가 막으리라고는 생각지도 못했기 때문이다.

"무슨 짓이야!"

나의 행동에 페드로가 놀란 표정으로 소리쳤지만 난 변명할 시간이 없었다. 블러드가 마나를 머금은 주먹으로 그녀를 치려 하고 있었기 때문이다.

"미안하다, 블러드!"

그녀가 죽는 것을 볼 수 없었던 난 다시 검을 휘둘러 주먹을 휘두르려 하는 블러드를 향해 내찔렀다.

그 덕에 그녀를 내치려 했던 블러드는 주먹을 거두고 나의 검을 막을 수밖에 없었고, 메이아는 나무의 곁으로 다가설 수 있었다.

"무슨 짓인가?"

내 검을 막은 블러드는 나의 행동을 이해할 수 없는지 미간을 찌푸리며 물었지만 뭐라 변명할 말이 떠오르지 않았다.

그러는 사이에 메이아는 나무를 감싸 안았는데, 그 순간 검은 빛이 나무에서 형성되더니 그 속에서 투명한 인영이 나와서는 메이아의 얼굴을 두 손으로 감싸 안고는 말했다.

「엄마…….」

「올리비아…….」

「엄마… 엄마의 영혼을 주세요.」

간절한 목소리로 말하는 인영은 작은 소녀의 모습이었는데, 그녀는 메이아에게 영혼을 달라 말하고 있었다.

「엄마… 살고 싶어요! 영혼을 주세요!」

「올리비아…….」

그녀의 간절한 목소리에 메이아의 눈에선 눈물이 흘러나왔고, 잠시 후 그녀의 몸은 서서히 소녀의 손으로 빨려 들어가기 시작했다.

그리고 사방의 통로로 흐느끼고 있는 영혼들이 몰려들기 시작했고, 그것은 나무 속으로 맹렬한 속도로 빨려 들어가기 시작했다.

"주술이 시작되었는가!"

그것을 본 블러드는 불사의 염원에 속한 마도사들이 행한 주술이 시작되었다는 것을 깨닫고는 급히 나무를 향해 검을 휘둘렀다.

「끼야아아악!!」

그가 휘두른 검은 나무 둥치에 박혔는데, 그 순간 사방으로 피의 분수가 터져 나오며 소녀가 괴로운 비명을 질렀고 아직 완전히 흡수되지 않은 메이아는 크게 놀라며 비명을 내질렀다.

「올리비아!!」

「까아악!! 엄마… 엄마!!」

고통스럽게 소녀가 비명을 내지르자 메이아는 분노를 표하며 블러드를 향해 손톱을 휘둘렀다!

「내 딸에게서 떨어지란 말이야!」

채재쟁!!

메이아가 손톱으로 자신을 공격하자 블러드는 급히 나무에 박힌 검을 빼서는 그녀의 공격을 막았는데, 그 순간 푸른 불꽃이 사방으로 작렬하더니 그의 몸이 뒤로 크게 튕겨져 나가고 말았다.

"차압!"

블러드가 튕겨져 날아가자 급히 달려온 페드로가 그녀를 향하여 검을 휘둘렀지만, 마치 허상에 검을 휘두른 것처럼 그의 검은 메이아의 몸을 통과해 지나갔다.

"큭!"

「내 딸에게 손대는 자는 한 놈도 살려두지 않겠다!」

자신에게 검을 휘두른 페드로를 보며 그녀는 다시 손톱을 휘둘렀고, 페드로는 그녀의 공격에 가슴이 찢어지는 상처를 입고 말았다.

"끄으윽!"

가슴에 상처를 입은 그는 급히 뒤로 물러섰는데, 그의 상처에서 검은 연기가 솟아오르고 있는 것이 그녀의 손톱엔 어둠의 독기가 서려 있는 듯했다.

"페드로!"

크게 놀란 난 급히 페드로에게 달려가 그를 부축했고, 블러드는 검을 들어 그녀를 향해 일검을 내질렀다.

「끼아악!!」

페드로의 검은 통과할 뿐 아무런 상처도 입히지 못했지만, 블러드의 손에 들린 블러드 소드에 베이자 그녀는 비명을 지르며 뒤로 물러섰다. 그녀의 검상에선 검은 기운이 흘러나왔다.

부상을 입은 그녀는 더 이상 블러드와 싸울 생각을 하지 못하고 나무 쪽으로 기어갔지만 그녀를 어머니라고 부르는 소녀는 미간을 찌푸리며 소리쳤다.

「엄마! 저자를 빨리 죽여요! 나를 죽이려 한다고요!」

「올리비아…….」

올리비아라 불리는 소녀는 그녀가 심한 검상을 입은 것을 뻔히 보면서도 블러드를 죽이지 못함을 탓하니 메이아는 고통스러운 표정을 지으면서도 다시 일어나 블러드를 공격할 자세를 취했다.

"메이아! 그 몸으로는!"

나로선 그녀가 다치는 것을 더 이상 볼 수 없었기에 소리쳤는데, 메이아는 나의 말에 슬픈 눈빛을 하며 고개를 저을 뿐이었다.

「딸이 살 수 있다면 저의 목숨 따위는…….」

「엄마! 빨리 저자를 죽여요!」

하지만 그녀의 이런 마음을 알지 못하는지 올리비아는 날카로운 목소리로 소리쳤기에 나로선 소녀의 행위에 이가 갈릴 수밖에 없었다.

아무리 자신의 목숨이 위험하다고는 해도 큰 상처를 입은 자신의 어머니를 죽음으로 몰아넣는 행위를 좋게 보아줄 수 없기 때문이다.

「엄마!」

「하앗!」

또다시 올리비아의 목소리가 터져 나오자 메이아는 손톱을 들어 블러드를 향해 달려들었다. 빛과도 같은 빠른 스피드에 나의 눈에는 그 모습이 보이지 않을 정도였다.

하지만 블러드는 그녀의 움직임을 볼 수 있는지 오른발을 축으로 가볍게 몸을 틀어 그녀의 공격을 피한 후 무릎을 들어 그녀의 복부를 후려쳤다.

퍽!

「끅!!」

블러드의 공격에 당한 그녀는 신음 소리를 내며 그 자리에서 무릎을 꿇었고, 블러드는 검을 들어서 그녀의 목을 베어갔다.

하지만 그녀의 위험을 모르는 척할 수 없었던 난 페드로는 놓아두고 몸을 날렸고, 간신히 메이아의 목을 베려던 그의 검을 막을 수 있었다.

"이스트……."

"미안하네… 하지만 이 여인이 죽는 것을 그냥 보고 있을 수만은 없다고……."

블러드의 말에 난 간절한 목소리로 외치고는 그녀의 몸을 안고 급히 뒤로 몸을 날렸다. 나의 행동에 블러드는 뒤쫓아올 생각을 하지 않고 바라보고만 있었다. 뒤에서 올리비아의 앙칼진 목소리가 터져 나왔다.

「엄마! 빨리 저자를 죽여요!」

"이 빌어먹을 년이!"

그녀의 앙칼진 목소리를 들은 난 노기가 치솟아올라 검을 들어 소녀를 베어버릴 작정으로 다가섰는데, 그때 누군가가 나의 발목을 잡아 그녀에게 다가서지 못하게 했다.

"메이아……."

「안 돼요, 제 딸만은…….」

"젠장할! 도대체 저런 빌어먹을 딸을 왜 목숨을 다하면서까지 구하려고 하는지 알 수가 없군!"

나로선 그녀의 모성애에 분통이 터져 나올 수밖에 없었다.

그러는 사이에 독살되어 죽어간 이들의 방에서 나오는 어둠의 기운은 점점 나무로 스며들어 가고 있었다.

「아! 어둠의 에너지가……!」

올리비아는 자신의 몸속으로 들어오는 에너지를 느끼며 기뻐하는 표정을 짓고는 메이아를 보며 황급히 소리쳤다.

「엄마, 빨리 영혼을, 엄마가 가진 생명 에너지를 주세요!」

「올리비아!」

「빨리요! 생명 에너지를 받으면 다시 스펜서에게 돌아갈 수 있다고요!」

그녀가 황급한 목소리로 메이아를 보며 소리치니 나의 발목을 잡고 있던 메이아는 힘없는 몸짓으로 자리에서 일어나 천천히 나무 쪽으로 걸음을 옮겼다.

"생명 에너지? 그게 무슨 말이지?"

「…….」

하지만 나의 질문에 그녀는 아무 말도 하지 않았다. 그녀가 나무 쪽으로 다가서지 못하게 잡으려고 했지만 또다시 그녀의 몸은 허상처럼 변해 나의 손을 스쳐 지나갈 뿐이었다.

"메이아!"

메이아가 힘없는 몸짓으로 자신에게 다가오자 올리비아는 기쁜 표정으로 그녀의 몸에 손을 가져갔는데, 그 순간 엄청난 빛이 일렁이더니 소녀의 몸으로 그 빛이 빨려 들어가기 시작했다.

「아……!」

자신의 몸속으로 빛이 들어오자 그녀는 황홀한 표정을 지었다. 잠시 후 투명하던 그녀의 몸은 점점 실체화되기 시작했다.

하지만 그와 반대로 메이아의 몸은 점차 투명해지고 있었으니 난 더 이상 참지 못하고 검을 들어 나무를 향해 내려쳤다.

"그만 하지 못해!"

「흥!」

내가 검을 들고 달려오자 올리비아는 코웃음을 치고는 오른손을 가볍게 앞으로 내밀었다. 날카로운 바람의 칼날이 날아와서는 나의 몸을 베어 나갔다.

"끄윽!!"

쿵!!

바람의 칼날에 당한 난 그대로 땅에 떨구어지고 말았다. 내가 쓰러지자 메이아는 크게 놀란 표정을 지었지만 이미 올리비아에게 많은 에너지를 뺏겼는지 그 자리에서 쓰러지고 말았다.

「호호호호!」

올리비아는 점점 힘이 강해지자 실체화된 몸이 나무에서 서서히 벗어나기 시작했고, 잠시 후 나무에서 벗어나 사람들 앞에 그 모습을 드러내었다.

실오라기 하나 걸치지 않은 몸을 긴 금발로 가리고 있는 그녀에게선 마나를 제대로 느끼지 못하는 나조차도 압박받을 정도의 강한 기운이 흘러나오고 있었다.

이런 이유로 곁에 있던 메이아는 고통스러운 표정으로 쓰러져 있었는데, 올리비아는 자신의 어머니를 한번 흘겨보고는 그녀를 발로 차며 소리쳤다.

「저리 꺼져!」

「까아악!」

그녀에 의해 메이아는 비명을 지르며 나가떨어졌고 올리비아는 콧방귀를 뀌며 소리쳤다.

「지금까지 더러운 창녀가 내 엄마라는 게 얼마나 창피했는 줄 알아!」

「올리비아…….」

차갑게 말하는 그녀의 말에 메이아의 슬픈 눈빛 사이로 투명한 눈물이 흘러내리고 있었다.

"으득……."

그것을 보고 있던 나로선 노기가 치솟아오를 수밖에 없었는데, 자신을 위해 살아온 어머니를 창녀라는 이유로 내쳤기 때문이다.

「호호호! 이제 그 마도사의 말대로 강한 힘을 소유하게 됐으니 더러운 창녀의 딸이라는 말을 더 이상 듣지 않을 수 있겠지? 호호호!」

올리비아 그녀가 창녀의 딸로 살며 얼마나 많은 치욕을 받아야 할지 이해할 수 있었다. 하지만 그것으로 몸을 팔아 자신을 키운 어머니를 내치는 것까지 용서할 수는 없었다.

난 더 이상 노기를 참지 못하고 자리에서 일어나 검을 들었는데, 그때 블러드가 나에게 걸어와서 어깨를 잡으며 말했다.

"이번 일은 나 혼자 처리하도록 하지."

"블러드……."

나로서는 당장이라도 올리비아라는 소녀를 베어버리고 싶었지만, 그녀가 사용한 바람의 칼날에 솔직히 제대로 싸울 힘이 없었기에 그의 말을 따를 수밖에 없었다.

블러드는 천천히 자신의 애검을 들고는 소녀의 앞으로 다가갔다. 그가 다가오자 올리비아는 콧방귀를 뀌고는 오른손을 내밀며 소리쳤다.

「하찮은 용병 따위가 나에게 대적하려 하다니!」

그 말과 함께 그녀의 손에서는 또다시 날카로운 바람의 칼날이 빠른 속도로 블러드를 향해 날아갔다.

블러드는 자신을 향해 쇄도해 들어오는 바람의 칼날을 보며 가볍게 몸을 움직였다. 그가 있었던 곳은 그녀가 사용한 마법에 의해 굉음과 함께 크게 파여져 나갔다.

"블러드 애로우!"

바람의 칼날을 피한 블러드는 그녀를 향하여 검기를 내쏘았는데, 올리비아는 자신을 향해 날아오는 검기를 왼손으로 만들어낸 실드로 막아내고는 몸을 날렸다.

「흥!」

이곳에서 이루어진 주술 때문인지 그녀의 몸놀림은 블러드에 못지않은 것은 물론이요, 강력한 힘마저 지니고 있었다. 특급용병인 블러드와 대등할 정도로 싸우는 모습에 나로서도 놀라지 않을 수 없었으나 두 사람의 싸움을 지켜볼 거를이 없었다.

나에게는 올리비아의 발에 차여 쓰러져 있는 메이아라는 여인이 더 걱정이었기 때문이다.

아픈 몸을 이끌고 간신히 그녀에게 다가선 난 그녀를 안아 들었는데, 그녀는 희미해져 언제 사라질지 모르는 모습이 되어 있었다.

"메이아! 메이아!"

그녀가 이대로 정신을 잃는다면 다시는 볼 수 없다는 생각이 들었기에 난 급히 그녀를 흔들어 깨웠고, 잠시 후 메이아의 눈이 천천히 뜨여졌다.

"메이아……."

「오, 올리비아는…….」

죽음을 바로 앞에 두고서도 그녀는 자신의 딸인 올리비아를 걱정하고 있었기에 나로서는 분통이 터져 나올 수밖에 없었다.

"젠장할! 저까짓 빌어먹을 딸년이 뭐가 그리 중요하다고 다 죽어가면서까지 걱정하는지 이해할 수가 없다고!"

그녀의 말에 자신도 모르게 화가 머리끝까지 났기에 미간을 찌푸리며 소리쳤다.

「흑흑흑…….」

나의 말에 그녀의 눈물은 더욱더 짙어져 갈 뿐이었다. 도대체 딸이라는 것이 무엇이기에 어머니는 목숨을 다하면서까지 그 아이를 구하고 싶어하는 것일까?

고아인 나에게 메이아가 보이는 혈육의 정이라는 것은 이해할 수 없는 문제였다.

“여보… 흑흑흑…….”

그녀의 나이 스물하나, 작은 밭을 일구며 살아가던 메이아에게 슬픈 일이 닥치고 말았다. 영주의 병사로 끌려갔던 남편이 죽었다는 말을 들었기 때문이다.

이제나저제나 남편이 무사히 돌아오기만을 기다리고 있던 그녀에게는 청천벽력과도 같은 일이었으니 아직 다섯 살밖에 되지 않은 딸 올리비아를 생각하면 가슴이 아플 수밖에 없었다.

이 시대의 모든 농민들이 그렇듯 영주의 병사로 끌려가 죽임을 당했다 해도 어떠한 보상도 치러지지 않았으니 그녀는 작은 텃밭을 가꾸며 아이를 키울 수밖에 없었다.

하지만 젊은 그녀에게는 너무 힘든 일이었고, 그나마 있던 텃밭도 여자 혼자만의 힘으로 가꿀 수는 없는 일인데다, 그런 그녀에게 땅마저 주어지지 않았으니 영주 소유의 밭을 경작할 수 있는 경작권을 빼앗긴 메이아는 어떻게 살아야 할지 막막하기만 할 뿐이었다.

그런 그녀가 할 수 있는 것은 단 한 가지밖에 없었으니 바로 몸을 파는 일이었다.

오랜 내전으로 피폐화된 이 나라에서 여인이 살아갈 수 있는 방법은 영주들이 고용하는 용병들에게 자신의 몸을 파는 것뿐이었으니 메이아 역시 딸을 키우기 위해선 자신의 몸을 팔아야 했던 것이다.

다행히 아직 젊은 나이인데다가 어느 정도의 미색도 가지고 있던 그녀는 창녀촌에서 금세 이름이 알려졌다.

하지만 평범한 농민의 아내였던 메이아에게 그러한 생활은 너무나 고통스러울 수밖에 없었으니 고통 속에서 그녀에게 유일한 안식은 잠깐의 휴식 시간에 노래를 부르는 것뿐이었다.

이미 세상을 떠난 그녀의 어머니에게서 배운 노래를 부르는 그녀는 단란했던 과거를 생각하며 눈물을 짓곤 했고 어느덧 그녀의 노래는 창녀촌에 널리 퍼지게 되었다.

슬픈 음색의 노래로 메이아는 가장 인기있는 여인이 되었지만 그것도 잠시, 언제나 젊음을 유지할 수는 없는 일이기에 십 년의 시간이 지나자 그녀 역시 다른 여인들과 마찬가지로 점점 구석진 곳으로 밀려가는 신세가 되어버렸다.

그런 그녀에게 유일한 낙이 있다고 한다면 남편이 남기고 간 딸 올리비아였지만, 애석하게도 그녀를 키우는 것이 그리 좋을 수만은 없었다.

세상의 이목이란 것은 그리 간단한 것만은 아니었기 때문이다. 평범한 여자로 자라나기를 바랬던 메이아였지만 창녀의 딸이라는 것은 많은 사람들에게 눈총을 살 수밖에 없었다.

"흥! 도대체 무슨 낯짝으로 들어오는 거예요!"

"올리비아!"

"내 이름도 부르지 말아요! 오늘 내가 무슨 일을 당했는지 알기나 해요?! 흑흑흑……."

아침 무렵 집으로 돌아온 메이아는 차가운 올리비아의 외침에 무슨 일이 있었을까 걱정할 수밖에 없었다.

"결혼을 약속했던 스펜서가… 흑흑흑… 더러운 엄마 때문에 모든 것이 틀어졌단 말이야! 흑흑흑!!"

"아……."

그제야 메이아는 그 연유를 알 수 있었다.

올리비아가 말하고 있는 스펜서는 이 마을에 사는 젊은 남자였는데,

올리비아와 사귀고 있었다.

하지만 그런 스펜서는 올리비아의 어머니가 창녀촌의 창녀라는 것을 알고는 그녀와의 결혼 약속을 깨고 말았던 것이다.

메이아로서는 자신 때문에 딸이 결혼을 약속한 남자와 헤어질 수밖에 없었으니 뭐라 말할 수 없을 정도로 아픔을 느끼게 되었다.

그 일 이후 올리비아는 그녀에게 더욱더 차갑게 대하기 시작했으니 그녀로서는 하루하루가 괴로울 뿐이었다.

남편과 사별 후 그녀의 유일한 낙은 올리비아뿐이었기 때문이다.

그렇게 시간이 지나던 어느 날 정신을 차렸을 때 올리비아는 도저히 말릴 수 없는 지경이 되어버렸다.

동네의 불량배들에게 자신의 몸을 함부로 하는 것은 물론이요, 얼마 후에는 사람을 죽이기까지 한 것이다.

"엄마!! 흑흑흑… 어떡해요……!!"

사람을 죽인 올리비아가 자신을 보며 그것을 토로하니 이를 어떻게 해야 할까 고민하던 메이아는 최악의 방법을 선택했다.

바로 올리비아 대신 죄를 뒤집어쓴 것이다.

천하디천한 창녀에다 사람마저 죽인 메이아는 성의 병사들에게 잡혀 죽임을 당할 운명에 처하고 말았다.

감옥에 갇혀 죽을 날만을 기다리던 그녀는 자신의 딸이 죽임을 당하지 않아도 된다는 생각에 그나마 그런 일이라도 해줄 수 있음을 다행이라고 생각하고 있었다.

하지만 이런 그녀의 희생에도 아랑곳없이 이미 삐뚤어진 올리비아는 돌아올 생각을 하지 않았다. 어머니가 자신을 희생하여 죽임을 당할 운명에 처해 있음에도 과거의 생활을 청산하지 않고 거리의 불량배들과 어울려 다니며 쾌락을 즐기고 있었던 것이다.

그리고 메이아의 사형이 일주일 정도 남았을 때 감옥에 있던 그녀에게 충격적인 일이 전해지고 말았다.

"메이아……."

"리네아?"

같은 창녀로 일했던 여인이 감옥에 갇혀 있던 그녀에게 찾아와 충격적인 사실을 전해준 것이다.

"네 딸이… 네 딸이 죽었어……."

"뭐?"

리네아의 말에 메이아는 도저히 정신을 차릴 수 없었다.

그녀의 딸 올리비아는 불량배들과 어울려 다니다가 지나가던 용병들에게 폭행을 당하고 죽임을 당했던 것이다.

그 사실을 들은 메이아는 눈물을 멈출 수가 없었다. 자신의 희생이 너무 덧없다는 것은 둘째 치고 아이가 죽었다는 것을 참을 수 없었던 것이다.

남편이 남긴 유일한 딸마저 잃고 만 그녀는 더 이상 살고 싶은 마음이 없었기에 그대로 죽음을 기다렸다.

그녀의 이러한 사연은 리네아에 의해 창녀촌에 모두 알려지게 되었고 그 사실을 안 관리에 의해 간신히 사형은 면할 수 있었지만, 이제 살아갈 여력마저 잃어버린 그녀에게는 사는 것이 죽는 것과 같았다.

하지만 불행은 이것에서 끝나지 않았다.

딸만을 위해 살아온 그녀에게 또다시 어둠의 그림자가 찾아왔던 것이다.

딸의 시신을 잡고 오열하던 그녀에게 다가온 사람은 로브를 두른 마법사였으니 얼굴 깊숙이 후드를 눌러쓴 그는 통곡하는 메이아를 보며 도저히 거부할 수 없는 제안을 한 것이다.

"네 딸을 다시 살리고 싶지 않은가?"

"예? 무슨 말씀을……."

처음에는 마법사의 말을 도저히 믿지 못하고 반문하는 그녀였는데 마법사는 작은 수정 구슬을 그녀에게 보여주었다.

그가 보여준 구슬에는 딸의 영상이 흐르고 있었는데 슬픈 듯이 눈물을 흘리고 있는 모습에 메이아는 가슴이 떨리는 것을 참을 수가 없었다.

"원한다면 자네의 딸을 살려주겠네."

"마, 마법사님… 부탁드립니다. 제발 제 딸을 살려주세요."

자식을 사랑하는 그녀는 마법사에게 딸을 살려달라 매달렸고 또다시 자신의 몸을 희생하여 올리비아에 대한 사랑을 보여준 것이다.

어두운 성안에 갇힌 그녀는 마법사의 주술에 의해 스스로의 가슴에 검을 꽂았고, 그렇게 영원히 떠도는 존재가 되어 죽은 딸의 영혼이 갇힌 나무를 보호하며 살아가고 있었던 것이다.


"당신에게 도대체 저 아이는 무슨 존재입니까?!"

「…오, 올리비아는 저의 전부예요…….」

"으드득……."

딸을 자신의 전부라고 생각하는 그녀의 말에 이가 갈릴 수밖에 없었다. 부모를 희생하여 자신의 생명을 얻으려는 파렴치한 계집임을 알면서도 자신의 전부라 생각하고 있는 것에 그로서는 뭐라 말을 할 수가 없었기 때문이다.

　고개를 돌려보니 아직도 블러드와 올리비아는 치열하게 싸움을 하고 있었는데, 아무리 그녀가 불사의 염원의 주술을 받아 강한 힘을 소유했다고는 하지만 고위 마족마저 쓰러뜨린 블러드의 힘을 넘어설 수는 없었으니 영혼마저 파괴할 수 있는 블러드 소드에 큰 부상을 입고 말았다.

「꺄악!!」

「올리비아!」

　블러드의 검에 상처를 입고 딸이 쓰러지자 메이아는 참지 못하고 그녀에게 뛰어가 딸을 구출하려고 몸을 날렸고, 난 급히 메이아를 잡으려고 했지만 영혼의 존재인 그녀를 잡을 순 없었다.

"메이아! 위험해요!"

「올리비아!」

　하지만 나의 외침에도 그녀는 뒤돌아볼 생각도 하지 않고 올리비아를 향해 뛰어갔다. 블러드는 그녀가 뛰어오자 크게 놀라는 표정을 지었지만, 내 생각에 차마 검을 휘두르지 못하고 그녀를 보내주었다.

　쓰러진 올리비아에게 뛰어간 메이아는 급히 아이를 안아 걱정스러운 표정으로 말했다.

「올리비아… 괜찮니……?」

「이게 다 엄마 때문이에요!! 빨리 엄마의 영혼을 줘요! 그래야 완벽한 힘을 얻는다고 했단 말이야!」

　그녀의 앙칼스런 외침에 메이아의 표정은 슬퍼졌고, 이내 고개를 끄덕이며 말했다.

「내 영혼을 가져가거라…….」

「엄마, 고마워요!」

생명과도 같은 영혼을 준다는 말에 마치 사탕을 얻은 것처럼 좋아하는 그녀의 표정에 난 소름이 끼칠 정도였다.

도대체 저 아이에게 부모란 무슨 존재일까 하는 생각 때문이었다.

아무런 걱정 없이 살아가며 부모가 해주는 것만으로 살아가는 존재, 그리고 기생충과 같이 살아 있는 자의 모든 생기를 빨아먹으며 살아가는 소녀를 보며 말할 수 없는 분노가 밀려왔다.

단물을 빨아 먹는 나비와도 같이 그녀의 영혼을 흡수하는 올리비아를 보며 난 더 이상 참지 못하고 검을 들고 달려나갔다.

"도대체! 그게 뭐야!"

「까아악!!」

내가 달려와 검을 내려치자 그녀는 비명을 내지르며 어머니의 영혼을 내 앞으로 밀고는 옆으로 몸을 날렸다.

「헉!」

그렇게 휘두른 내 검에 올리비아에 의해 밀려 버린 그녀가 상처를 입고 비명과도 같은 고통의 신음을 내질렀다.

"메이아!!"

설마 내 검에 그녀가 상처 입으리라고는 생각지도 못했기에 나로선 크게 놀랄 수밖에 없었다.

급히 그녀를 부축했지만, 상당한 상처를 입었는지라 정신을 제대로 차리지 못했다. 설마 자신에게 날아온 검을 어머니를 이용하여 피하리라고는 생각지도 못한 난 올리비아라는 아이에게 이를 갈 수밖에 없었다.

"죽여 버리겠어……."

도저히 참을 수 없는 분노를 느낀 난 그년을 죽이기 위해 자리에서 일어서려 했으나 그때 누군가가 나의 발목을 잡는 것을 느꼈다.

“메이아…….”

「제, 제발…….」

자신의 딸을 죽이려는 나를 말리려 하는 그녀의 행동에 한숨밖에 나오지 않았다.

도대체 무엇이 그녀로 하여금 목숨을 걸고 딸을 지키게 하고 있는 것일까? 죽은 남편에 대한 책임감? 아니면 자식을 사랑하는 모성애?

둘 모두 나로서는 이해할 수 없는 일이었다.

죽어 한 줌의 재가 되어버린다면 인간은 그 의미도 찾을 수 없고, 설령 의미가 있다 하더라도 자신에게는 아무런 가치가 없는 그런 일이다.

어떠한 것도 비교할 수 없는 사랑이라 할지라도 죽음 뒤에는 아무것도 아니라고 생각하기 때문이었다.

“당신이 딸을 사랑한다는 것은 알고 있지만, 이것이 정말 딸을 위한 것입니까?”

난 도저히 참지 못하고 나의 발목을 잡고 있는 메이아를 보며 말했다.

“당신이 보이고 있는 사랑은 집착입니다.”

집착이라는 나의 말에 그녀의 눈은 크게 흔들렸다.

어머니가 자식을 사랑하는 것은 이해할 수 있다.

하지만 딸을 위해 모든 것을 희생하는 것만이 진정한 사랑일까? 사랑이 지나쳐 아이가 타락해 감을 알면서도 왜 그것을 멈추지 않는 것인가.

「집착…….」

흔들리는 눈동자를 보니 그녀 역시 자신의 딸을 위해 희생하는 것에 대해서 생각하기 시작함을 알 수 있었다.

지금까지 무조건적으로 희생하던 자신에 대해서 돌아보는 것이다.

메이아가 이렇듯 자신에 대해서 돌아보고 있을 때 올리비아는 살기 위해 도망치려 했지만, 블러드는 그녀를 내버려 두지 않았다.

「꺄악!!」

마법을 사용하여 도망치려던 그녀는 블러드의 검에 이내 피를 흘리며 땅으로 쓰러졌지만 치명상은 아니었다.

올리비아의 비명을 들은 메이아는 깜짝 놀란 표정을 짓다가 다음 순간 비장한 표정을 지으며 나를 보며 말했다.

「저를 올리비아에게 데려다 주시겠어요?」

"…알겠소."

그녀의 말에 난 고개를 끄덕이고는 그녀를 부축하여 블러드의 검에 쓰러져 있는 올리비아의 곁으로 걸음을 옮겼다.

블러드는 내가 다가오자 나와 메이아의 모습을 잠시 응시하고는 천천히 뒤로 물러섰다.

「뭐 하는 거예요! 빨리 나를…….」

짝!

올리비아는 그녀가 다가오자 왜 자신을 구하려 하지 않느냐며 화가 난 목소리로 소리를 질렀는데, 그 순간 놀랍게도 메이아의 손이 올리비아의 뺨을 올려쳤다.

난데없이 휘두른 따귀에 올리비아는 크게 놀란 표정으로 자신의 어머니를 쳐다보고 있었고 메이아는 자신이 때렸음에도 눈물을 흘리고 있었다.

「무슨 짓이에요!」

그 모습에 화가 난 올리비아는 그녀를 보며 소리쳤는데, 메이아는 그녀의 노성이 터져 나오자 또다시 그녀의 뺨을 때렸고, 올리비아는 비명을 지르며 쓰러지고 말았다.

「난 네 어미다…….」

「…흥! 당신 같은 더러운 사람이……!!」

그 순간 메이아는 다시 한 번 그녀의 뺨을 후려쳤고, 올리비아는 놀라서 더 이상 말을 잇지 못했다.

노한 표정으로 자신을 노려보고 있는 딸을 보며 그녀의 눈물은 더욱 짙어지고만 있었다.

왜 저 아이는 알지 못하는 것일까?

제 어미를 더럽다고 말하면서도 그 어미의 도움으로 살아가고 있지 않았는가?

난 그녀의 행동에 검을 뽑아 들어 베어버리고 싶은 마음이 굴뚝같았지만, 도저히 메이아 앞에서 그녀를 벨 수가 없었다.

「올리비아…….」

한참을 그렇게 눈물 짓던 메이아는 그녀의 이름을 나직이 부르며 딸의 손을 잡았는데, 그 순간 그녀의 몸에서 무엇인가가 빠른 속도로 올리비아의 몸으로 빠져나가는 것을 볼 수 있었다.

"헉!"

크게 놀란 난 메이아를 떼어놓으려 했지만 그녀는 딸의 손을 놓지 않았고, 잠시 후 강렬한 빛과 함께 올리비아의 모습은 우리 앞에서 완전히 사라져 버렸다.

"메이아!"

올리비아가 사라지자 메이아의 몸은 더욱 투명하게 변하고는 그 자리에서 쓰러지고 말았으니 난 크게 놀라 그녀의 몸을 부축했다.

"도대체 무슨 짓이오!"

난 메이아가 마지막 남은 힘을 딸에게 주어 우리들에게서 도망치게 했다는 것을 알고는 소리쳤는데, 그녀는 미소를 지으며 말했다.

「고마워요…….」

"…메이아……."

「하지만 올리비아가 어떠한 짓을 한다 하더라도 죽는 것만은 볼 수가 없었어요.」

"그런……."

그녀의 말에 한숨밖에 나오지 않았다.

하지만 이제 그녀를 탓하고 싶은 마음은 없었다. 올리비아에게 마지막 힘을 전해준 그녀는 이제 얼마 되지 않아 이 세상에서의 마지막 생을 다할 것임을 알 수 있었기 때문이다.

"…당신을 이해할 수 없군요. 하지만 그 이해할 수 없는 부분이 없었다면 전 당신을 바라보지 않았겠지요."

「올리비아에 대한 저의 사랑도 그런 것이랍니다.」

"…마지막으로 그 노래를 불러주시지 않겠습니까?"

투명해져 이제 말을 하기도 어려운 그녀에게 노래를 부탁하는 것이 부담되는 것은 알고 있었지만, 나로선 이제 다시는 들을 수 없을 것이 안타까웠다. 메이아는 나의 말에 고개를 끄덕이며 말했다.

「저를 위해 힘써주신 당신에게 미약하지만 보답을 할 수 있다면요…….」

그리고 그녀는 작은 입술을 열어 노래를 불렀다.

처음 사창가에서 들었던 슬픈 멜로디의 노래, 난 그녀의 노래가 들려오자 눈을 감았다.

이제 죽음이 얼마 남지 않은 순간에도 그녀는 나를 위해서인지 마지막 남은 힘을 다하여 노래를 불렀고, 그 음색은 과거와는 조금은 다른 느낌을 나에게 가져다 주었다.

그때의 음색은 무엇인가 부족하고, 안타까운 느낌이 가득했다면 지금은 마치 자신을 억누르던 것이 사라져 몸이 가벼워진 것과도 같은 느낌이 들었기 때문이다.

그녀의 노랫소리는 점차 미약해져 갔고, 이제 작게 흥얼거리는 정도의 노랫소리만이 들려오기 시작했다.

나의 손에 느껴지던 그녀의 모습은 이제 그 흔적만을 남기고는 사라져 가고 있었기에 난 천천히 자리에서 일어났다.

"이스트……."

옆에 있던 페드로가 자리에서 일어난 나를 보며 무엇인가 말하고 싶어했지만 난 나무 쪽으로 걸음을 옮겼다.

"차압!"

그리고 검을 뽑아서는 나무를 향해 휘둘렀고, 나의 검에 베인 나무는 굉음과 함께 대지로 쓰러졌다.

올리비아가 서러 있던 나무, 그것은 메이아가 가지고 있던 생의 업보와도 같다는 생각이 들었기 때문에 사라져 버린 그녀를 생각하며 베어버린 것이다.

일이 모두 끝난 후 찾아온 칠인회의 마법사들은 우리에게 이 던전에 대해서 말해 주었다.

이 마법진은 누군가를 부활시키기 위해 불사의 염원에서 했던 하나의 예비 실험이었다는 것이다. 메이아는 그 실험에서 부활할 존재에게 영혼의 에너지를 주입하기 위해 존재했다는 것을 알 수 있었다.

그녀가 가지고 있는 자식에 대한 무조건적인 사랑은 어떠한 것으로도 규명할 수 없는 것이었다.

"페드로, 모성애라는 것이 뭘까?"

모든 일을 끝내고 돌아왔을 때 난 페드로에게 물어보았다.

하지만 그 역시 제대로 된 대답은 하지 못했다.

물론 자식을 사랑하는 어미의 마음이라는 것을 뜻하는 것은 모두 알고 있는 사실이었지만, 그 말이 단순히 그러한 것으로 나타낼 수 있는 것이 아니었기 때문이다.

외전

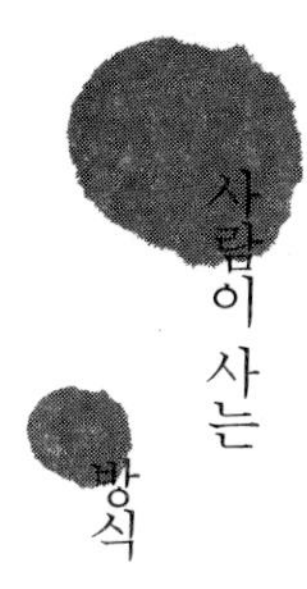


영주에게 모든 것을 뺏겨 버린 난 성 밖으로 쫓겨나는 신세가 되었다.

아무것도 가진 것 없이 이제 유일한 재산이라 할 수 있는 옷도 거지 꼴이 되어 있었다. 그저 과거의 일을 생각하며 그것을 꿈꾸는 것이 나의 방식일 뿐이다.

"어이, 레반. 자리 좀 넓혀봐!"

"응? 아! 미안하군."

상념에 젖어 있던 나를 깨운 사람은 나와 같이 영주에게 모든 것을 빼앗기고 거지가 되어버린 렌턴이라는 자였다.

그 역시 한때는 장사를 하며 근근히 살아가던 자였지만, 영주의 가혹한 세금에 의해 거지꼴이 되어버린 인물이었다.

그의 손에는 하나의 술병이 들려 있었기에 나로선 크게 반가워하는 표정으로 그를 보며 말했다.

"그거 술이 아닌가?"

"헤헤헤, 동냥한 돈으로 사왔지."

"그래?"

"자자, 한잔하자고!"

이제 술 한잔도 제대로 할 수 없는 신세가 되었기에 난 그가 내민 술병이 반가울 수밖에 없었다.

가진 것 없이 거지꼴이 되었지만 이런 순간의 기쁨이 어느 때보다 더 큰 것은 이상한 일이기도 했다. 거지가 되기 전에는 그저 마누라와 자식들을 위해 모든 것을 희생해야 했기 때문이다.

렌턴과 술을 나눈 후 얼큰하게 취한 난 자리에 누워 잠을 청했다. 선선한 낮 시간에 동냥을 나갔다가 이렇게 잠이나 자는 것이 일상생활이었다.

그렇게 얼마를 잤을까? 옆에서 인기척이 들려 고개를 돌려보니 내 옆 자리에 한 여인이 고개를 무릎에 박고 앉아 있는 것을 볼 수 있었다.

"어쭈?"

나로선 내 영역에서 잠을 자고 있는 여인이 가소롭기 그지없었다. 아무리 거지꼴이 되었다 해도 거지들만의 규율이 있었기 때문이다.

이곳은 내가 오래전부터 맡았던 자리였기에 난 미간을 찌푸리며 여인을 보며 소리쳤다.

"야! 당장 안 일어나!"

"아!"

나의 외침에 여인은 그제야 정신을 차렸는지 고개를 들어 나를 보았다. 여인의 얼굴을 본 순간 난 미간을 찌푸리고 말았다. 아직 열다섯도 넘지 않았을 어린아이의 얼굴이었기 때문이다.

"휴, 세상도 더럽지. 이런 년까지 거지가 돼서 나돌아다니니 말이야. 뭘 봐, 이년아! 당장 꺼지지 않고!"

나로선 어린 거지라 하더라도 내 영역을 침범하는 것은 볼 수 없었기에 화를 내며 소리쳤고, 소녀는 겁에 질린 표정으로 나를 보더니 천천히 자리에서 일어났다.

하지만 그녀가 일어났을 때 난 조금 놀랄 수밖에 없었다.

"뭐야? 너, 임신했냐?"

어린 소녀 거지의 배는 눈에 띄일 정도로 부풀어 올라 있었던 것이다. 도대체 이런 몸으로 돌아다니는 것이 도무지 믿어지지 않았다. 그녀는 나의 말에 고개를 끄덕이고는 천천히 걸음을 옮겼다.

그 모습을 보니 나로선 조금 불쌍하다는 생각이 들었기에 할 수 없다는 생각에 한숨을 쉬며 말했다.

"야, 이년아!"

"…예?"

"그냥 자리에 앉아라! 그 몸으로 또 어딜 가려고?"

"하지만……."

"됐어!"

난 쓸데없는 호의라는 것을 알았지만, 마누라와 자식 놈이 있었던 나였기에 그런 아이를 그대로 보낼 수는 없었다.

하지만 한참을 누웠음에도 잠이 오지 않아 고개를 돌려보니, 날씨가 추운지 몸을 떨고 있는 아이의 모습이 보였다.

"휴… 미치겠네."

왜 불쌍한 생각이 드는지 알 수는 없었지만, 그래도 딸자식 같은 것
인지라 할 수 없다는 생각에 덮고 있던 담요를 아이에게 건네주며 말
했다.

"덮어, 이 병신 같은 년아."

"······."

나의 말에 그녀는 잠시 머뭇거리다 천천히 손을 들어 담요를 끌어당
겨 덮었고, 잠시 후 어느 정도 떨림도 사라진 듯했다.

보아하니 며칠은 굶은 듯했기에 숨겨놓았던 빵을 아이에게 건네주
었다.

"먹어!"

"······."

또다시 아무 말 없이 빵을 받아 든 소녀는 허겁지겁 그것을 먹었고,
난 다시 잠을 청했다. 그제야 조금 편안한 잠을 잘 수 있었다.

그 후로 그 소녀는 나의 거처에서 생활하게 되었다. 어차피 거지들
이라는 것이 변변찮은 거처도 없는지라 그년도 갈 곳이 없음은 분명했
기 때문이다.

하지만 군식구 하나 거느린다는 것은 힘든 일일 수밖에 없었다.

거지가 무슨 힘이 있어 사람을, 그것도 임신한 년을 거느리고 있을
수 있단 말인가?

그렇게 한 달이 지났을 때 난 그년을 보며 말했다.

"야! 나 살기도 힘들다. 이제 갈 때가 되지 않았냐?"

"···예······."

나의 말에 아이는 천천히 자리에서 일어나서는 공손히 고개를 숙여
인사를 하며 말했다.

“그, 그동안 감사했습니다.”

“흥! 그래, 잘가라!”

“…예.”

그렇게 아이가 사라지자 난 자리에 누워 잠을 청했다. 하지만 딸린 군식구마저 사라졌으니 홀가분한 마음이어야 하는데 이상하게도 내 마음은 그리 편하지 못했다.

아무리 잠을 청하려 해도 그 아이가 머리 속에서 자꾸 아른거렸다. 십 분 정도를 누워 있었을까? 결국 자리에서 일어나고 말았다.

“젠장할!”

한 달 전만 해도 아무 연관이 없었던 년인데 왜 이리 걱정이 되는 것일까 하는 생각이 들었지만, 할 수 없다는 생각에 그년을 찾으러 나섰다.

이대로 내버려 두었다가는 뱃속에 있는 것까지 모두 길거리에서 비명횡사하기 좋았기 때문이다.

하지만 한참을 찾아봐도 어디로 샜는지 그년이 보이지 않자 머리가 아파왔다.

“젠장! 네가 무슨 먹을 게 있다고 이 지랄인지… 미치겠네!”

한참을 뒤지다 보니 한심하다는 생각이 들었다. 하지만 그때 내 귀로 비명 소리가 들려왔다.

“꺄악!!”

여자의 비명 소리가 어두운 골목길에 길게 울려 퍼졌다.

“또 지랄이군! 개새끼들!”

난 그 여자의 비명 소리에 무슨 일이 일어나고 있는지 알 수 있었다. 도시의 뒷골목에서는 흔히 있는 일이다.

검 하나 제대로 쓰지 못해 용병도 되지 못하는 녀석들이 모여 조직을 만들고, 가끔 지나던 여인들을 잡아다가 성욕을 채우는 것이었다.

더러운 세상에서 이런 일은 다반사였기에 난 그러려니 하고 지나가려 하는데, 또다시 들려오는 비명 소리가 왠지 귀에 익다는 생각이 들었다.

"응? 아! 젠장!"

바로 나와 함께 한 달간 지내던 그 계집의 목소리였다.

그 녀석들에게 잡혀간다면 어떤 꼴을 당하는지 뻔히 아는 나로선 미간을 찌푸렸지만, 그렇다고 구해줄 수는 없는 일이었다.

검 하나 제대로 쓰지 못하는 놈들이긴 하지만 거지가 되어버린 나 같은 놈이 상대할 수 있는 녀석들은 아니었기 때문이다.

머리가 지끈지끈 아파오긴 했지만 개죽음당하기는 싫은지라 난 걸음을 옮겨 그곳에서 빠져나가려 했다. 하지만 발길이 옮겨지지 않았다.

얼마나 그러고 있었을까? 난 내 거처로 돌아가지 못하는 나를 발견했다.

도대체 무엇이 나를 붙잡고 있는 것일까? 이해할 수 없었다.

세상 살아가는 법을 그렇게 몸으로 느낀 내가 도대체 왜 이러는 것일까? 약자는 강자에게 먹힐 수밖에 없고 그것은 세상의 진리인데, 왜 난 지금 이 순간 그 용병 놈들에게 덤비고 싶은 마음이 드는 것일까?

그 여자를 구해야 하는 것일까? 죽음을 무릅쓰고라도 말이다.

한참을 그렇게 망설인 난 나도 모르는 사이에 비명이 들렸던 곳으로 달려갔다.

죽을지 살지 생각할 겨를도 없이 말이다.

　그렇게 골목을 달려가자 네 명의 장정들이 한 여인의 옷을 찢어버리는 걸 볼 수 있었다.

　아나나 다를까, 몸부림치며 괴로워하는 사람은 바로 나와 같이 살았던 소녀였고, 그것을 보자 난 고함을 지르며 녀석들에게 달려들었다.

　"야이! 놈들아!"

　"응?"

　내가 고함을 지르며 달려들자 그들은 무슨 일이냐는 표정으로 내 쪽을 돌아보았고, 난 그대로 가장 앞에 있는 녀석의 얼굴에 주먹을 휘둘렀다.

　퍽!

　"끅!!"

　나의 주먹에 맞아 그대로 땅으로 나뒹구는 녀석을 뒤로하고 난 다른 녀석의 복부를 머리로 들이받았다.

　하지만 복부를 들이받힌 녀석은 쓰러졌지만, 다른 두 녀석이 있었기에 그들은 아이를 강간하려던 것을 멈추고는 나를 향해 주먹을 휘둘렀고, 한 놈의 주먹에 맞고 난 그대로 땅으로 자빠지고 말았다.

　"죽어라!!"

　하지만 난 땅바닥에 쓰러졌다가 다시 몸을 날려 녀석들을 공격했고, 그들은 죽을 듯이 달려오는 나를 보며 주먹을 휘두르고 발길질을 해대기 시작했다.

　그렇게 얼마나 녀석들에게 구타를 당했을까? 이제는 몸에 통증조차 느껴지지 않았다. 뜨거운 피가 여기저기서 흘러나오는 듯했지만, 그것도 느낌이 사라진 지 오래였다.

　이렇게 죽는 것일까 하고 생각할 수밖에 없었다.

얼마나 시간이 지났을까, 녀석들의 구타로 정신을 잃었던 난 천천히
눈을 떴다.

"아, 아저씨, 정신이 드세요?"

"…그놈들은……?"

"흑흑흑… 아저씨가 죽었다고 생각하고는 사라졌어요……."

"그래? 히히히… 살았구나."

"죄송해요……."

그 소녀는 나를 보며 죄송하다는 말을 하고 있었고, 난 통증이 온몸
을 자극하고 있었지만 간신히 손을 들어 아이의 볼을 쓰다듬어 주었다.

"당했냐?"

"아저씨 덕에……."

"다행이다. 그놈들에게 당했으면 애기도 죽었을 텐데… 크크크."

"흑흑흑……."

그렇게 난 아이와 함께 원래 내 자리로 돌아올 수 있었다.

"아이고, 레반, 이게 무슨 일이래?"

"크크크… 올드 패거리 녀석들에게 당했네."

"올드? 이 빌어먹을 자식들이!!"

녀석들에게 당했다는 말을 하자 렌턴은 크게 화를 내며 소리쳤다.
하지만 우리 같은 거지들이 무슨 힘이 있겠는가? 그저 화만 날 뿐이지.

"휴……."

녀석은 나를 보며 한숨을 쉬다가 옆에 있던 아이를 보며 말했다.

"그나저나 너도 참 팔자가 뒤숭숭하구나."

"……."

한 달 동안 살면서 렌턴도 그 아이를 몇 번 본 적이 있었기에 하는

말이었다.

"그나저나 배를 보니 애 나올 때도 된 것 같은데 어떡할 텐가?"

"…어느 정도 나으면 이 아이와 함께 이곳을 떠날 생각이네."

"이곳을?"

"여길 벗어나 변두리 마을로 가면 살 만한 데가 있지 않을까?"

"음……."

나의 말에 한참 생각에 잠겼던 렌턴은 무슨 결정을 했는지 고개를 끄덕이고는 바지춤을 뒤져서 나에게 무엇인가를 건네주었다.

"뭐야, 이건?"

"펼쳐 봐."

녀석의 말에 난 천천히 보자기에 싸여 있는 것을 펼쳐 보았는데, 놀랍게도 그곳에는 족히 오십 실버는 되는 듯한 돈이 들어 있었다.

"뭐야, 이건?"

"갖고 가라. 어느 정도 여행 경비는 될 테니까."

"빌어먹을! 가져가, 이 새끼야! 네 코가 석자면서 누굴 동정하냐?"

"에라이, 병신 새끼야! 설마 내 살 것도 안 남기고 네 녀석에게 몽땅 줄 줄 알았냐?"

"뭐야!"

"영주 새끼가 몽땅 쓸어갈 때 감추어두었던 돈은 못 찾았다. 원래 그건 술 살 돈인데 네 녀석과 정이 있어 주는 것이니까 받아 챙겨, 임마!"

"…고맙다."

"고맙긴. 쳇! 나 간다, 임마!"

렌턴… 그저 똑같은 꼴로 살아가다 인연이 닿았던 친구라고 생각했지만, 설마 이런 놈이라고는 생각지도 못했다.

거지들도 우정이 있었나 보다 하는 생각에 피식 웃음이 나왔다.

다음날 간신히 지팡이를 짚으며 난 성을 빠져나올 수 있었다. 이곳에서 태어나 결혼하고 자식 새끼까지 얻은 고향과 같은 곳이었지만, 이제 나에게는 그저 추억의 하나일 뿐이었다.

"아! 그나저나 너 이름이 뭐냐?"

나도 참 병신 같은 놈이지, 한 달 동안 같이 살면서도 아이의 이름을 한 번도 물어보지 않았던 것이다.

"실리아예요."

"실리아라… 좋다! 가자!"

마누라가 되는 것도 아니면서 스물도 안 되는 계집을 끌고 가는 꼴이 우습기는 했지만, 뭐 이것도 인연이려니 하는 생각에 실리아와 함께 길을 떠났다.

얼마나 긴 여정이 될지 모르고 이 여행 도중에 마물이나 들짐승들에게 죽임을 당할 수도 있었지만, 지금의 난 그러한 것은 생각하지 않았다.

그저 한 목숨, 아니, 두 목숨… 이런, 뱃속에 있는 아이까지 합쳐 서너 목숨 살아갈 수 있는 길을 찾아갈 뿐이다.

어떻게 살다 죽든 사람이 살아가는 방식이라는 것은 그저 인연 따라 움직이는 것이라는 생각이 들었다. 거지꼴이 되어 있던 나의 옆에 다가온 아이, 그 아이는 바로 나의 인연이었다.

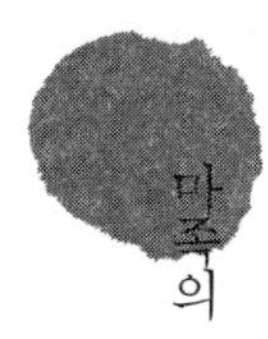

# 마족의 아이

"니젠!!"

넓은 아우세 백작가를 울리는 소리에 난 인상을 찌푸려야 했다.

아! 이젠 싫다, 싫어.

난 나무 뒤편에 숨어 그 소리를 견뎌내려고 했지만 나의 몸에 있는 마나의 기운과 공명되는 소리였기 때문에 귀를 막아도 온몸을 울리는 것은 마찬가지였다.

나의 이름은 니젠 아우세.

아우세 백작가의 외동아들로 차대 백작가를 물려받아야 했다.

왕의 측근이자 레버스 국 제일의 기사단인 황금사자 기사단의 단장인 아버지의 위명으로 기사 수업을 받는 나였지만 도저히 난 기사 수업이 맞지 않았다.

"니젠."

“윽.”

검은색의 레더 아머를 걸친 거구의 기사, 그는 바로 나의 스승이자 아버지의 오른팔인 펠레스였다.

레버스 국 최고의 검술을 지닌 자였지만 펠레스는 아버지의 영원한 수하로 남아 있을 듯 변함이 없는 사람이었다.

“펠레스 사부님.”

“니젠…….”

펠레스는 나의 고민에 대해서 잘 알고 있었다. 기사 수업에 도저히 적응 안 되는 나를 보며 언제나 측은한 눈빛으로 쳐다보는 그였다. 하지만 잠시 후 그는 언제나와 마찬가지의 말을 건네왔다.

“니젠, 넌 백작가를 이어야 할 사람임을 잊지 말아야 한다.”

“알고 있습니다.”

언제나 같은 소리… 난 이 속박에서 벗어나고 싶었다.

하지만 도저히 빠져나갈 엄두가 나지 않았다.

어려서부터 자라온 백작가를 벗어날 만한 용기가 나에겐 존재하지 않았다.

하지만 나에게 뜻하지 않은 사건이 일어났고, 그것이 나의 수많은 여행의 시발점이 되었다.

펠레스 사부의 힘든 연습에 지쳐 자고 있던 나는 엄청난 굉음에 놀라 자리에서 벌떡 일어나고 말았다.

어두운 밤이었지만 시뻘건 불길로 인해 주위가 환하게 밝아져 있었고, 창문을 내다보니 엄청난 불길이 이미 백작가의 건물을 태우고 있었다.

난 그 모습에 당황하지 않을 수 없었다.

"니젠!!"

문을 박차고 들어온 것은 펠레스 사부였다.

"사부님, 무슨 일이에요?"

"잔말 말고 빨리 갑옷을 입어라!"

"예?"

난 갑작스런 펠레스 사부의 말에 놀라지 않을 수 없었다.

창밖에서 엿보이는 불길과 관련이 있다는 것은 알 수 있었지만 나에게까지 무장을 시키려 하는 것은 단순한 일이 아니었기 때문이다.

훈련용 레더 아머를 걸치려하는 날 보던 펠레스 사부는 나의 손에 들린 레더 아머를 뺏어 뒤로 집어 던지더니 방 구석에 거의 장식처럼 되어버린 하프 플레이트 아머를 건네주었다.

"설마?"

"그래, 백작 부인이 돌아오셨다."

젊었을 때의 아버지는 모험가로서 이름을 날리던 사람이었다. 음유 시인들은 언제나 아버지의 모험담을 소재로 삼을 만큼 아버지의 모험은 다른 모험가들이 생각지도 못할 만큼 엄청난 것이었다.

하지만 아버지가 단 한 번 적에게 패배하고 죽임을 당할 위기에 처했을 때가 있었는데, 그것이 바로 어머니에게서였다.

은색의 하프 플레이트 아머를 입고 아우세 백작가의 문장이 새겨진 롱 소드를 들고 나온 나에게 보여진 밖의 모습은 한마디로 아비규환이었다.

정원 여기저기에 널려 있는 시체들은 참혹하기 그지없었는데, 난 그 모습에 구역질이 날 지경이었다.

널려진 시체들 중엔 아우세 백작가의 기사들도 있었지만 대부분은 인간이 아닌 몬스터들, 바로 오크들이었다.

"펠레스 사부님!!"

"전초전이다. 오크 이백 정도가 침입해 와 전투를 벌인 거지. 이미 오크 군대는 전멸당했지만 한 시간 전에 가고일과 오우거등이 몰려왔고, 그 때문에 기사들 태반이 목숨을 잃어 현재 남은 기사의 숫자는 별로 되지 않는다. 이제 너의 몸은 네가 지켜야 할 게다."

그의 말이 끝나기가 무섭게 불타고 있는 저택에서 한 가고일에게 쫓기며 살려달라고 소리치던 하인들이 가고일에게 잡혀 찢겨져 땅으로 곤두박질쳤다.

"스난!!"

땅에 곤두박질쳐진 자는 스난으로 언제나 나의 시중을 들던 하인이었다.

난 그의 이름을 소리치며 그에게로 뛰어갔다.

"도, 도련님… 빨리 이곳에… 서……."

나에게 도망치라는 말을 남기려 했지만 스난은 그 말을 끝내지 못한 채 죽어버렸다.

"스난!!"

난 죽은 스난에게 다가가려 했지만 그럴 수 없었다.

끼으악!!

스난을 향해 다가가던 나를 가고일이 덮치려고 했고, 그런 가고일을 펠레스 사부는 검으로 찢어버려 땅으로 곤두박질치게 하였다.

"니젠, 지금은 넋을 놓고 있을 때가 아니다! 검을 들어라! 나 역시 이제 너의 몸을 지켜줄 수가 없단 말이다!"

죽은 자에 대한 집착은 그만큼의 안식을 가질 수 있는 자격을 가진 자만이 가질 수 있는 권리였다.

난 옆에 놓아둔 검을 집어 펠레스에게 달려갔다.

"호호호호!!!"

그때 하늘을 찢는 듯한 높은 톤의 웃음소리가 들려왔다. 웃음소리에 놀라 눈을 돌리자 그곳에는 메두사 한 마리와 그 등에 올라탄 한 명의 여전사가 있었다.

"니젠!!"

알고 있다, 메두사의 머리를 보면 돌로 변한다는 사실을. 하지만 지금 나의 몸에는 아무 변화가 없었다.

"니젠, 피해라!!"

펠레스는 그렇게 소리치고는 라운드 쉴드로 적을 비춰보며 공격하려 했지만 반사된 적의 모습을 보며 공격하는 것이 그리 쉬운 일은 아닌지라 펠레스는 순식간에 여전사의 검에 맞아 정원의 한쪽으로 튕겨져 날아가 버렸다.

그녀는 펠레스를 가볍게 처리하고는 나에게 다가와 말했다.

"네가 니젠이로구나."

메두사에 올라탄 여전사는 부드러운 목소리로 나에게 말을 건넸고, 난 그 목소리에서 알 수 없는 친근감을 느낄 수 있었다.

"당신은 누… 구지요? 아! 다, 당신이 저의……."

나의 물음에 그녀는 미소를 지으며 말했다.

"그래, 예쁜 아가야. 내가……."

이때 한줄기의 검광이 그녀에게 쏟아졌고, 잠시후 메두사의 목은 몸에서부터 떨어져 나가 땅으로 곤두박질쳤다.

"아버지!!"

검광의 주인은 아버지였다.

아버지의 마법검 스트라이커에서 쏟아진 검광이 메두사의 목을 날려 버린 것이다.

"백작님!!"

여전사의 일격에서 간신히 몸을 일으킨 펠레스가 다가오자 아버진 그런 모습의 펠레스를 보며 말했다.

"펠레스, 조금만 버텨라. 황금사자 기사단이 백작가로 오고 있으니."

"예."

아버지는 펠레스에게 간단한 말을 남긴 채 나에게 다가왔다.

"아버지."

하지만 아버지의 시선은 나에게 있지 않았다.

"나오시지."

아버지의 시선이 닿은 곳에는 아무도 없었다. 그때 갑자기 웃음소리와 함께 한 명의 여전사가 나타났다.

메두사를 타고 있던 그 여자였다.

"인비지빌리티?"

펠레스는 갑자기 나타난 여자를 보며 입을 열었다.

"호호호, 누군가 했더니 하베더스 아우세 백작 아니십니까?"

그녀는 아버지에게 아는 척을 하며 손을 뻗었는데, 그 순간 그 여자의 키만한 배틀 엑스가 그녀의 손에 잡혔다.

"헤스나인, 정말 나와 싸울 텐가?"

아버지의 모습에서 난 아버지가 그 여자와의 싸움을 원치 않는다는 것을 알 수 있었다.

"물론. 하지만 한 가지 조건만 들어준다면 물러나 줄 수도 있지."

"조건? 설마……."

"맞아, 내 아들을 돌려줘!!"

그 순간 난 놀라지 않을 수 없었다. 그녀의 손가락이 바로 나를 가리키고 있었기 때문이다.

"아버지……?"

영문을 알 수 없었던 나는 아버지의 얼굴을 쳐다볼 수밖에 없었다.

"들어줄 수 없는 일이라는 것을 잘 알 텐데."

"그럼 죽어라!!"

순간 어머니의 몸이 사라졌다.

하지만 그것은 잠시, 아버지의 앞에 나타난 어머니가 도끼를 휘둘렀다.

둔탁한 쇳소리와 함께 아버지는 어머니의 도끼를 막았지만 무게에 원심력까지 더해진 도끼를 갑자기 막기에는 조금 벅찬 듯 아버지의 손이 떨리기 시작했다.

그런 아버지의 모습을 본 어머니는 앙칼진 목소리로 소리쳤다.

"왜 나를 버렸지?"

"휴… 당신도 알다시피 난 왕의 신하… 그때의 나로선 당신이 나의 아내라고 밝힐 수 없었소."

순간 난 어머니의 눈에서 눈물이 흐르는 것을 볼 수 있었다.

"하지만… 저를 버릴 필요는 없었잖아요."

"당신도 우리 아이가 잘되기를 바라지 않았소. 헤스나인, 아직도 난 당신을 사랑하오."

사랑한다는 아버지의 말에 어머니는 아무 말도 없었다. 그리고 잠시 후 아버지 앞에 도끼를 떨군 채 말했다.

"난 당신과 니젠이 보고 싶었어요."

나의 가슴을 울리는 말이었다.

"어, 어머니?"

눈물이 흘러내렸다.

지금까지 알지 못했던 사실… 어머니는 나를 버린 것이 아니라 단지 마의 피를 가졌다는 이유로 만나지 못했다는 것을 알 수 있었다.

난 어머니의 곁으로 다가갔다.

처음 보았을 때부터 느껴온 친근한 느낌, 그것은 어머니의 느낌이었던 것이다.

"니젠!!"

눈물을 흘리며 가까이 다가온 어머니는 나를 안았다.

순간 난 세상 어느 누구에게서도 느낄 수 없었던 따스함을 그녀에게서 느낄 수 있었다.

"어머니……."

난 어머니의 얼굴을 보며 이야기를 나누고 싶었다.

하지만 그것은 나의 이룰 수 없는 바람이었을까…….

순간 뜨거운 액체가 나의 얼굴에 뿌려졌다.

아무 말도 하지 못했다.

눈조차 움직일 수 없었다.

어머니의 입에서 흐르는 한줄기의 선혈, 난 도저히 움직일 수가 없었다.

"니… 젠……."

조금씩 쓰러져 가는 몸.

난 힘없이 떨구어지는 어머니의 몸을 부축할 힘조차 남아 있지 않았다.

어머니의 주저앉는 몸 뒤로 보이는 살기 어린 얼굴.

그것은 나의 아.버.지. 였다.

"아버지……?"

"흥!!"

아버지의 얼굴에서 살기 어린 미소가 흘렀다.

나의 눈에 비쳐진 그 얼굴, 그것은 훗날 수많은 적을 만났던 나의 여정 속에서도 찾아볼 수 없었던 추악한 마물의 얼굴이었다.

나는 알게 되었다, 아버지가 어머니와의 싸움 도중에 사랑한다고 말한 것은 어머니의 강력한 흑마법을 견제하기 위해 마음의 동요를 유도한 것이라는 것을. 아버진 처음부터 어머니를 살려두려 하지 않았다.

왕의 기사에게 흠집이 되는 과거의 흔적.

그것이 어머니였던 것이다.

몬스터에게 길들여져 자라온 여인, 많은 몬스터들과의 교감으로 몬스터들의 여왕으로 추대된 여인… 그 여인은 사랑하는 사람 때문에 평생을 같이 지낸 몬스터 친구를 버리면서까지 아버지를 따라왔던 내 어머니였다. 그리고 사랑하는 아들 앞에서 사랑하는 자에게 죽임을 당했다.

그날 이후 난 아버지의 얼굴을 본 적이 없다.

아버지의 얼굴에서 느껴진 비열한 인간상, 거짓된 기사도를 자랑스럽게 보이는 그런 얼굴을 난 도저히 참을 수가 없었기 때문이다.

어느 정도 세월이 흐르고 나이를 먹었을 때 난 아버지의 기대를 벗
어던지고 용병의 길을 택했다. 거짓된 기사도에 물든 삶보다는 자유로
운 삶을 택하고 싶었기 때문이다.


〈6권에서 계속〉